Gaea

GAEA

古本山海經圖說

馬昌儀 —— 上卷

前言

《古本山海經圖說》自2001年7月由山東畫報出版社出版，先後印行五次，發行兩萬冊。2003年，此書獲中國社會科學院文學研究所優秀科研成果一等獎；2004年，又獲第五屆中國社會科學院優秀科研成果獎三等獎。此書受到海內外讀者和研究者的歡迎，得到學術界的肯定，我很高興。

五年來，我一方面繼續蒐集不同版本的山海經圖本，從原來的十種版本增加到十六種，掌握的山海經圖像達三千多幅；另一方面對圖文《山海經》的傳承軌跡、敘事方式與特徵進行比較研究，出版了《全像山海經圖比較》一書（北京：學苑出版社，2003年版；2004年獲中國文聯與中國民協頒發的第五屆中國民間文藝山花獎·學術著作獎一等獎）。由於《圖說》已經脱銷，我想利用這個機會，把我新蒐集的山海經圖充實到《圖說》一書中，獻給喜愛和研究山海經圖的讀者。

本書的增訂本是在2001年初版本的基礎上進行的，保持了初版本的主要內容、編排格局、體例和風格，仍然採取圖說的方式，一（或多）神一圖一說，按《山海經》十八卷經文的順序一一道來。

本書努力給讀者呈現一個全新的面貌。

首先，與初版本最大的不同，本書選用的山海經圖有了大幅度的增加，從原來的十個版本擴充至十六個。選圖從原來的一千幅增加至一千六百多幅，奉獻給讀者的是一個可供閱讀、欣賞，更加豐富多彩、更加有魅力的《山海經》圖畫世界。圖像主要來源於明清不同時期的十六種山海經圖本，它們用圖畫講故事的方式各不相同：有以山川、神獸為背景的情節式講述；有一圖一說相互配合的講述；有穿插於十八卷經文中的講述；有輔以郭璞《圖讚》的講述等等。不同背景、不同形貌的神和獸在講述同一個《山海經》故事，多麼神奇，多麼有趣！

其次，一神多形是神話流傳演變過程中常見的現象，在各種版本的山海經圖中，一個神或獸常常以不同的面貌出現，一神多形的現象尤其突出。我們知道，明清時期的山海經圖主要是畫家與刻工根據《山海經》文本創作的作品；經文的不確定性，文字錯訛，畫工對經文的不同理解，甚至經文標點的不同，都能導致新圖像的產生。本書在選圖時，特別著意於不同版本出現的一神多圖現象，把不同形貌的神（獸）家族展現在讀者面前。

《山海經》是一本十分古老的書，它講述的故事有多種類型。從文本來看，有記事型的，如某山有某獸；有描述型的，如對異形異稟與變形的神與獸的描述；有品格型的，如某山有鳥，形貌如何，見則大水，或可治病、辟火等等；有巫事型的，如某山有神，形貌如何，如何祭祀等等；有情節型的，如九尾狐、西王母、精衛、刑天、開明獸、夸父、蓐收、窫窳、貳負臣危等等，講述了相對完整的有情節、有過程、有頭有尾的故事。讀者可以看看，山海經圖是怎樣用圖像來講述這些故事的。不同版本的山海經圖本就像不同的故事家，在講述不同類型的故事時，自有其獨到的表達方式。例如，窫窳是《山海經》中的食人畏獸，它原來是一個人面蛇身的古天神（見本書《海內西經》卷11－4圖1），被貳負神殺死後，變成了人面牛身馬足的怪物（見《北山經》卷3－22圖1）。另有傳説，窫窳並沒有多大過失，被貳負神殺死後，天帝命開明東的群巫操不死之藥，救活窫窳；復活了的窫窳以龍首的面目出現，以食人為生（見《海內南經》卷10－2圖1）。明代的蔣應鎬繪圖本先後用三幅圖來講述窫窳的故事，展示出同一個神形象演變的全過程；清代的汪紱圖本只選取了《北山經》中人面牛身馬足的窫窳（見《北山經》卷3－22圖3）。在對比中讀圖，其中的味道請讀者品嘗。

第三，《山海經》的古圖早已佚失，最早的《山海經》古圖究竟是怎麼樣的？是禹鼎圖嗎？是山川地圖嗎？是岩畫壁畫嗎？是月令天文圖嗎？是巫圖、奇神異獸圖嗎？由於沒有得到考古與文獻的支援，目前的看法也都只是推測。如果我們從現有的文獻資料，從山海經圖歷代的傳承軌跡，從考古出土的與《山海經》同時代的圖像資料（如戰國、漢初的帛畫、漆畫、針刻畫）等等出發，能否在一定程度上再現《山海經》古圖的風貌，再現圖文《山海經》的敘事語境呢？因此，本書選用少量的考古圖像，還從清代畫家蕭雲從的《天問圖》中選取了有關的幾幅圖，使讀者對山海經圖的傳承軌跡、圖像造型有進一步的瞭解。

第四，在寫作初版本時，筆者只看到十種山海經圖本。目前掌握的十六種版本，使我們對明清山海經圖的特色和風格有了更多的瞭解。這些新蒐集的圖本是：

1.清《山海經廣注》，吳任臣注，康熙六年（1667）圖本，收圖一百四十四幅。

2.清《增補繪像山海經廣注》，吳任臣注，乾隆五十一年（1786）圖本，收圖一百四十四幅。

3.清《山海經繪圖廣注》，吳任臣注，四川成或因繪圖，四川順慶海清樓版，咸豐五年（1855）刻印本，收圖七十四幅。

4.清《古今圖書集成·邊裔典》中的遠方異民。

5.《山海經圖說》，上海錦章圖書局民國八年（1919）版 ，以畢沅圖本為摹本，收圖一百四十四幅。

6.日本《怪奇鳥獸圖卷》，日本文唱堂株式會社2001年版本，收圖七十六幅。該圖本是江戶時代日本畫家根據中國的《山海經》與山海經圖繪製的山海經圖本。

在這裡，我想把其中的幾種特別推薦給讀者。

1.日本的《怪奇鳥獸圖卷》是日本江戶時代（1603－1867，相當於中國的明清時期）根據中國的《山海經》與山海經圖繪畫的彩色圖冊（2001年日本文唱堂株式會社出版），共收圖七十六幅。經筆者初步研究，日本圖本的七十六幅圖，有六十六幅見於中國明代胡文煥的《山海經圖》，二者在設圖、神名與風格諸多方面有許多相像的地方（參見馬昌儀《全像山海經圖比較·導論》）。筆者推測，日本畫家在畫《圖卷》時，有可能參考了胡氏圖本；但日本圖本在形象造型上卻有著自己的特色，體現了日本畫家對《山海經》的獨特理解。例如，《海外北經》有燭陰神，經中說，此神「人面蛇身，赤色」。今見日本圖本的燭陰（見本書卷8－2圖3）人面蛇身，蛇身有紅色斑紋，蛇背泛綠。最有意思的是，燭陰的人面被畫成女性，而且是日本淑女的形象，長髮垂肩，梳成髮髻盤在頭上。此神名燭陰，陰是女性，畫家很可能根據這一點把燭陰畫成女性神。燭陰是女性神，這一形象在中國的神話典籍、在以往的山海經圖以及中國人的觀念中，似乎從來沒有出現過。有興趣的讀者還可以對比一下，本書此次提供的帶有巴蜀風格的四川成或因繪圖本的燭陰圖（見本書卷8－2圖4），是否也有女性神的痕跡？日本圖本將為本書增添耀眼的光彩。

2.清代最早的山海經圖本是康熙六年（1667）吳任臣注《山海經廣注》刻本。這一圖本繼承了六朝張僧繇、宋代舒雅的十卷本山海經圖以及明代胡文煥圖本的傳統，採用張僧繇開創的把《山海經》的神與獸按神、獸、鳥、蟲、異域分五類，置於卷首的編圖格局；在圖像造型上，一百四十四幅圖中，有七十一幅圖全部或大部採自胡文煥圖本。吳任臣康熙圖本流傳甚廣，後來的乾隆圖本、近文堂圖本、畢沅圖本、郝懿行圖本都是以該圖本為摹本的。吳任臣的刻本又有所謂書院本、官刊本與民間粗本多種；本書所收康熙圖本、乾隆圖本屬於書院本、官刊本，近文堂圖本屬於民間粗本。吳任臣刻本流傳到四川，出現了成或因繪圖本，其變異就更大了。本書把吳任臣注本的幾個刻本及其背景材料都介紹給讀者，供大家讀圖時參考。

3.清代《山海經繪圖廣注》，吳任臣注，成或因繪圖，四川順慶海清樓版，咸豐五年（1855）刻印。這部四川成或因繪圖本在筆者寫作初版本的時候就已經看到，但當時好友張勝澤在重慶圖書館蒐集到的只有四幅圖；今年初俄國漢學家李福清在義大利圖書館蒐集到這一刻本的兩幅圖，隨後北京大學陳連山教授蒐集到其餘大部分圖像（有殘缺）。目前我們所見到的明清山海經圖刻本多是吳地與越地刻本，而四川成或因繪圖本屬巴蜀刻本，因而特別值得關注。四川成或因繪圖本共七十四圖，雖然標明清代吳志伊（任臣）注，但在設圖與編排格局上卻與吳任臣刻本完全不同，而是採用明代蔣應鎬繪圖本的有山川背景的一圖多神或一圖一神的格局。全本七十四圖（殘缺者除外）的神與獸在設圖與編排上儘管有相當一部分與蔣應鎬繪圖本相同，但在圖像造型上，二者有很大的差異。成或因繪圖本的神與獸特徵鮮明、形象誇張、線條粗獷，個別圖像有明顯的世俗化、宗教化與連環畫化的傾向。記得歷史學家蒙文通曾經說過，《山海經》部分為巴蜀之書，其山海經圖也可能來源於巴蜀的圖畫（參見蒙文通《略論山海經的寫作時代及其產生地域》，《巴蜀古史論述》，四川人民出版社，1981年），這自然是指古圖而言的。但清代咸豐年間四川畫師成或因給明代山海經圖的吳越刻本植入的新鮮的巴蜀素質與風格，同樣引起我們極大的興趣。這些巴蜀風格的圖像一定會受到讀者的歡迎。

第五，本書採用筆者當年發表的論文《山海經圖：尋找山海經的另一半》（《文學遺產》2000年第6期）為導論。全書的圖説文字經過訂正，在不影響學術品質的前提下，儘量使文字更加通俗易懂。

對圖文《山海經》的專門研究還僅僅是個開始，要做的事情還很多。不久前，日本東京大學松浦史子小姐來訪，她正在撰寫有關郭璞與《山海經圖讚》的博士論文，對山海經圖表現出濃厚的興趣。據她介紹，除了《怪奇鳥獸圖卷》外，日本還有一部《天地瑞祥志》圖本（尊經閣文庫），也和《山海經》有關係。我真誠希望海內外喜愛《山海經》的學者都來關心這個課題，在圖文《山海經》的蒐集、研究與文化交流方面做出新的成績。

我衷心感謝海內外一切喜愛山海經圖的學者、讀者和出版者對我的關心、支持和鼓勵。特別感謝為我提供新材料、新版本的師長和摯友：日本慶應大學伊藤清司教授、日本福岡西南學院王孝廉教授、北京大學陳連山教授、中國社會科學院文學研究所呂微研究員、山東煙台師範學院山曼教授、學苑出版社劉漣編審等。有了他們的指導和幫助，本書才能以新的面貌呈現給讀者。

還要感謝廣西師範大學出版社劉瑞琳副社長、蔡立國、陳凌雲先生，他們以遠見卓識接納本書，並以認眞細緻的工作，使本書得以順利出版。

2006年於北京

導論
山海經圖：尋找《山海經》的另一半

《山海經》是一部有圖有文的書

《山海經》是中國上古文化的珍品，自戰國至漢初成書至今，公認是一部奇書。說它是一部奇書，一是在不到三萬一千多字的篇幅裡，記載了約四十個邦國、五百五十座山、三百條水道、一百多個歷史人物、四百多個神怪畏獸。《山海經》集地理志、方物志（礦產、動植物）、民族志、民俗志於一身，既是一部巫書，又保存了中華民族大量的原始神話。二是因為它開中國有圖有文的敘事傳統的先河，它的奇譎多姿，形象地反映在山海經圖中。

古之為書，有圖有文，圖文並舉是中國敘事的古老傳統。一千五百多年前，晉代著名詩人陶淵明有「流觀山海圖」的詩句，晉郭璞曾作《山海經圖讚》，在給《山海經》作注時又有「圖亦作牛形」、「在畏獸畫中」、「今圖作赤鳥」等文字，可知晉代《山海經》尚有圖。而且，在《山海經》的經文中，一些表示方位、人物動作的記敘，明顯可以看出是對圖像的說明（如《大荒東經》記王亥「兩手操鳥，方食其頭」，《海外西經》「開明獸……東向立昆侖上」等等）。正如宋代學者朱熹所指出：「予嘗讀《山海》諸篇，記諸異物飛走之類，多云『東向』，或云『東首』，皆為一定而不易之形，疑本依圖畫而為之，非實記載此處有此物也。古人有圖畫之學，如《九歌》、《天問》皆其類。」[1] 可惜郭璞、陶淵明所見到的《山海經》古圖並沒有流傳下來。

唐代，山海經圖被視為「述古之秘畫珍圖」。張彥遠在《歷代名畫記》中列

* 本文原載《文學遺產》2000年第6期，用作「導論」時有幾處補充。

1《朱子語類》卷一三八。

舉的九十七種所謂「述古之秘畫珍圖」中，就有「山海經圖」和「大荒經圖」[2]。宋代學者姚寬與當代學者饒宗頤都認為《山海經》是一部有圖有文的書。宋姚寬在《西溪叢語》中說：「《山海經．大荒北經》：『有神銜蛇，其狀，虎首人身，四蹄長肘，名曰強良』，『亦在畏獸書中』，此書今亡矣。」[3]饒宗頤在〈《畏獸畫》説〉一文中引姚文說：「大荒北經有神獸銜蛇，其狀虎首人身，四蹄長肘，名曰強良，亦在《畏獸畫》中，此書今亡矣。」饒先生把「畏獸畫」一詞打上書名號，並說：「如姚言，古實有《畏獸畫》之書，《山海經》所謂怪獸者，多在其中。」又說：「《山海經》之為書，多臚列神物。古代畏獸畫，賴以保存者幾希！」[4]姚寬所説的「畏獸」二字，顯然來源於郭璞據圖而作的注，「畏獸書」指的便是有圖有文的《山海經》，而此書已經失傳了。由此推測，《山海經》的母本可能有圖有文，它（或其中一些主要部分）是一部據圖為文（先有圖後有文）的書，古圖佚失了，文字卻流傳了下來，這便是我們所見到的《山海經》。

山海經圖探蹤

歷代注家對山海經圖的介紹，以清代注家畢沅和郝懿行的論述最詳。畢沅在《山海經古今本篇目考》中對之有專門的介紹：

---

2 唐張彥遠《歷代名畫記》中說：「古之秘畫珍圖固多，散逸人間，不得見之，今粗舉領袖，則有……山海經圖……大荒經圖。」京華出版社，2000年，第40頁。此說未見於其他記載。

3 宋姚寬《西溪叢語》卷下，中華書局，1993年，第91頁。此書在「亦在畏獸書中」句前後加單引號，並對之作注云：「據《山海經》，此句乃郭璞注文。『亦』前疑脫一『注』字。」查郭璞為強良作的注原文為「亦在畏獸畫中」。宋尤袤《山海經傳》載郭璞為強良作的注文為「亦在獸畫中」（中華書局，1984年，影印本第三冊）。由於繁體字「書畫」二字字形相近，郭注「畏獸書」可能是「畏獸畫」的筆誤。對姚文「亦在畏獸書中」一句，是否也可理解為不一定是郭璞的注。其理由：一是郭璞為強良所作的注原文為「亦在畏獸畫（一作獸畫）中」，而非「畏獸書」；二是《西溪叢語》卷下收有姚寬的名篇《陶潛讀山海經十三首》，多次引用郭注，在引用時，都寫明「郭璞注云」，如果「亦在畏獸書中」確是郭氏所注，不會不加說明。因此，「亦在畏獸書中」一句很可能是姚寬的見解。「畏獸」一詞來源於郭璞，而畏獸書指的是有圖有文的《山海經》。

4 饒宗頤《澄心論萃》，上海文藝出版社，1996年，第264－266頁。

沅曰：《山海經》有古圖，有漢所傳圖，有梁張僧繇等圖。十三篇中《海外·海內經》所說之圖，當是禹鼎也；《大荒經》已（以）下五篇所說之圖，當是漢時所傳之圖也，以其圖有成湯、有王亥僕牛等知之，又微與古異也。據《藝文志》，《山海經》在形法家，本劉向《七略》以有圖，故在形法家。又郭璞注中有云：「圖亦作牛形」，又云「亦在畏獸畫中」。又郭璞、張駿有圖讚。陶潛詩亦云：「流觀《山海圖》」……[5]

郝懿行在〈山海經箋疏敘〉中說：

古之為書，有圖有說，《周官》地圖，各有掌故，是其證已。《後漢書·王景傳》云：「賜景《山海經》、《河渠書》、《禹貢圖》。」是漢世《禹貢》尚有圖也。郭注此經，而云：「圖亦作牛形」，又云：「在畏獸畫中」；陶徵士讀是經，詩亦云：「流觀《山海圖》」，是晉代此經尚有圖也。《中興書目》云：「《山海經圖》十卷，本梁張僧繇畫，咸平二年校理舒雅重繪為十卷……」是其圖畫已異郭、陶所見。今所見圖復與繇、雅有異，良不足據。然郭所見圖，即已非古，古圖當有山川道里。今考郭所標出，但有畏獸仙人，而於山川脈絡，即不能案圖會意，是知郭亦未見古圖也。今《禹貢》及《山海圖》遂絕跡，不復可得。[6]

畢沅、郝懿行為我們勾勒出有圖有文的《山海經》母本的大致概貌，從中可以看出，山海經圖至少有下列三種：

一、古圖。畢沅認為，古圖有二：其一，《海外經》和《海內經》所說之圖是禹鼎圖；其二，《大荒經》以下五篇為漢所傳圖；這兩種古圖略有不同。

5 清畢沅《山海經新校正·古今本篇目考》，光緒十六年（1890）學庫山房仿畢氏圖注原本校刊。

6 清郝懿行〈山海經箋疏敘〉（嘉慶九年，1804），見《中國歷代小說序跋集》，丁錫根編著，人民文學出版社，1996年，第21頁。

郝懿行也認為古圖有二，但與畢說不同：其一，漢世之圖，上有山川道里、畏獸仙人，郭璞注此經時並沒有看到此圖；其二，晉代郭璞注《山海經》、撰《山海經圖讚》、陶潛寫「流觀《山海圖》」詩時見到的圖，上面只有畏獸仙人，似乎與最古老的漢世之圖也有所不同。

二、張僧繇（南朝畫家）、舒雅（宋代畫家）繪畫的《山海經圖》。據《中興書目》，梁張僧繇曾畫《山海經圖》十卷，宋代校理舒雅於咸平二年重繪為十卷。張、舒所繪《山海經圖》與郭、陶所見的《山海圖》也不相同。

三、「今所見圖」。郝懿行所說的「今所見圖」，指的是他所見到的，也是我們所能見到的明清時期出現與流傳的山海經圖；明清古本中的山海經圖同樣「與繇、雅有異」。

上列三類山海經圖中，第一類古圖與第二、第三類圖的性質是不同的。正如上世紀30年代研究者王以中所指出的：上列各圖，「除畢沅所謂漢所傳大荒經圖及郭璞等所見圖，或略存古圖經之遺意外，此後大抵皆因文字以繪圖，與原始《山海經》之因圖像以注文字者，適如反客為主」[7]。

畢沅說古圖亡、張圖亦亡；郝懿行說「《山海圖》遂絕跡，不復可得」，指的是傳說中的禹鼎圖、漢所傳圖、漢世之圖和晉代郭璞、陶潛所見之《山海圖》均已亡佚；而張僧繇、舒雅畫的十卷本《山海經圖》也不復可得，沒有流傳下來。

三種山海經圖中，有兩種均已失傳，給我們探討山海經圖造成許多困難。因此，要尋找山海經圖的蹤跡，首先要對目前所能見到的明清時期出現與流傳的各種版本的山海經圖加以蒐集、整理、分類；對歷代學者有關《山海經》古圖的種種見解和猜測，對失傳了的張僧繇、舒雅畫的山海經圖有一個大致的瞭解；然後在圖像的基礎上，進行比較和研究，為盡可能地再現《山海經》古圖的風貌，進一步探討這部有圖有文的《山海經》奇書打下紮實的基礎。

7 王以中〈山海經圖與職貢圖〉，《禹貢》第1卷第3期，民國二十三年（1934），第8頁。

對《山海經》古圖的幾種推測

歷代注家和研究者對《山海經》古圖的推測，大致可歸納為禹鼎說、地圖說、壁畫說和巫圖說四種。

一、禹鼎說

禹鼎又稱九鼎、夏鼎。傳說夏代的第一個君王禹曾收九牧之貢金鑄造九鼎，以象百物，使民知神奸。關於禹鑄九鼎，《左傳．宣公三年》有詳細的記載：「昔夏之方有德也。遠方圖物，貢金九牧，鑄鼎象物，百物而為之備，使民知神奸；故民入川澤山林，不逢不若，魑魅魍魎，莫能逢之。用能協於上下，以承天休。杜預注云：禹之世，圖畫山川奇異之物而獻之。使九州之牧貢金。象所圖之物著之於鼎。圖鬼物百物之形，使民逆備之。」[8]王充《論衡》說：「儒書言：夏之方盛也，遠方圖物，貢金九牧，鑄鼎象物而為之備，故入山川不逢惡物，用辟神奸。」[9]上面所說的所謂鑄鼎象物，所象之物、百物、鬼物或惡物，亦即川澤山林中的魑魅魍魎，也就是司馬遷在《史記．大宛列傳》中所說的「余不敢言之也」的《山經》中的所有怪物。鼎上刻畫著各地之毒蟲害獸、鬼神精怪的圖像，使百姓得以預先防備；日後出門遠行，進入山林川澤，遇上惡物之時，亦可辟邪防奸。

那麼，九鼎圖與山海經圖、《山海經》究竟有什麼關係呢？

宋代學者歐陽修在〈讀山海經圖〉一詩中，有「夏鼎象九州，山經有遺載」的詩句[10]，首先點明了《山海經》與夏鼎的關係。明代學者楊愼在《山海經後序》中，在引用《左傳．宣公三年》上述引文後，進一步指出，九鼎圖是《山海經》的古圖，《山海經》是禹鼎之遺象：

> 此《山海經》之所由始也。神禹既錫玄圭以成水功，遂受舜禪以家

8《左傳．宣公三年》，嶽麓書社，1988年，第21頁。

9 王充《論衡．儒增篇》，上海人民出版社，1974年，第127頁。

10《歐陽修全集》卷三，中國書店，1986年，第363頁。

天下，於是乎收九牧之金以鑄鼎。鼎之象則取遠方之圖，山之奇，水之奇，草之奇，木之奇，禽之奇，獸之奇。說其形，著其生，別其性，分其類。其神奇殊匯，駭世驚聽者，或見，或聞，或恒有，或時有，或不必有，皆一一書焉。蓋其經而可守者，具在《禹貢》；奇而不法者，則備在九鼎。九鼎既成，以觀萬國……則九鼎之圖……謂之曰山海圖，其文則謂之《山海經》。至秦而九鼎亡，獨圖與經存……已今則經存而圖亡。[11]

畢沅的看法與楊慎略有不同，他認為《海外經》、《海內經》、《大荒經》之圖為禹鼎圖。他在〈山海經新校正序〉中說：

《海外經》四篇、《海內經》四篇，周秦所述也。禹鑄鼎象物，使民知神奸，案其文有國名，有山川，有神靈奇怪之所標，是鼎所圖也。鼎亡於秦，故其先時人尤能說其圖而著於冊……《大荒經》四篇釋《海外經》，《海內經》一篇釋《海內經》（指海內四經——引者）。當是漢時所傳，亦有山海經圖，頗與古異。[12]

明代學者胡應麟在《少室山房筆叢》中說：「（《山海經》）蓋周末文人，因禹鑄九鼎，圖象百物，使民入山林川澤，備知神奸之說，故所記多魑魅魍魎之類。」[13] 清代學者阮元在〈山海經箋疏序〉中指出：「《左傳》稱：『禹鑄鼎象物，使民知神奸。』禹鼎不可見，今《山海經》或其遺象歟？」[14] 現代學者江紹原認為，禹鼎雖屬傳說，但圖象百物的觀念卻古已有之，這種觀念成為山海經圖中精怪神獸的一個重要來源[15]。當代學者袁珂進一步指出，《山經》部分依據九鼎圖

11 明楊慎〈山海經後序〉，見《中國歷代小說序跋集》，第7－8頁。

12 清畢沅〈山海經新校正序〉，見《中國歷代小說序跋集》，第15頁。

13 明胡應麟《少室山房筆叢》卷32《四部正偽下》，中華書局，1958年，第413頁。

14 清阮元〈山海經箋疏序〉，見《中國歷代小說序跋集》，第22頁。

15 江紹原《中國古代旅行之研究》，商務印書館，1937年，現見上海文藝出版社1989年影印本，第7、13頁。

像而來[16]。

禹鼎說認為《山海經》古圖本於九鼎圖，《山海經》則為禹鼎之遺象。此說必須有兩個重要的前提方能成立：一是禹的確鑄過九鼎，二是的確有鑄刻上百物圖像之鼎或九鼎圖。而考古學目前還沒有為我們提供這兩個方面的實物證據。因此，禹鑄九鼎和鑄鼎象物只是傳說，古人把鑄造象徵定國傳國安邦的九鼎的偉業加諸大禹身上，所謂九州貢金、遠方獻畫、禹鑄九鼎，也和息壤填淵、神龍畫地、禹殺防風、逐共工、誅相柳、娶塗山氏女、化熊通山、石破生子等故事一樣，成為禹平治洪水系列神話傳說的一個組成部分。至於說到鑄鼎象物，把所謂「百物」、惡物、精物以圖畫的方式畫出，以備人們進入山林川澤時辨識之需，又可作辟邪、驅妖、送鬼之用。這一帶有濃厚巫事色彩的觀念，在巫風極盛的先秦時代備受重視，以至於把「象百物」之舉與神聖的九鼎相連，竟然以官方的方式把魑魅魍魎一類精怪的圖像刻在鼎上，還通過周大夫王孫滿之口，記錄在《左傳》、《史記》等史書之中。因此，儘管禹鼎和九鼎圖目前還沒有得到考古學的支援，但青銅器（包括各種形態的鼎）作為禮器，在上面鑄刻動物怪獸紋樣之風，在《山海經》成書以前、《山海經》古圖尚存，甚至更早的夏商周時代，便已蔚然成風。據考古學家的研究，夏商周青銅禮器上的紋飾以動物紋為主，又以獸面紋為多。其含義有多種解釋，以王孫滿的解釋最接近實際，因為王孫滿是春秋時代的人，此時禮器發達，他的解釋當是根據他所見及當時流行的見解為之，他認為紋飾是善神與惡神，起佑護與辟邪作用[17]。所以說，禹鑄九鼎，鑄鼎象物很可能是傳說，卻正好說明巫風熾盛與圖象百物的巫事活動是這一傳說產生的背景，也為我們下面將要談到的《山海經》古圖有可能是巫圖這一推測提供了重要的依據。

二、地圖說

自古以來，相當一些中外學者把《山海經》看作地理書，並推測《山海圖》是地圖。東漢明帝時，王景負責治水，明帝賜景以《山海經》、《河渠書》、

16 袁珂《袁珂神話論集》，四川大學出版社，1996年，第17－18頁。

17 李先登〈禹鑄九鼎辨析〉，《中國歷史博物館館刊》，1992年，第18－19期，第98頁。

《禹貢圖》，可知《山海經》在當時被看作地理書。

古代的地理書常有地圖為依據，是據圖為文之作，如成書於6世紀初北魏酈道元撰的《水經注》。酈學研究專家陳橋驛指出：「酈氏在注文撰述時是有地圖作為依據的。這就是楊守敬在《水經注圖・自序》中所說的：『酈氏據圖以為書。』」[18]

畢沅明確指出《山經》為古代的土地之圖：

> 《山海經・五藏山經》三十四篇，古者土地之圖，《周禮・大司徒》用以周知九州之地域廣輪之數，辨其山林川澤丘陵墳衍原隰之名物。《管子》：「凡兵主者，必先審知地圖轘轅之險。」濫車之水，名山通谷經川陵陸丘阜之所在，苴草林木蒲葦之所茂，道里之遠近，皆此經之類。[19]

20世紀30年代，王以中在《禹貢》撰文〈山海經圖與職貢圖〉[20]，根據畢沅之說，提出兩點看法：「一、中國古來地志，多由地圖演變而來；其先以圖為主，說明為附，其後說明日增而圖不加多，或圖亡而僅存說明，遂多變為有說無圖與以圖為『附庸』之地志。設此說與畢氏之說皆確，則《山海經》一書不僅為中國原始之地志，亦可謂中國最古地圖之殘跡矣。二、《山海經》為古代中國各部族間由會盟征伐及民間十口相傳之地理知識之圖像與記載，與後世職貢圖之性質相類似，故山海經圖亦謂為職貢圖之初祖。」王氏又說：「至於畢氏之以五藏山經為土地之圖，說亦甚似。且竊疑中國古代之地圖或即由此類山海圖說演變而出。」袁珂也指出古代學者曾根據古地圖來推測《山海經》古圖之形貌：「郝說『古圖當有山川道里』，也只是本於《周禮・地官》『大司徒之職，掌建邦之土地之圖』、《夏官》『職方氏掌天下之圖』推論得之。」[21]

---

18 陳橋驛〈民國以來研究《水經注》之總成績〉，《中華文史論叢》第53輯，上海古籍出版社，1994年，第67頁。

19 畢沅〈山海經新校正序〉，見《中國歷代小說序跋集》，第15頁。

20 王以中〈山海經圖與職貢圖〉，《禹貢》第1卷第3期，民國二十三年，第6頁。

上世紀30年代，日本學者小川琢治同樣推測山海圖「當是據周職方氏所掌天下之圖而編纂」，與中世紀歐洲的古地圖相類，他在〈《山海經》考〉中說：「西漢之間，有山海圖與經文並行，後世圖失而經獨存……余以為此圖，與歐洲中世末葉所成之地圖相類；均於輶車不到之遠方，而畫其異人奇物者也。乃舉經文所載之山川、草木、禽獸、人物、鬼神，而描插於地圖中。有可以窺山海圖舊面目之一助。」[22]

當代學者扶永發在《神州的發現——《山海經》地理考》一書中，對山海經圖為地圖一說有詳細的說明。作者的觀點可概括為：（1）《山海經》有圖有經，先有圖，後有經；圖為地圖，經是圖的說明。（2）山海經圖為地理圖，該圖顯示了遠古時代的中國所在之地——古昆侖一帶的概貌。根據《山海經》記載的三種地理現象（即：北面有「冬夏有雪」之山，西南有「炎火之山」，又有「正立無景」的壽麻國），可證此古昆侖在雲南西部。《山海經》記載的是雲南西部遠古時期的地理。（3）山海經圖上的怪物是象形圖畫，是地圖符號。以「地圖符號」而不是以「怪物」的形貌去解讀《山海經》是打開此書寶庫的鑰匙。（4）山海經圖的製作時代當在大禹之世。該圖為一人所作，而《山海經》則為多人寫成：但該書的第一個作者是山海經圖的製作者，而其餘的作者只對書中的世系、傳說等內容加以補充。原始的山海經圖於周末已失傳[23]。

馬來西亞華裔學者丁振宗在《古中國的X檔案——以現代科技知識解《山海經》之謎》中，認為「《山海經》是由好幾個作者，在不同的時期參考一幅山海圖而寫的，這幅圖其實就是黃帝時代的青藏高原地圖。」[24]

---

21 袁珂《袁珂神話論集》，第17頁。

22 小川琢治〈山海經考〉，見《先秦經籍考》下，上海商務印書館，1931年，第2、82頁。小川文中還介紹了西方學者拉克倍理的觀點，拉氏在《古代中國文明西源論》（1894年）中認為，海外海內兩經，是周時之地理圖；山經五篇，原有奇怪之人獸圖，與經相附而行。至6世紀時，此舊圖佚去，別附以新圖（見小川上引文，第9－10頁）。此處所說之舊圖可能指的是《山海經》古圖，6世紀的新圖可能指的是張僧繇繪畫的山海經圖。

23 扶永發《神州的發現——《山海經》地理考》（修訂本），雲南人民出版社，1998年。

有關《山海經》古圖為地圖一說，還有待於考古發現和科學的驗證。

三、壁畫說

曾昭燏等在其所著的《沂南古畫像石墓發掘報告》一書中說：「沂南畫像石中有神話人物、奇禽異獸的計有三十一幅……記錄神話人物禽獸的書，以《山海經》為最完備。此經原亦有圖……我們揣測《山海經》原圖，有一部分亦為大幅圖畫或雕刻，有類於今日所見畫像石，故經文常云：某某國在某某國東，某某國在某某國北，某人方做某事，似專為記述圖畫而成文者。」[25]

歷史學家呂子方在〈讀《山海經》雜記〉中明確指出，楚國先王廟壁畫上的故事主要是《大荒經》，屈原是看了這些壁畫才寫出《天問》來的：「屈原宗廟裡壁畫故事的腳本就是《山海經》，而且主要是《大荒經》。這不僅因為《天問》的內容許多取材於《山海經》，更重要的是，他看了描繪《山海經》的壁畫故事才寫出了這篇著名作品來的。」[26]歷史學家蒙文通認為《山海經》部分是巴蜀的作品，山海經圖也和巴蜀所傳壁畫有關：「《山海經》古當有圖……《山海經》的這個圖，其起源應當是很古的……《天問》之書既是據壁畫而作，則《山海經》之圖與經其情況當亦如是。且《天問》所述古事十分之九都見於《大荒經》中，可能楚人祠廟壁畫就是這部分《山海經》的圖。至於《天問》與《大荒經》的出入之處，這應當是楚人所傳壁畫與巴蜀所傳壁畫的差異。《後漢書·筰都夷傳》說：『郡尉府舍，皆有雕飾，畫山靈海神，奇禽異獸』，《山海經》部分為巴蜀之書，此筰都圖畫可能即山海經圖之傳於漢代的巴蜀者。《華陽國志》說：『諸葛亮乃為夷作圖譜，先畫天地、日月……』也可能部分是沿襲山海經圖而來。《天問》是始於天地、日月，筰都圖畫也是始於天地、日月，應當不是偶然的……但是，《山海經》的這部古圖，卻早已散失，現在流傳的圖，是後人所

24 丁振宗《古中國的X檔案——以現代科技知識解《山海經》之謎》，台北昭明出版社，1999年，序第3頁。

25 曾昭燏、蔣寶庚、黎忠義《沂南古畫像石墓發掘報告》，南京博物院、山東省文物管理處編，文化部文物管理局出版，1956年，第42頁。

26 呂子方〈讀《山海經》雜記〉，見《中國科學技術史論文集》，四川人民出版社，1984年，第113、160頁。

畫。」[27]

在山野石壁、祖廟神祠上作壁畫是中國的古老傳統，早在先秦時代便已蔚然成風，正如劉師培在〈古今畫學變遷論〉中所說：「古人象物以作圖，後者按圖以列說。圖畫二字為互訓之詞。蓋古代神祠，首崇畫壁……神祠所繪，必有名物可言，與師心寫意者不同。」[28]近百年來無數楚辭專家就《天問》與楚宗廟壁畫的關係問題進行過認真的探討，由於《天問》和《山海經》幾乎是同時代的作品，楚宗廟壁畫的形貌對我們瞭解《山海經》古圖與壁畫的關係顯然有重要的意義。

四、巫圖說

巫圖說認為《山海經》是古代的巫書、祈禳書，其中相當一部分是根據古代巫師祭祖招魂送魂禳災時所用的巫圖和巫辭寫成的。最初沒有文字，只有圖畫，其巫辭也只是口傳；後來有了文字，才由識字的巫師寫下來，成為有圖有文的用於巫事活動的巫本。

關於《山海經》與巫的關係，魯迅的見解最具權威性。他在《中國小說史略》中指出，《山海經》「蓋古之巫書」，巫書「是巫師用的祈禳書」（《門外文談》），其作者是巫，「以記神事」（《漢文學史綱要》）。魯迅指出，這類巫書有兩個重要的特點，一是「根柢在巫」，二是「多含古神話」[29]，而這兩點正是有圖有文的《山海經》母本的特徵和性質所在。袁珂在魯迅的基礎上，進一步闡明《山海經》的圖是巫圖：

> 《山海經》尤其是以圖畫為主的《海經》部分所記的各種神怪異人，大約就是古代巫師招魂之時所述的內容大概。其初或者只是一些圖

---

27 蒙文通〈略論《山海經》的寫作時代及其產生地域〉，《巴蜀古史論述》，四川人民出版社，1981年，第176頁。

28 劉師培〈古今畫學變遷論〉，見《劉申叔遺書》卷13。

29 1925年月15日魯迅給傅築夫信：「中國之鬼神談，似至秦漢方士而一變……且又析為三期，第一期自上古至周末之書，其根柢在巫，多含古神話……」見《魯迅書信集》，人民文學出版社，1976年，第66頁。

畫，圖畫的解說全靠巫師在作法時根據祖師傳授、自己也臨時編湊一些歌詞。歌詞自然難免半雜土語方言，而且繁瑣，記錄為難。但是這些都是古代文化寶貴遺產，有識之士不難知道（屈原、宋玉等人即其例證）。於是有那好事的文人根據巫師歌詞的大意將這些圖畫作了簡單的解說，故《海經》的文字中，每有「兩手各操一魚」（《海外南經》）……這類的描述，見得確實是說圖之詞。[30]

前面我們介紹了歷代學者對《山海經》古圖的一些推測，可以看出，四種見解都包含有巫信仰的內核，是遠古時代初民企圖認識世界和把握世界的幼稚經驗的產物。從考古學、文獻學、民族學、民俗學發現的大量實物和資料中，從我國相當一部分少數民族在敬祖、祭祀、招魂、禳災和送葬時常用的神路圖、指路圖、送魂圖、打鬼圖，以及現今遺存下來的與之配套的經書、巫歌、招魂詞、畫本和一部分符書等文字材料可以看出，這類以巫為根柢，又多含古神話的有圖有文的巫本，是巫風熾盛、文字不發達的時代和民族的遺存，並由此推測，以根柢在巫與多含古神話為特徵的《山海經》母本（相當一部分），其成書過程很可能與這些民族的這類巫事活動和所用巫圖巫辭相類，其文字部分最初作為古代巫圖的解說詞，幾經流傳和修改，才有了我們所見到的《山海經》。因此，認為一部分山海經圖主要來源於巫圖的說法比較有根據，因而比較可信。

明清古本山海經圖及其特點

《山海經》的古圖早已亡佚，此後，西元6世紀南朝梁著名畫家張僧繇和宋代校理舒雅都曾繪製過十卷本《山海經圖》。郝懿行在〈山海經箋疏敘〉中引用《中興書目》的話：「《山海經圖》十卷，本梁張僧繇畫，咸平二年校理舒雅重繪為十卷，每卷中先類所畫名，凡二百四十七種。」[31]

張僧繇（502－549）是南朝梁武帝（蕭衍）時吳地的著名畫家，擅畫雲龍仙

30 袁珂《袁珂神話論集》，第15頁。

31 郝懿行〈山海經箋疏序〉，同注6。

佛人物，精工傳神，有關張氏畫龍點睛、畫龍柱、禹廟梅梁的傳説，把畫家高超的畫藝渲染到出神入化的境界，十卷本《山海經圖》便出自他的手筆。舒雅是宋旌德人，曾於咸平二年（999）任校理編纂經史時，見僧繇舊圖，便重繪《山海經圖》十卷。可惜這兩種十卷本的《山海經圖》都沒有流傳下來。儘管如此，明清時期創作與流傳的若干《山海經》古本，卻保留了根據張、舒繪本或更古老的圖加以增刪修繪而成的山海經圖，仍然可以看出中國亦圖亦文的古老傳統，可以看出《山海經》據圖為文、以圖立説的鮮明的敘事風格。歷代注家如郭璞、楊慎、吳任臣、汪紱、畢沅、郝懿行、袁珂等，正是根據某些《山海經》圖像對經文加以校注的。

目前所能見到的山海經圖是明清時代繪畫與流傳的圖本。就筆者所見，有以下十種版本：

1.明《山海經圖》，胡文煥編，格致叢書本，明萬曆二十一年（1593）刊行；全本共一百三十三幅圖，其中有二十三圖的神怪異獸未見於《山海經》。

2.明《山海經（圖繪全像）》十八卷，蔣應鎬武臨父繪圖，李文孝鐫，聚錦堂刊本，明萬曆二十五年（1597）刊行；全本共七十四幅圖。

3.明《山海經釋義》十八卷，一函四冊，王崇慶釋義，董漢儒校，蔣一葵校刻，明萬曆二十五年（1597）始刻，萬曆四十七年（1619）刊行。第一冊《圖像山海經》，共七十五幅圖。

4.明《山海經》十八卷，日本刊本，四冊，未見出處；全本共七十四幅圖，是蔣應鎬繪圖本的摹刻本。全書附有供日文讀者閱讀的漢文訓讀。

5.清《增補繪像山海經廣注》，吳任臣（志伊）注，佛山舍人後街近文堂藏版；圖五卷，共一百四十四幅。

6.清《山海經》，畢沅圖注，光緒十六年（1890）學庫山房仿畢（沅）氏圖注原本校刊，四冊，圖一冊，全本一百四十四幅圖。

7.清《山海經存》，汪紱釋，光緒二十一年（1895）立雪齋印本，圖九卷。

8.清《山海經箋疏》，郝懿行撰，光緒壬辰十八年（1892）五彩公司三次石印本，圖五卷，共一百四十四幅。

9.清《古今圖書集成·禽蟲典》中的異禽、異獸部。

10.清《古今圖書集成·神異典》中的山川神靈。

上述十種明清古本山海經圖共收圖兩千多幅，經整理、編排和比較，大致可以看出有以下特點：

一、明清古本中的山海經圖已非古圖，二者有著本質的區別。古圖有相當一部分可能是古代巫師「象物以作圖」（劉師培語），以備巫事活動所需的巫圖；而明清古本中的圖是明清畫家和民間畫工根據《山海經》經文創作的作品，反映了明清民眾對《山海經》的理解，帶有鮮明的明清時代的特色，從許多神靈穿著的明清服裝便可見一斑。然而，明清古本山海經圖與古圖之間，又有著古老的淵源關係。古圖雖然失傳了，如果我們把明清山海經圖與目前已發現的與古圖同時代的遠古岩畫、戰國帛畫、漢畫像石，以及新石器時代的陶器、商周青銅器上的圖像、圖飾和紋樣做些比較，便可以從另一個側面發現二者之間的淵源關係是十分古老的。再者，歷代注家據圖作注時對圖像的解釋和說明，以及一些古老的少數民族現存的有圖有文的巫圖，都可以從更多的側面幫助我們探尋二者間的古老淵源。此外，從明清各種版本山海經圖的圖像造型有一個比較固定的模式，某些圖幾近相同（如混沌神帝江、失去頭顱還奮鬥不止的刑天等）來看，很可能有古老的圖為母本；或者說，有一部分圖是根據張、舒的圖本增刪而來的。因此，從整體來看，明清古本中的山海經圖仍不失古意，在畫像造型、特徵勾勒、線條運用、結構、神韻、意境、寫實與象徵的處理等許多方面，仍保持了古圖和《山海經》母本原始古樸粗獷的風貌，道佛的影響並不明顯。因此，可以認為，明清古本山海經圖在一定程度上再現了已經失傳的《山海經》古圖，對進一步探討《山海經》這部有圖有文的奇書有著重要的意義。

二、編排與結構形式多樣。從上述多種《山海經》圖本中圖與文的編排來看，有圖像獨立成卷的（如，明胡文煥圖本、明王崇慶釋義圖本、清畢沅圖本）；有全部圖按五大類（神、異域、獸族、羽禽、鱗介）分別插入《山海經》十八卷經文中的（如清吳任臣近文堂圖本、郝懿行圖本）；有按《山海經》十八卷經文順序依次插圖的（如明蔣應鎬繪圖本、日本刊本、清汪紱圖本）；有作為叢書插圖選用的（如《古今圖書集成·禽蟲典》本、《古今圖書集成·神異典》本）等等多種。

從圖畫敘事的方式來看，有圖與說兼備、右圖左說、無背景、一神一圖一說

（如明胡文煥圖本）；有以山川為背景的一神或多神圖（如明蔣應鎬繪圖本、王崇慶釋義圖本、日本刊本）；有以山川為背景或無背景的一神圖（如《古今圖書集成》的兩種本子）；有無背景的一神一圖（一神一圖中，又有圖上附神名、釋名、郭璞圖讚的，如畢沅圖本、郝懿行圖本；有不附圖讚的，如吳任臣近文堂圖本）；有無背景的多神一圖與一神一圖穿插編排（如汪紱圖本）等等多種方式。

三、明清古本山海經圖是明清畫家（有署名的與未署名的）與民間畫工的作品，其風格各不相同。明蔣應鎬繪圖本（王崇慶圖本與日本刊本的圖像與之基本相同，可能都出自蔣氏繪圖本）、明胡文煥圖本和清汪紱圖本的圖像比較精細、生動傳神、線條流暢、有創意，顯然出自有經驗的畫家的手筆；相比之下，吳任臣圖本、畢沅圖本、郝懿行圖本彼此雷同，相當一部分圖採自胡文煥圖本，其刻畫造型也比較簡單、粗線條，圖像編排與圖上的文字錯訛不少，很可能是民間畫工、刻工所為。同是吳任臣圖本，又有官刻本與民間粗本之別，不同地區刻本的圖也有粗細、簡繁的差異，這正是民間刻本常見的特徵。可以看出，明清古本山海經圖是上中層文化與下層文化共同創造的成果。

四、一神多圖與一神二形（或多形）對神話研究的啓示。在筆者目前所蒐集到的兩千多幅圖的四百七十例神怪畏獸中，一神多圖與一神二形甚至多形的現象處處可見。同一神怪畏獸，在不同版本不同時代不同畫家筆下，有了許多變異。這不僅說明，這種變異性是神話所固有的，也使山海經圖的畫廊顯得更加豐富多采。如《西山經》與《海外南經》都有畢方鳥，是一種兆火獨足奇鳥，在所見的八幅圖中，有七幅是非人面的獨足鳥，而《禽蟲典》本《海外南經》的畢方圖卻是人面獨足鳥。歷代注家如吳承志、郝懿行、袁珂均認為《海外南經》所記「其為鳥人面一腳」中的「人面」二字為衍字，應刪去；他們沒有看到神話中的畢方鳥有人面的與非人面的兩種形態。明清古本山海經圖以《山海經》的文本為依據，以形象的方式反映了原始初民對世界以及人類自身的幼稚認識，自然也反映了明清時代的民眾以及作畫者、刻工對《山海經》的理解，一神多圖或一神多形正是不同時代、不同地域 、不同作畫者的不同理解的結果，為我們瞭解《山海經》神話的多義性、歧義性、變異性提供了生動的形象資料。

五、山海經圖的流傳與變異。明清之際，山海經圖在全國各地廣為流傳。大家都知道，魯迅就曾蒐集過兩種帶圖的《山海經》，一種是他幼年時，長媽媽給他買的四本小書，刻印都十分粗拙，紙張很黃，圖像很壞，幾乎全用直線湊合，連動物的眼睛也都是長方形的，那上面畫著人面的獸，九頭的蛇，一腳的牛，袋子似的帝江，沒有頭而「以乳為目，以臍為口」，還要「執干戚而舞」的刑天。魯迅說：「這四本書，乃是我最初得到，最為心愛的寶書。」另一種是他後來買的石印帶圖《山海經》郝懿行本，每卷都有圖讚，綠色的畫，字是紅的，比那木刻的精緻多了[32]。這兩本書伴隨了魯迅的一生，給他以重要的影響。

晚清民國期間，全國各地刻印的帶圖《山海經》地方本子，有了不少變異。目前所見有兩種情況：其一，以老本子為本，圖像有修飾，如上海錦章圖書局於民國八年（1919）印行的《山海經圖說》（校正本），此書共四冊，是根據上述畢沅的圖本刻印的，收圖一百四十四幅。其編排結構一如畢沅圖本，圖上有神名、釋名、郭璞圖讚，圖像也和畢沅本同，只是有一部分圖經過修飾，那線條清晰勻稱、眉目清秀的神和獸，似乎有點失去了老本子神獸的古樸和神韻，但總的來說，還是一個有味道的本子。

其二，部分圖像帶有相當明顯的精怪化與連環畫化的傾向，值得注意的例子是四川順慶海清樓於清咸豐五年（1855）刻印的《山海經繪圖廣注》，清吳志伊注、成或因繪圖。此書標明用的是清吳任臣（志伊）的注，但圖卻和吳任臣的圖本完全不同。上面我們介紹過，清代吳任臣近文堂圖本採用的是無背景的一神一圖格局，但四川的這一成或因繪圖本卻採用了明代蔣應鎬繪圖本式的有山川背景的多神圖格局。其中部分神與獸的造型帶有明顯的宗教化與連環畫化的傾向，如《中次十二經》帝二女娥皇、女英畫成兩個濃妝富態的貴夫人，身後有佛光；又如《海外西經》的女子國圖，畫了二十四個裸女在水中沐浴，岸上站著三個著裝舉扇的女子，沐浴女子向岸上女子招手，似乎在說些什麼。可惜筆者只見到這一版本的幾幅圖，難窺全豹。另外一幅上海上洋久和齋印行的《新出山海經希奇精怪後本》（現藏匈牙利東方藝術博物館），圖上儘是些魚精、雞精、狐狸精、羊

32 魯迅〈阿長與山海經〉，《魯迅全集》（二），人民文學出版社，1958年，第229－231頁。

精，完全失去了《山海經》的本來面目。

山海經圖的流傳與變異是一個很有意義的話題，值得進一步蒐集資料和深入研究。

《山海經》的圖像世界

神奇瑰麗的山海經圖為我們展示出中國原始先民心目中神話的圖像世界，數百個形態各異的神話形象出現在我們面前。這些神話形象共分五類：（1）神靈，包括天帝（帝俊、顓頊、帝舜、西王母、帝丹朱……）、自然神（司晝夜之神燭陰、日月之神、四方之神、時間之神、水神、山神……）、人王（夏后開、刑天、王亥……）等；（2）異獸；（3）奇鳥；（4）異魚和怪蛇；（5）遠方異民等等。中國著名的遠古神話都有圖：如羲和浴日、常羲生月、夸父逐日、精衛填海、刑天爭神、女媧之腸化人、黃帝與蚩尤戰、丹朱化鳥、王亥僕牛、西王母與三青鳥、混沌神帝江、創世神燭龍、顓頊死而復生化生魚婦、人面龍身的雷神、九頭蛇身的怪物相柳、巴蛇吞象……

這些形象在造型、想像、表現形式上都是典型中國式的。與希臘神話（就其主體來說）之人神一體，人神和諧，講究形體美、均衡，神的形象舉止優雅、風度翩翩不同，山海經圖中的形象原始粗獷、率眞稚拙、充滿野性，中國人的始祖神黃帝軒轅氏、創世神女媧，竟然是個人面蛇身的怪物！人形神與非人形神（或人獸神合體）約一與四之比。山海經圖的形象造型誇張怪誕，通過人與動物器官、肢體的加減、交錯、異位、誇張、變形，重新組合，出現了新的神話形象。《山海經》的神不講究人的形體美，常把人的器官肢體加諸鳥、獸、蛇身上，於是出現了大量的人面鳥、人面獸、人首蛇身的形象。中國人以這些形象表達自己對人與自然，對天、地、人關係的理解，以這種方式與天地溝通，與自然調協，與山水、動植物對話，進行交流，保留下來大量原始思維的模式與遺韻。

山海經圖再現了中國人童年的夢。神話是人類童年的夢，是人類走出混沌的第一聲吶喊，是人類從自然走向文明所採摘的第一批果實。神話是民族生命力的源泉，是民族文化的根，是民族精神之所在。每個民族都有自己的神話，每個民族都為自己的神話而自豪。中國是一個多民族國家，神話蘊藏十分豐富，神話品種和類型齊全。山海經圖以形象的方式向子孫後代講述著遠古發生的一個個至今並未消失的動人故事，把中國的神話世界，把中國人童年的夢展現在讀者面前。

要瞭解一個民族，最好從她的神話入手。山海經圖是中國人的創造，體現了中國的民族精神，那人面的獸、九頭的蛇、一腳的牛、袋子似的混沌神帝江，將給人以無窮的藝術享受；而那與日競走、道渴而死、其杖化為鄧林的夸父，那口含木石、以湮東海的精衛，那沒有了腦袋而以乳作目、以臍作口，還要手執干戈鬥爭不息的刑天，正是中國人民族精神的寫照！山海經圖蘊含著深厚的中國文化，是中華民族心靈的歷史，民族生命力的讚歌，同時又是各門學科取之不竭的源泉，藝術發生學、神話學、考古藝術學、民俗文化學、古典文學等等，都可以從中找到聯繫的紐帶。而山海經圖對我們理解《山海經》這部博大精深的奇書，其意義更是不言而喻的。

對山海經圖的蒐集、整理和研究是一個大型的基礎性建設工程，包括三個研究系列：（1）古本山海經圖的蒐集、整理和製作，為研究者和讀者提供一部有觀賞、收藏和研究價值的、可靠的古本山海經圖；（2）山海經圖與《山海經》的比較研究，這項工作的第一步是給讀者提供一部帶研究性質的圖說；（3）山海經圖與古文獻、考古文物、民俗文物、民族巫圖及其他學科的比較研究。筆者目前已完成的若干成果只是上述基礎工程的第一步，圖本還有待補充、完善，研究還有待深入開拓，真誠希望得到海內外學者的指教和支持。

2000年春於北京

凡　例

一、本書從目前蒐集到的十六個《山海經》圖本（版本見「前言」和「導論」）中，精選出四百五十六個神怪畏獸的圖共一千六百多幅。所收圖目為《山海經》中的神怪、畏獸、奇鳥、異魚、怪蛇、遠方異民、神山等。圖目按《山海經》十八卷神獸出現的先後順序排列，同名同物者歸併在首見圖目，如《南山經》、《海外東經》都有九尾狐圖，則列在《南山經》。其餘同名異形者（如《西山經》的窮奇為牛形，《海內北經》的窮奇如虎有翼）、同名異物者（如《中次八經》的鴆為食蛇毒鳥，而《中次十一經》之鴆為食臭蟲之鳥），或異名同物者（如燭龍、燭陰）均分別列目。圖目前有編號，如「卷1-6旋龜」，「卷1」指《山海經》的第1卷《南山經》，「6」為旋龜在第1卷出現的次序。

二、本書分圖、經文、解說三大部分。圖的名稱和經文主要根據袁珂《山海經校注》1996年巴蜀書社本（參考其他注釋本，個別地方有改動）。本書採用的圖本，有些圖的名稱與經文不一致，只在圖說中說明；圖上的文字或有錯訛，讀者對比圖說，便可明白，故不一一說明。

【目錄】

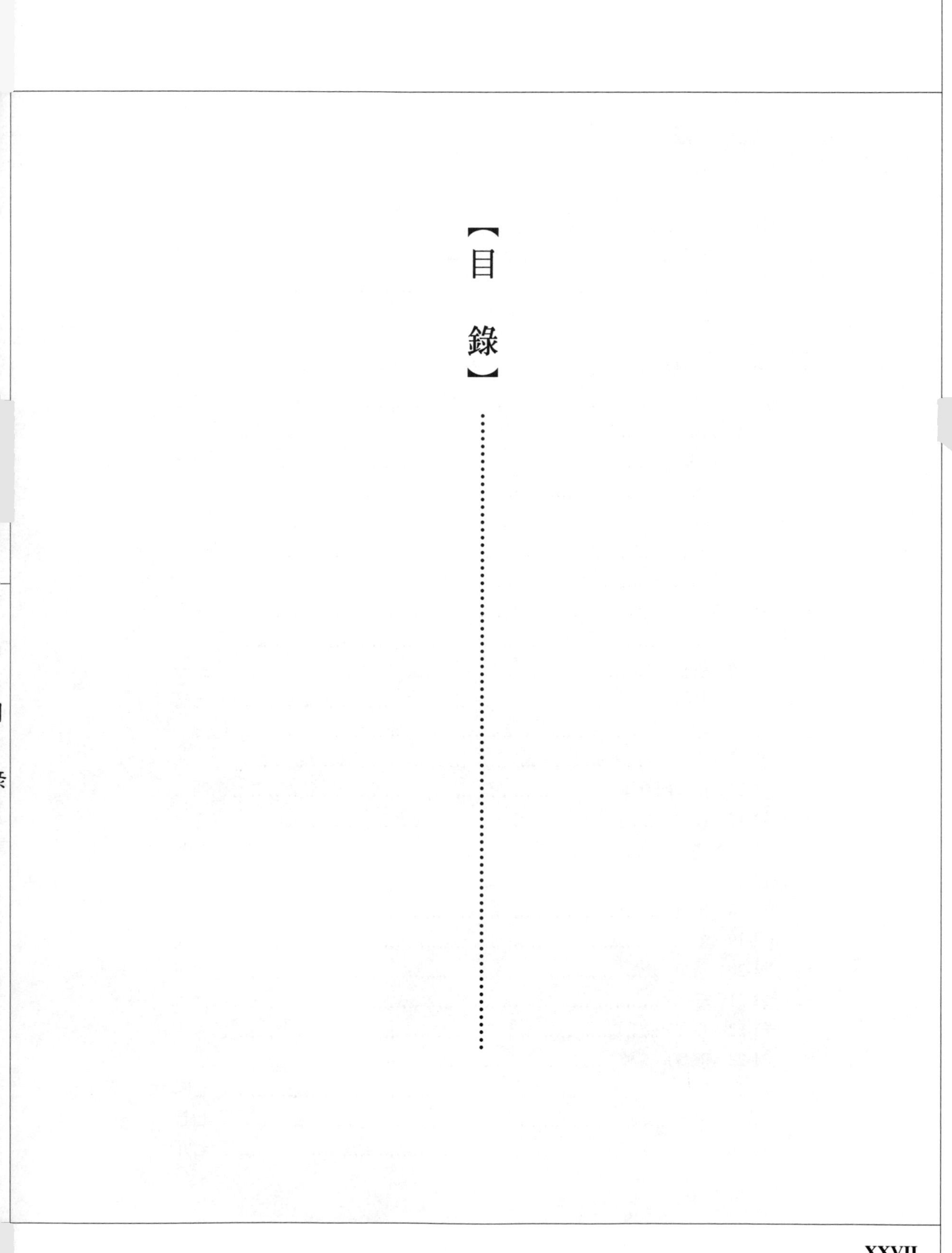

第一卷　南山經

第二卷　西山經

第三卷　北山經

第四卷　東山經

第五卷　中山經

第六卷　海外南經

第七卷　海外西經

第八卷　海外北經

第九卷　海外東經

第十卷　海內南經

第十一卷　海內西經

第十二卷　海內北經

第十三卷　海內東經

第十四卷　大荒東經

第十五卷　大荒南經

第十六卷　大荒西經

第十七卷　大荒北經

第十八卷　海內經

第一卷 南山經

【卷Ⅰ-1】

狌狌

【經文】

《南山經》：招搖之山，有獸焉，其狀如禺而白耳，伏行人走，其名曰狌狌，食之善走。

【解說】

狌狌是古字，即今之猩猩。關於它的形狀，一說它像猿猴，白耳朵，能伏行，又能如人般直立行走（《南山經》）；一說它人面豬身（《海內南經》：「狌狌知人名，其爲獸，如豕面人面，在舜葬西」）；一說它是人面青獸（《海內經》）；一說它人面狗軀而長尾（《呂氏春秋·本味》高誘注）；一說它狀如黃狗而人面，頭如雄雞（《周書》）；一說猩猩若黃狗，人面能言（《博物志》）。

古書中說，猩猩能言（《禮記·曲禮》）。屈原《天問》有「焉有石林，何獸能言」的詩句，問的是天下會有石木之林，林中會有能言之獸嗎？清代畫家蕭雲從用圖畫〔圖1〕回答了屈原的問題，在《天問圖》中突出了猩猩能言的特徵，對它的長舌做了誇張的描寫。

《海內南經》中說，猩猩知人名。傳說猩猩百餘頭爲一群，出沒於山谷之中。這種獸特別好酒和草鞋，土人常在路上擺上酒，還放上幾十雙連在一起的草鞋。猩猩走過，便知道放置這兩樣東西的土人和他們祖先的名字。開頭，它們喊著土人和他們祖先的名字，一邊大罵「誘我也」，一邊走開。不一會又返回，相互嚷著喝酒，還把草鞋套在腳上〔圖2〕。喝不多少便大醉，連著的草鞋讓它們跑也跑不動，便被土人捉住（唐李肇《唐國史補》；又見李賢注引《南中志》）。《水經注·葉榆河》記載，猩猩獸善與人言，音聲麗妙，如婦人好女。對語交言，聞之無不酸楚。傳說猩猩的肉甘美（《水經注》），人吃了能善走（《南山經》）。

郭璞《圖讚》：「狌狌似猴，走立行伏。櫰木挺力，少辛明目。蜚（飛）廉迅足，豈食斯肉。」又《海內南經·圖讚》：「狌狌之狀，形乍如獸（《百子全書》本作犬）。厥性識往，爲物警辨。以酒招災，自貽纓罥。」

山海經圖所見的狌狌，有四種：

其一，猴形，如〔圖3－蔣應鎬繪圖本《南山經》圖〕、〔圖4－汪紱圖本〕；

其二，人形獸尾，如〔圖5－成或因繪圖本〕；

其三，人面豬身，如〔圖6－蔣應鎬繪圖本《海內南經》圖〕、〔圖7－成或因繪圖本《海內南經》圖〕；

其四，人形披獸毛，如〔圖8－胡文煥圖本〕。胡文煥圖說：「鵲山（招搖山）有獸，狀如寓（音弗，fú），類彌猴，髮垂地。江東山中亦有，名猩猩，能言。」

〔圖1〕「猩猩能言」　清・蕭雲從《欽定補繪離騷圖・天問圖》

〔圖2〕狌狌　清・汪紱圖本《山海經存・海內南經》圖

〔圖3〕狌狌　明・蔣應鎬繪圖本

〔圖4〕狌狌　清・汪紱圖本

〔圖5〕狌狌　清・四川成或因繪圖本

〔圖6〕狌狌　明・蔣應鎬繪圖本《海內南經》圖

〔圖7〕狌狌　清・四川成或因繪圖本《海內南經》圖

〔圖8〕猩猩　明・胡文煥圖本《山海經圖》

【卷1-2】

白猿

【經文】

《南山經》：堂庭之山，多白猿。

【解說】

白猿似猴而大臂，腳長便捷，善攀援，其鳴聲哀，故有「猿三鳴而人淚下」（《獸經》）之說。柳宗元〈入黃溪聞猿〉說：「溪路千里曲，哀猿何處鳴。孤臣淚已盡，虛作斷腸聲。」《抱朴子．對俗篇》說，猴壽八百歲變爲猿，壽五百歲變爲玃。李時珍《本草綱目》說，猿產于川廣深山，其臂甚長，能引氣，故多壽。

郭璞《圖讚》：「白猿肆巧，由（繇）基撫弓。應眄而號，神有先中。數如循環，其妙無窮。」

〔圖1－蔣應鎬繪圖本〕、〔圖2－胡文煥圖本〕、〔圖3－成或因繪圖本〕、〔圖4－汪紱圖本〕。

〔圖1〕白猿　明．蔣應鎬繪圖本

〔圖2〕白猿　明・胡文煥圖本

〔圖3〕白猿　清・四川成或因繪圖本

〔圖4〕白猿　清・汪紱圖本

【卷1-3】

蝮虫

【經文】

《南山經》：猨翼之山，其中多怪獸，水多怪魚，多白玉，多蝮虫，多怪蛇，多怪木，不可以上。

【解說】

蝮虫即蝮、蝮蛇、蝮虺。郭璞說：色如綬文，鼻上有針，大者百餘斤，又名反鼻蟲。《爾雅．釋魚》有「蝮虺博三寸首大如擘」的記載。蝮蛇是一種可怕的動物，屈原在《離騷．大招》的招魂詞中，呼喚靈魂不要去炎火千里的南方，說那裡有蝮蛇等可怕的生物。除《南山經》外，《南次二經》羽山、《南次三經》非山，皆「多蝮虫」。

〔圖1－蔣應鎬繪圖本〕、〔圖2－成或因繪圖本，上面畫了怪魚、蝮虫、怪蛇三種生物〕。

〔圖1〕蝮蟲　明．蔣應鎬繪圖本

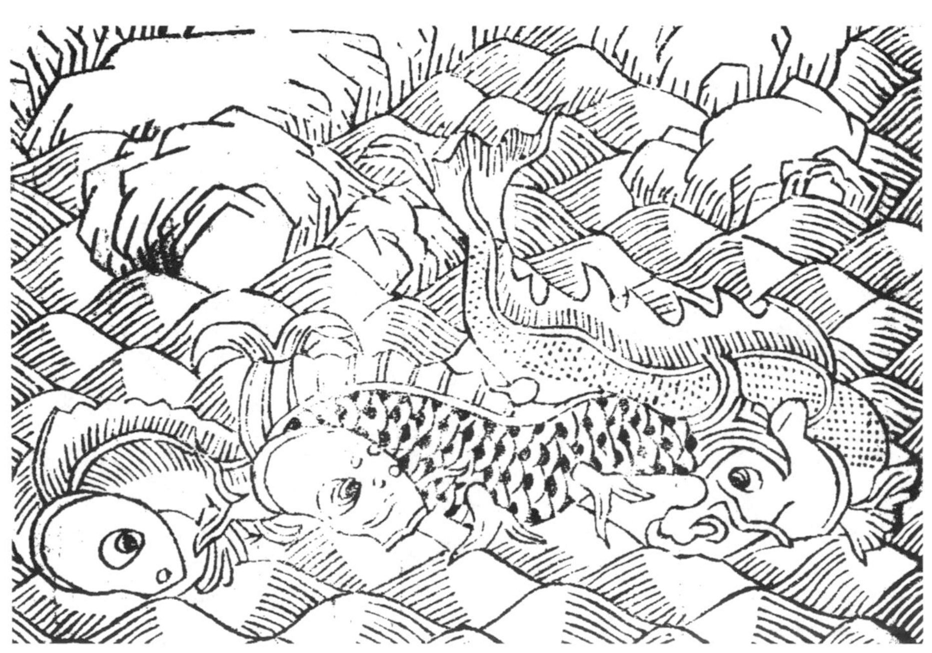

〔圖2〕蝮虫、怪魚、怪蛇　清・四川成或因繪圖本

【卷1-4】

怪蛇

【經文】

《南山經》：猨翼之山，多怪蛇。

【解說】

所謂怪蛇，指的是狀貌倔奇不平常的蛇。《北次二經》洹山、《中次九經》崌山、《中次十二經》榮余山亦多怪蛇。

〔圖1－蔣應鎬繪圖本〕。

〔圖1〕怪蛇　明·蔣應鎬繪圖本

【卷1-5】

鹿蜀

【經文】

《南山經》：杻陽之山，有獸焉，其狀如馬而白首，其文如虎而赤尾，其音如謠，其名曰鹿蜀，佩之宜子孫。

【解說】

鹿蜀是一種神獸，樣子像馬，長著白色的腦袋，紅色的尾巴，身披虎紋，叫起來就像人在唱歌。傳說明代崇禎時，閩南地區曾有人見過鹿蜀（吳任臣注）；又說人如果把它的皮毛佩帶在身上，或以之做褥子（胡文煥圖說：「人寢其皮」），可使子孫昌盛。

郭璞《圖讚》：「鹿蜀之獸，馬質虎文。驤首吟鳴，矯足騰群。佩其皮毛，子孫如雲。」

〔圖1－蔣應鎬繪圖本〕、〔圖2－胡文煥圖本〕、〔圖3－成或因繪圖本〕、〔圖4－畢沅圖本〕、〔圖5－汪紱圖本〕。

〔圖1〕鹿蜀　明・蔣應鎬繪圖本

鹿蜀

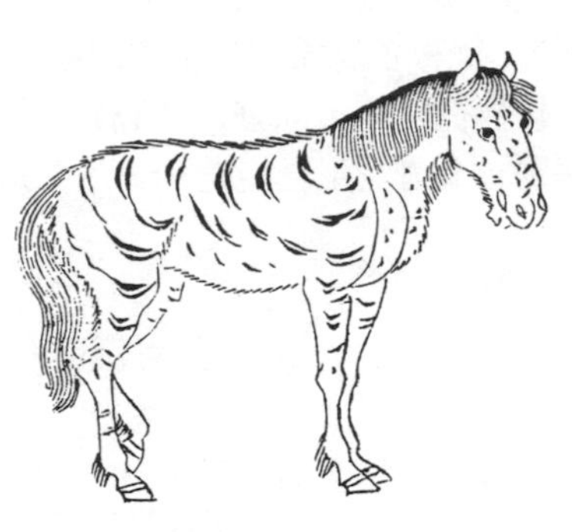

〔圖2〕鹿蜀　明・胡文煥圖本

〔圖3〕鹿蜀　清・四川成或因繪圖本

鹿蜀狀如馬而白首其文如虎而赤尾佩其皮宜子孫出柢陽山

鹿蜀之獸馬質虎文驤首吟鳴矯足騰羣佩其皮毛子孫如雲

〔圖4〕鹿蜀　清・畢沅《山海經》圖本

〔圖5〕鹿蜀　清・汪紱圖本

【卷1-6】

旋龜

【經文】

《南山經》：杻陽之山，怪水出焉。而東流注于憲翼之水。其中多玄龜，其狀如龜而鳥首虺尾，其名曰旋龜，其音如判木，佩之不聾，可以為底。

【解說】

旋龜的樣子像普通的龜，但卻長著鳥的頭、毒蛇的尾巴。它叫起來就像敲擊破木的聲音。人帶著它，可不患耳聾，還有治足繭的奇效。《中次六經》密山也有旋龜，其狀爲鳥首鱉尾，與此不同。旋龜又作玄龜，《拾遺記》所記禹治水時，「黃龍曳尾於前，玄龜負青泥於後」，可知玄龜又是神話中治水的重要角色。屈原《天問》有「鴟龜曳銜，鯀何聽焉」的詩句，聞一多認爲，其中的鴟龜便是《南山經》的旋龜（見《天問疏證》）。清代蕭雲從在《天問圖》〔圖1〕中，把鴟龜畫成鴟與龜兩種動物，圖右下方的龜似是龜首龜身蛇尾之旋龜。

郭璞《圖讚》：「聲如破木，號曰旋龜。」

旋龜圖有二形：

其一，鳥首龜身，蛇尾四足，如〔圖2－蔣應鎬繪圖本〕、〔圖3－畢沅圖本〕、〔圖4－成或因繪圖本〕、〔圖5－上海錦章圖本〕；

其二，龜首蛇尾四足，如〔圖6－胡文煥圖本〕、〔圖7－汪紱圖本〕。

〔圖2〕旋龜　明·蔣應鎬繪圖本

〔圖1〕「鴟龜曳銜」　清・蕭雲從《天問圖》，左上為旋龜之特寫

旋龜　狀如龜而鳥首虺尾出英水

鳥首虺尾

其名旋龜

〔圖3〕旋龜　清・畢沅圖本

〔圖4〕旋龜　清・四川成或因繪圖本

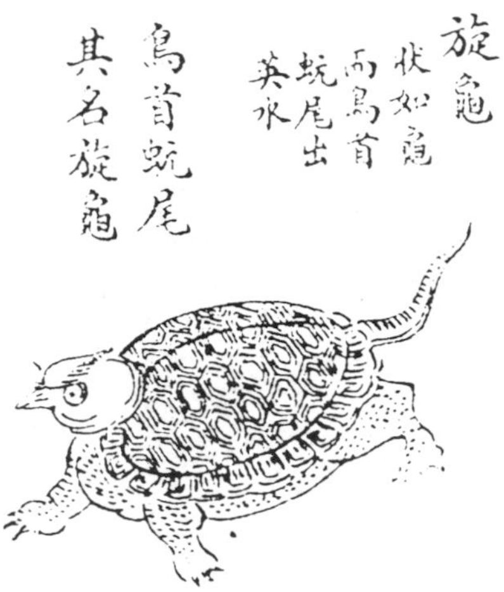

玄龜

旋龜
狀如龜
而鳥首
虺尾出
英水

鳥首虺尾
其名旋龜

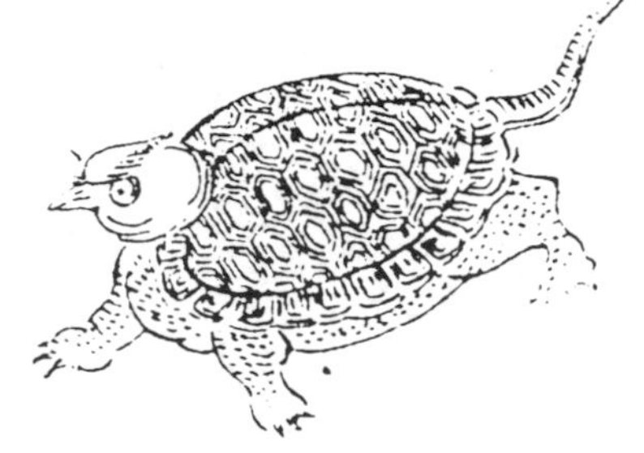

〔圖5〕旋龜　上海錦章圖本

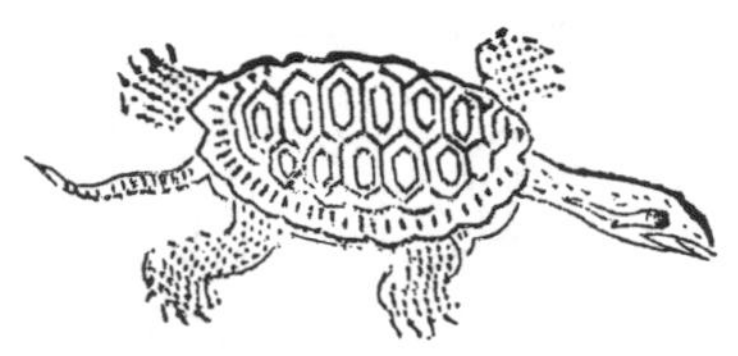

〔圖6〕旋龜　明・胡文煥圖本

旋龜

〔圖7〕旋龜　清・汪紱圖本

鯥

【經文】

《南山經》：柢山，多水，無草木。有魚焉，其狀如牛，陵居，蛇尾有翼，其羽在魼（亦作脇）下，其音如留牛，其名曰鯥，冬死而夏生，食之無腫疾。

【解說】

鯥（音陸，lù）是一種集鳥、獸、魚、蛇四牲於一身，介乎於生死之間的怪魚，生活在水旁的山陵上。它的樣子像牛，蛇尾有翼，羽毛長在肋下。叫聲像牛，冬天休眠，夏天出來活動，所以說它冬死而夏生。人吃了這種魚，可以防治癰腫。

郭璞《圖讚》：「魚號曰鯥，處不在水。厥狀如牛，鳥翼蛇尾。隨時隱見，倚乎生死。」

鯥圖有無足與四足兩大類五種形象：

其一，無足類，牛首魚身，蛇尾有翼，如〔圖1－蔣應鎬繪圖本〕、〔圖2－成或因繪圖本〕；

其二，無足類，獸首魚身，蛇尾有翼，如〔圖3－吳任臣康熙圖本〕、〔圖4－上海錦章圖本〕；

其三，無足類，獸首魚身，蛇尾無翼，如〔圖5－汪紱圖本〕；

其四，四足類，獸首魚身牛蹄，蛇尾有翼，如〔圖6－胡文煥圖本〕；

其五，四足類，形象與胡文煥圖本同，在水中奔馳，如〔圖7－《禽蟲典》〕。

〔圖1〕鯥　明·蔣應鎬繪圖本

〔圖2〕鯥　清・四川成或因繪圖本

〔圖3〕鯥（鯥魚）　清・吳任臣康熙圖本

鯥魚狀如牛鱗腹蛇
尾有翼其羽在
結下出柢山
魚號曰鯥
處不在水
厥狀如牛
鳥翼蛇尾
隨時隱見
倚乎生死

〔圖4〕鯥　上海錦章圖本

〔圖5〕鯥　清・汪紱圖本

〔圖6〕鯥（鯥魚）　明・胡文煥圖本

〔圖7〕鯥（鯥魚）　清《古今圖書集成・禽蟲典》

【卷1-8】

類

【經文】

《南山經》：亶爰之山，多水，無草木，不可以上。有獸焉，其狀如狸而有髦，其名曰類，自為牝牡，食者不妒。

【解說】

類又稱靈狸、靈貓，樣子像野貓，頭披長毛，是一種雌雄共體的奇獸。傳說今雲南蒙化縣有此獸，土人謂之香髦，具牝牡兩體（楊愼注本）。郝懿行引陳藏器《本草拾遺》說：「靈貓生南海山谷，狀如狸，自爲牝牡。」又引《異物志》說：「靈狸一體，自爲陰陽。」《列子》記：「亶爰之獸，自孕而生，曰類；河澤之鳥，相視而生，曰鶂。」《楚辭》：「乘赤豹兮載文狸。」王逸注：「神狸而不言其狀，考《南山經》亶爰之山有獸名類，其狀如狸，其文如豹，疑即此物也。」據說吃過這種獸肉的人不知妒忌。

郭璞《圖讚》：「類之爲獸，一體兼二。近取諸身，用不假物（器）。窈窕是佩，不知妒忌。」

類獸圖有兩種形狀：

其一，獸形，如〔圖1－蔣應鎬繪圖本〕、〔圖2－日本圖本〕、〔圖3－成或因繪圖本〕、〔圖4－汪紱圖本〕；

其二，人面獸形，如〔圖5－胡文煥圖本〕、〔圖6－吳任臣近文堂圖本〕、〔圖7－上海錦章圖本〕。

〔圖1〕類　明・蔣應鎬繪圖本

〔圖4〕類　清・汪紱圖本

〔圖5〕類　明・胡文煥圖本

〔圖3〕類　清・四川成或因繪圖本

〔圖2〕類　日本圖本

〔圖6〕類　清・吳任臣近文堂圖本

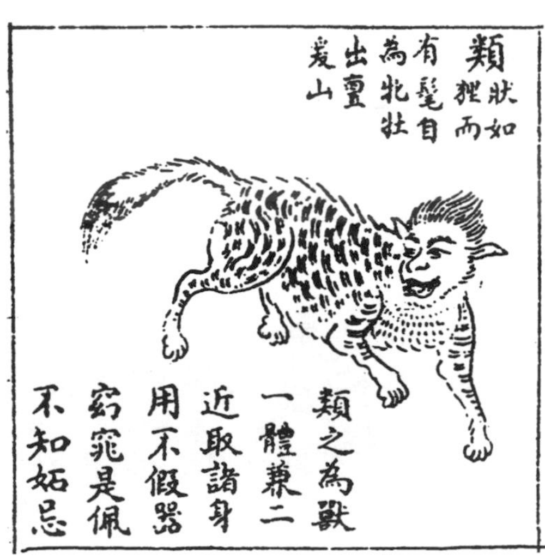

類狀如貍而有髦自為牝牡出亶爰山
類之為獸
一體兼二
近取諸身
用不假器
窈窕是佩
不知妬忌

〔圖7〕類　上海錦章圖本

猼訑

【經文】

《南山經》：基山，有獸焉，其狀如羊，九尾四耳，其目在背，其名曰猼訑，佩之不畏。

【解說】

猼訑（音博宜，bóyí）是一種怪獸，似羊，九條尾巴，四隻耳朵，兩隻眼睛長在背脊上。據說人取其皮毛，佩在身上，可不知畏懼。

郭璞《圖讚》：「猼訑似羊，眼反在背。視之則奇，推之無怪。若欲不恐，厥皮可佩。」

〔圖1－蔣應鎬繪圖本〕、〔圖2－吳任臣近文堂圖本〕、〔圖3－成或因繪圖本〕、〔圖4－汪紱圖本〕、〔圖5－《禽蟲典》〕。

〔圖1〕猼訑　明·蔣應鎬繪圖本

〔圖2〕猼訑　清・吳任臣近文堂圖本

〔圖3〕猼訑　清・四川成或因繪圖本

猼訑

〔圖4〕猼訑　清・汪紱圖本

〔圖5〕猼訑　清《禽蟲典》

【卷1-10】

鵸鵌

【經文】

《南山經》：基山，有鳥焉，其狀如雞而三首六目，六足三翼，其名曰鵸鵌，食之無臥。

【解說】

鵸鵌一作鷆鵌 ，樣子像雞，卻長著三個腦袋，六隻眼，六條腿，三副翅膀。《廣雅》記：南方有鳥，三首六目，六足三翼，其名曰鵸鵌 。郭璞說：鵸鵌急性，使人少眠。據說人吃了它，可少睡覺。

郭璞《圖讚》：「鵸鵌六足，三翅並翬。」

〔圖1－蔣應鎬繪圖本〕、〔圖2－胡文煥圖本〕、〔圖3－成或因繪圖本〕、〔圖4－汪紱圖本〕、〔圖5－上海錦章圖本〕。

〔圖1〕鵸鵌　明・蔣應鎬繪圖本

鳥鳴

〔圖2〕鵸鵂　明・胡文煥圖本

〔圖3〕鵸鵂　清・四川成或因繪圖本

鵸鵂
六足
三翅
並翬

〔圖4〕鵸鵂　上海錦章圖本

鵸鵂狀如鷄而三首六目六足三翼出基山

鵸鵂

〔圖5〕鵸鵂　清・汪紱圖本

【卷1-12】

九尾狐

【經文】

《南山經》：青丘之山，有獸焉，其狀如狐而九尾，其音如嬰兒，能食人，食者不蠱。

【解說】

九尾狐多次見於《山海經》與古代典籍，是古代神話中的重要角色。《海外東經》記：「青丘國在其北，其狐四足九尾。」《大荒東經》又記：「有青丘之國，有狐，九尾。」《周書·王會篇》說：「青丘狐九尾。」

《南山經》的九尾狐是一隻食人畏獸，它的叫聲很像嬰兒在啼哭。傳說人吃了它的肉，可以不逢妖邪之氣，抗拒蠱毒。九尾狐在《山海經》中出現三次，未見有祥瑞品格，與西王母的神話家族也沒有聯繫，保留了它最古老的形象。

九尾狐後來成爲祥瑞和子孫繁息的象徵。郭璞在注釋《山海經》時，把後來出現的九尾狐「太平則出而爲瑞」的觀念帶進《山海經》的注文中。《吳越春秋·越王無餘外傳》記載了一則禹娶塗山女子爲妻的故事，說禹娶塗山女子，是一隻九尾白狐獻瑞的結果。傳說禹治水直到三十歲時，還沒娶妻。有一次，他走過塗山，見到一隻九尾白狐，不禁想起塗山當地流傳的一首民間歌謠，大意是說：誰見了九尾白狐，誰就可以爲王；誰見了塗山的女兒，誰就可以使家道興旺。於是，禹便娶塗山女子女嬌爲妻。越是後出的文獻，九尾狐的祥瑞色彩則越濃。《白虎通·封禪篇》中說：「德至鳥獸則九尾狐見。」《瑞應圖》記：王者不傾於色，則九尾狐至。王法修明，三才得所，九尾狐至。又說，九尾狐六合一同則見，文王時東方歸之。商周、戰國時代的青銅器與針刻畫上保留了九尾狐的原始形象。漢畫像石中常見九尾狐與兔、蟾蜍、三足烏等並列於西王母身旁，以示祥瑞與子孫興旺，九尾狐成了西王母神話家族中的一員。〔圖1：①青銅尊上的九尾狐；②江蘇淮陰高莊戰國墓銅奩上的九尾狐；③山東嘉祥洪山村漢畫像石上的九尾狐；④鄭州新通橋東漢畫像石上的九尾狐〕

郭璞《圖讚》：「青丘奇獸，九尾之狐。有道翔見，出則銜書。作瑞周文，以標靈符。」

〔圖2－蔣應鎬繪圖本〕、〔圖3－胡文煥圖本〕、〔圖4－日本圖本〕、〔圖5－成或因繪圖本〕、〔圖6－汪紱圖本〕、〔圖7－《禽蟲典》〕。

①青銅尊上的九尾狐

②江蘇淮陰高莊戰國墓銅奩上的九尾狐

③山東嘉祥洪山村漢畫像石上的九尾狐

④鄭州新通橋東漢畫像石上的九尾狐

〔圖1〕

〔圖2〕九尾狐　明・蔣應鎬繪圖本

九尾狐

〔圖3〕九尾狐　明・胡文煥圖本

〔圖5〕九尾狐　清・四川成或因繪圖本

〔圖4〕九尾狐　日本圖本

〔圖6〕九尾狐　清・汪紱圖本《海外東經》圖

〔圖7〕九尾狐　清《禽蟲典》

【卷1-12】

灌灌

【經文】

《南山經》：

青丘之山，有鳥焉，其狀如鳩，其音若呵，名曰灌灌，佩之不惑。

【解說】

灌灌鳥又叫濩濩（音獲，huò），是一種吉鳥，樣子像鳩，叫起來很像人相互呵呼的聲音。人若取其毛羽佩在身上，可不受蠱惑。據說把這種鳥的肉在火上燒烤，味道特別鮮美（《呂氏春秋・本味篇》）。陶潛有詩曰：「青丘有奇鳥，自言獨見爾。本爲迷者生，又以喻君子。」

郭璞《圖讚》：「厥聲如訶，厥形如鳩。佩之辨惑，出自青丘。」

〔圖1－蔣應鎬繪圖本〕、〔圖2－成或因繪圖本〕、〔圖3－《禽蟲典》〕。

〔圖1〕灌灌　明・蔣應鎬繪圖本

〔圖2〕灌灌　清・四川成或因繪圖本

古今圖書集成

灌灌圖

山海經　南山經

青丘之山有鳥焉其狀如鳩其音若呵名曰灌灌佩之不惑　郭曰或作濩濩　任臣按駢雅曰灌灌鳩鶹也圖讚曰厥聲如呵厥形如鳩佩之辨惑出自青丘又陶潛詩青丘有奇鳥自言獨見爾本爲迷者生又以喻君子

〔圖3〕灌灌　清《禽蟲典》

【卷1-13】赤鱬

【經文】

《南山經》：青丘之山，英水出焉，南流注于即翼之澤。其中多赤鱬，其狀如魚而人面，其音如鴛鴦，食之不疥。

【解說】

赤鱬（音儒，rú）屬人魚類。《北次三經》的人魚、《中次七經》之鯑魚、《海外西經》之龍魚、《海內北經》的陵魚等都是。吳任臣引劉會孟說：磁州亦有孩兒魚，四足長尾，聲如嬰兒啼，其豪膏燃之不滅。據劉說乃鯑魚也。人魚也叫鯢魚，據《廣志》記載，鯢魚聲如小兒啼，四足。而赤鱬則人面魚身，叫聲如鴛鴦。據說人若吃其肉，可以防病，又說可以不得疥瘡。

郭璞《圖讚》：「赤鱬之物（一作狀），魚身人頭。」

赤鱬圖有兩種形狀：

其一，人面魚身，如〔圖1－蔣應鎬繪圖本〕、〔圖2－吳任臣康熙圖本〕、〔圖3－成或因繪圖本〕、〔圖4－《禽蟲典》〕、〔圖5－上海錦章圖本〕；

其二，魚形，非人面，如〔圖6－汪紱圖本〕。

〔圖1〕赤鱬　明・蔣應鎬繪圖本

赤鱬 狀如魚而人面出英水

〔圖2〕赤鱬　清・吳任臣康熙圖本

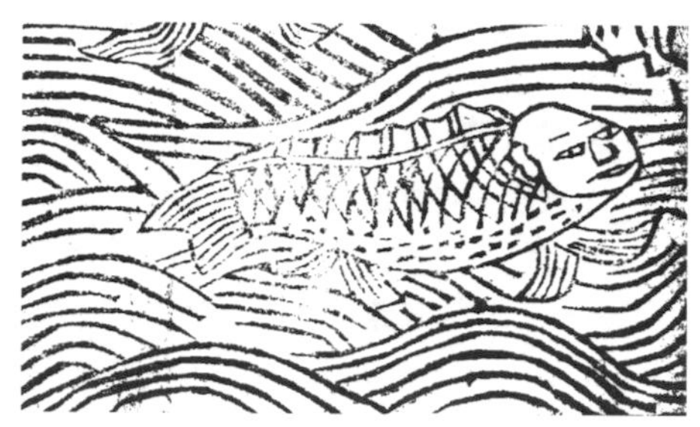

〔圖3〕赤鱬　清・四川成或因繪圖本

〔圖4〕赤鱬　清《禽蟲典》

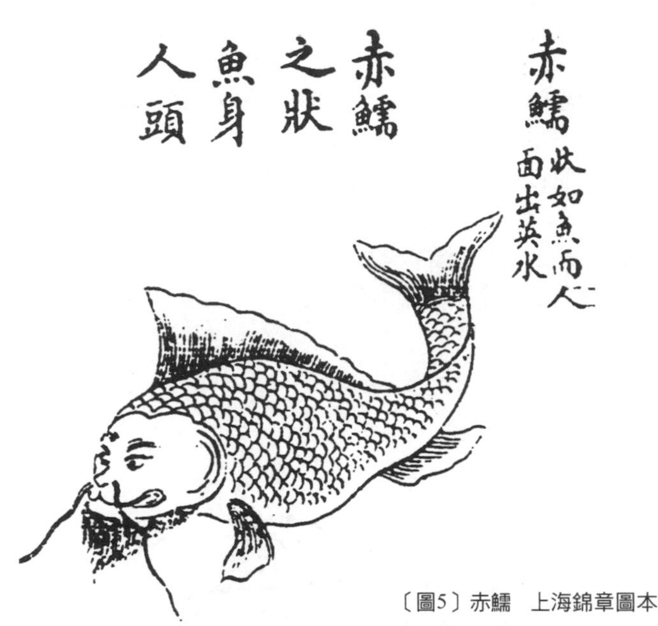

〔圖5〕赤鱬　上海錦章圖本

〔圖6〕赤鱬　清・汪紱圖本

【卷1-14】

鳥身龍首神

【經文】

《南山經》：䧿山之首，自招搖之山，以至箕尾之山，凡十山，二千九百五十里。其神狀皆鳥身而龍首。

【解說】

招搖山至箕尾山共十山的山神，名䳄神，都是鳥身龍首神。

招搖山的山神䳄神有兩種形狀：

其一，人面龍首鳥身，如〔圖1－蔣應鎬繪圖本〕、〔圖2－《古今圖書集成·神異典》〕、〔圖3－成或因繪圖本〕；

其二，龍首鳥身，如〔圖4－胡文煥圖本，名䳄神〕、〔圖5－日本圖本，名䳄神〕、〔圖6－汪紱圖本，名南山神〕。

〔圖1〕鳥身龍首神　明·蔣應鎬繪圖本

〔圖2〕鳥身龍首神　清《古今圖書集成・神異典》

〔圖3〕鳥身龍首神　清・四川成或因繪圖本

鵲神

〔圖4〕鳥身龍首神（鵲神）　明・胡文煥圖本

〔圖6〕鳥身龍首神（南山神）　清・汪紱圖本

〔圖5〕鵲神　日本圖本

【卷1-15】

狸力

【經文】

《南次二經》：柜山，有獸焉，其狀如豚，有距，其音如狗吠，其名曰狸力；見則其縣多土功。

【解說】

狸力的樣子像豬，腳上長著雞足，叫聲像狗吠。傳說狸力出現的地方多土功，狸力可能是善於掘土之獸。

郭璞《圖讚》：「狸力鵹鶘（見《東次二經》），或飛或伏。是惟土祥，出興功築。長城之役，同集秦域。」

〔圖1－蔣應鎬繪圖本〕、〔圖2－成或因繪圖本〕、〔圖3－汪紱圖本〕；〔圖4－《禽蟲典》，圖中的狸力沒長雞足，與家豬無異〕。

〔圖1〕狸力　明・蔣應鎬繪圖本

〔圖2〕狸力　清・四川成或因繪圖本

〔圖3〕狸力　清・汪紱圖本

〔圖4〕狸力　清《禽蟲典》

【卷1-16】

鴸

【經文】

《南次二經》：柜山，有鳥焉，其狀如鴟而人手，其音如痺，其名曰鴸，其名自號也，見則其縣多放士。

【解說】

鴸（音朱，zhū）鳥是丹朱的化身。丹朱是堯的兒子，傳說他爲人傲虐而頑凶，所以堯把天下讓給了舜，而把丹朱放逐到南方的丹水去做諸侯。當地三苗的首領與丹朱聯合抗堯被誅，三苗的首領被殺，丹朱自投南海而死。丹朱的魂魄化身爲鳥，樣子像貓頭鷹，爪子卻像人手，整天「朱，朱……」地叫著，啼叫的聲音就像自呼其名。哪裡聽到鴸鳥的叫聲，哪裡有本事的人就將被放逐。傳說丹朱的子孫在南海建立了一個國家，叫讙頭國，或叫驩朱國，也就是丹朱國（三者的音相近）。這裡的人，樣子很奇特，長著人的臉、鳥的翅膀（見《海外南經》）。

吳任臣注：鴸鳥鴟目人手。《事物紺珠》說：鴸身如鴟，人面人掌。乙酉歲夏六月，有鳥止于杭之慶春門上，三目，足如小兒，面若老人，其鳴曰鴸，或以爲即鴸鳥也。

鴸圖有兩種形狀：

其一，鳥首鳥身、腳如人手，如〔圖1－蔣應鎬繪圖本〕、〔圖2－成或因繪圖本〕、〔圖3－汪紱圖本〕；

其二，人面鳥身、腳如人手，如〔圖4－胡文煥圖本〕、〔圖5－日本圖本〕、〔圖6－畢沅圖本〕、〔圖7－上海錦章圖本〕。胡氏圖說云：「長舌山有鳥，狀如鴟而人面，腳如人手，名曰鴸。」吳任臣、畢沅、郝懿行三圖本的圖釋也說：「狀如鴟而人面人手。」「人面」二字是《南次二經》經文所沒有的。把鴸畫成人面，想必是畫工參考了上述《事物紺珠》等古書的記載，或參考了《海外南經》丹朱國的人面鳥翼的形象。畢沅圖本的圖釋說：「見則其縣多夭亡」，此說未見於經文。

郭璞《圖讚》：「鴸鳴于邑，賢士見放。厥理至微，言之無象（一作況）。」陶潛〈讀山海經詩〉：「鵃鵝見城邑，其國有放士。念彼懷王世，當時數來止。」鵃鵝即丹鴸。黃省會詩云：「宛彼鴸鳥鳴，放士眞堪哀。」說的都是鴸鳥的故事。

〔圖1〕鵸　明・蔣應鎬繪圖本

〔圖2〕鵸　清・四川成或因繪圖本

鵸

〔圖4〕鵸　明・胡文煥圖本

〔圖3〕鵸　清・汪紱圖本

〔圖5〕鵸　日本圖本

鴸狀如鴟而人面人手見
則其縣多天亡出拒山

慧星横天鯨
魚死浪鴸鳴
于邑賢士見
放厥理至微
言之無況

〔圖6〕鴸　清・畢沅圖本

鴸狀如鴟而人面人手見
則其縣多夭士出拒山

慧
星
横
天鯨魚死
浪鴸鳴于邑
賢士見放厥
理至微言之無況

〔圖7〕鴸　上海錦章圖本

【卷1-17】

長右

【經文】

《南山二經》：長右之山，無草木，多水。有獸焉，其狀如禺而四耳，其名長右，其音如吟，見則郡縣大水。

【解說】

長右是猴形水怪，與狌狌、舉父均屬猿猴類。長右山出此獸，因以山名之。長右是大水的徵兆，其特徵是猴狀而四耳，吼叫聲像人的呻吟聲。

郭璞《圖讚》：「長右四耳，厥狀如猴。實為水祥，見則橫流。」

長右圖有二形：

其一，猴形，如〔圖1－蔣應鎬繪圖本〕、〔圖2－吳任臣近文堂圖本〕、〔圖3－汪紱圖本〕、〔圖4－《禽蟲典》〕、〔圖5－上海錦章圖本〕；

其二，人面獸身，如〔圖6－成或因繪圖本〕。

〔圖1〕長右　明·蔣應鎬繪圖本

〔圖2〕長右　清・吳任臣近文堂圖本

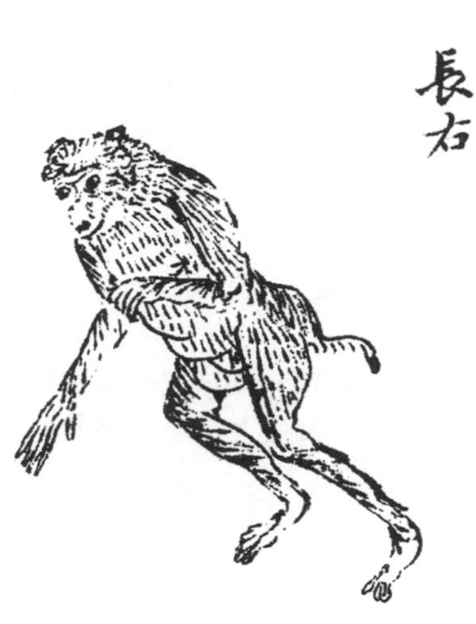

〔圖3〕長右　清・汪紱圖本

〔圖4〕長右　清《禽蟲典》

〔圖5〕長右　上海錦章圖本

〔圖6〕長右　清・四川成或因繪圖本

【卷1-18】

猾褢

【經文】

《南次二經》：堯光之山，有獸焉，其狀如人而彘鬣，穴居而冬蟄，其名曰猾褢，其音如斫木，見則縣有大繇。

【解說】

猾褢（音滑懷，huáhuái）的樣子像人，全身長滿長長的豬樣的硬毛，穴居，冬天蟄伏不出。它叫起來就像人斫木頭的聲音，它出現的地方就會天下大亂。胡文煥圖說：「堯光山有獸，狀如獮猴，人面彘鬣。」

郭璞《圖讚》：「猾褢之獸，見則興役。應（一作膺）政而出，匪亂不適。天下有道，幽形匿跡。」黃省會〈讀山海經〉說：「國邑有大繇，康莊行猾褢。」

〔圖1－蔣應鎬繪圖本〕、〔圖2－胡文煥圖本〕、〔圖3－成或因繪圖本〕、〔圖4－畢沅圖本〕、〔圖5－汪紱圖本〕、〔圖6－上海錦章圖本〕。

〔圖1〕猾褢　明．蔣應鎬繪圖本

猾褢狀如人而彘鬣音如斲木見則其縣有繇
出堯光山
猾褢之獸
見則興役
膺政而出
匪亂不適天下
有道幽形匿跡

〔圖6〕猾褢　上海錦章圖本

〔圖3〕猾褢　清・四川成或因繪圖本

〔圖5〕猾褢　清・汪紱圖本

〔圖4〕猾褢　清・畢沅圖本

〔圖2〕猾褢　明·胡文煥圖本

彘

【經文】

《南次二經》：浮玉之山，有獸焉，其狀如虎而牛尾，其音如吠犬，其名曰彘，是食人。

【解說】

彘（音智，zhì）是水怪，又是食人畏獸，樣子像虎，卻長著牛的尾巴，叫起來像狗吠。

彘圖有五種形狀：

其一，虎身牛尾，如〔圖1－蔣應鎬繪圖本〕；

其二，人面如猴四耳、虎毛牛尾，如〔圖2－胡文煥圖本，名長彘〕、〔圖3－吳任臣近文堂圖本〕、〔圖4－《禽蟲典》〕、〔圖5－上海錦章圖本，此圖的圖讚有誤〕。胡文煥圖說：「浮玉山有獸，狀如猴，四耳，虎毛而牛尾，其音如犬吠，名曰長彘。食人，見則大水。」《事物紺珠》所記湖州浮玉山的長彘，樣子像猴，四耳，虎身而牛尾，也屬這一類怪獸；

其三，虎首虎身獨角、足爪似猴，名長彘，如〔圖6－日本圖本〕；

其四，虎首虎身虎尾，如〔圖7－成或因繪圖本〕；

其五，獸身如熊、虎爪牛尾、雙目如炬，如〔圖8－汪紱圖本〕。

郭璞《圖讚》：「彘虎其身，厥尾如牛。」

〔圖1〕彘　明·蔣應鎬繪圖本

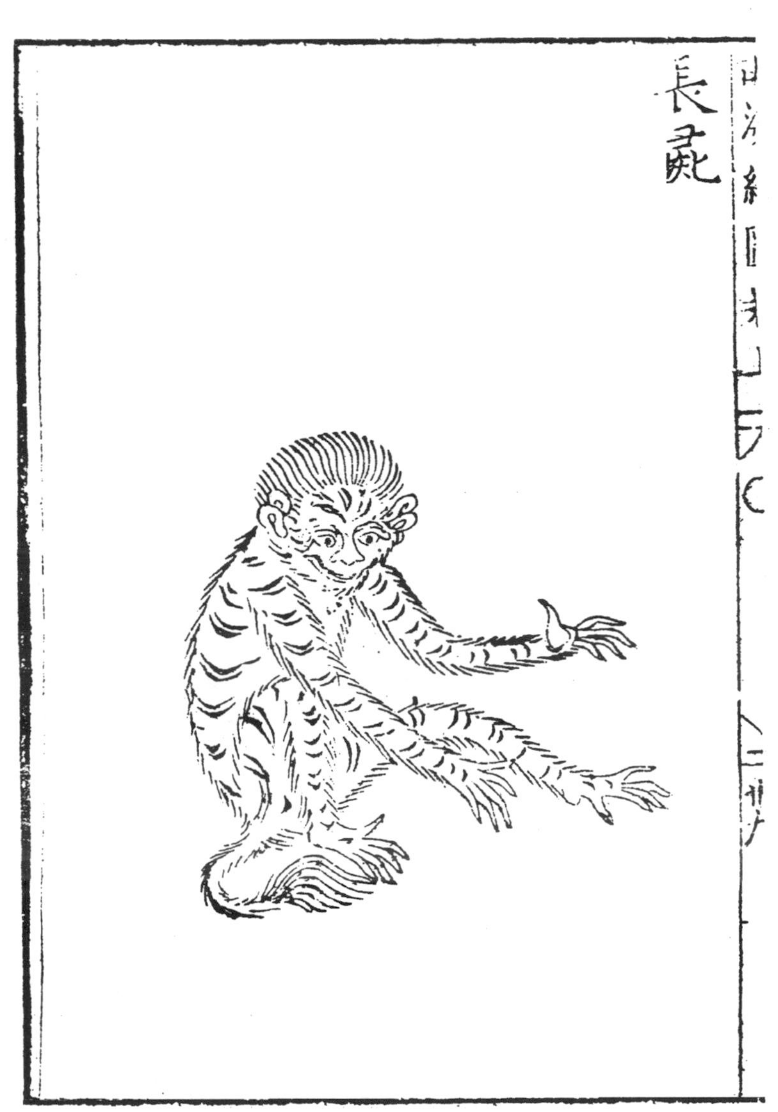

〔圖2〕䖯（長䖯）　明・胡文煥圖本

〔圖3〕彘　清・吳任臣近文堂圖本

〔圖4〕彘　清《禽蟲典》

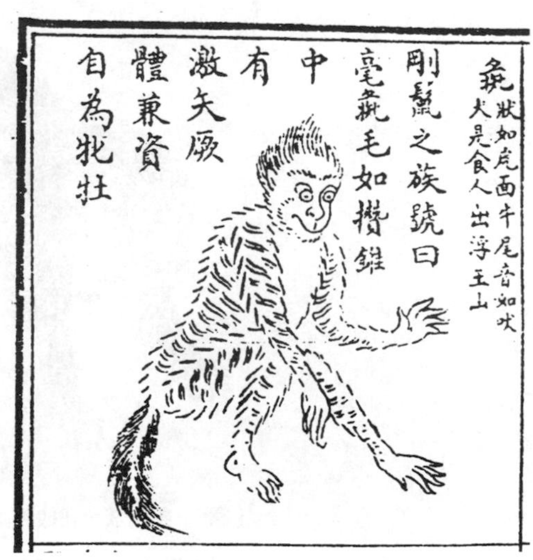

彘狀如虎而牛尾音如吠
犬是食人出浮玉山
剛鬣之族號曰
毫彘毛如攢錐
中
有
激矢厥
體兼資
自為牝牡

〔圖5〕彘　上海錦章圖本

〔圖7〕㲋　清・四川成或因繪圖本

〔圖8〕㲋　清・汪紱圖本

〔圖6〕彘（長彘）　日本圖本

【卷1-20】

鮆魚

【經文】

《南次二經》：浮玉之山，苕水出于其陰，北流注于具區。其中多鮆魚。

【解說】

鮆（音劑，jì）魚，又名刀魚、鱭魚、魛魚。 鮆魚長頭而狹薄，其腹背如刀刃，故名刀魚。大者長尺餘，可以爲膾（《爾雅翼》）。李時珍說，鱭生江湖中，常以三月始出。狀狹而長薄，細鱗白色，吻上有二硬鬚，鰓下有長鬣如麥芒；腹下有硬角，刺快利若刀（《本草綱目》）。《北次二經》縣雍之山所記之魚，其狀如鯈而赤鱗，其音如叱，食之不驕。據說吃了它的肉可防狐臭。

郭璞《圖讚》：「陽鑒動日，土蛇致宵。微哉鮆魚，食則不驕。物有所感，其用無標。」

〔圖1－蔣應鎬繪圖本〕、〔圖2－汪紱圖本〕、〔圖3－汪紱圖本《北次二經》圖〕、〔圖4－《禽蟲典》，名鱭魚〕。

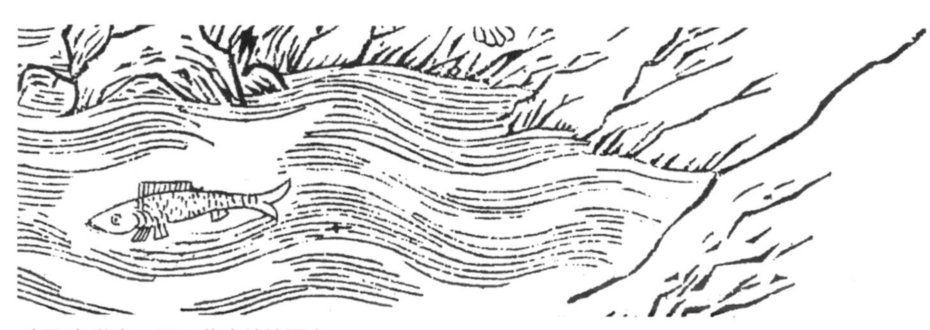

〔圖1〕鮆魚　明·蔣應鎬繪圖本

〔圖2〕鮆魚　清·汪紱圖本

〔圖3〕鮆魚　清·汪紱圖本《北次二經》圖

〔圖4〕鱭魚（鮆魚）　清《禽蟲典》

【卷1-21】

猼

【經文】

《南次二經》：洵山，有獸焉，其狀如羊而無口，不可殺也，其名曰猼。

【解說】

猼（音換，huàn）是一種怪獸，樣子像羊，沒有口，不用吃食，卻稟氣自然，而不會餓死。《事物紺珠》記，此獸如羊，無口黑色。胡文煥圖說：「旬山有獸，狀如羊而無口，黑色，名曰猼。其性頑狠，人不可殺，其稟氣自然。」

郭璞《圖讚》：「有獸無口，其名曰猼。害氣不入，厥體無間。至理之盡，出乎自然。」

〔圖1－蔣應鎬繪圖本〕、〔圖2－胡文煥圖本〕、〔圖3－日本圖本〕、〔圖4－畢沅圖本〕、〔圖5－汪紱圖本〕。

〔圖1〕猼　明·蔣應鎬繪圖本

䍺

〔圖2〕䍺　明・胡文煥圖本

〔圖3〕䍺　日本圖本

䍺狀如羊而無
口出洵山

有獸無口其名
曰患害氣不入
厥體無間至理
之盡出乎自然

〔圖4〕䍺　清・畢沅圖本

䍺

〔圖5〕䍺　清・汪紱圖本

【卷1-22】

蠱雕

【經文】

《南次二經》：鹿吳之山，上無草木，多金、石。澤更之水出焉，而南流注于滂水。有獸焉，名曰蠱雕，其狀如雕而有角，其音如嬰兒，是食人。

【解說】

蠱雕又稱纂雕，是一種似鳥非鳥的食人怪獸，樣子像雕，有角，叫起來像嬰兒啼哭。《駢雅》記：「蠱雕如雕而戴角。」《事物紺珠》記：「蠱雕如豹，鳥喙一角，音如嬰兒。」

蠱雕爲獸，有如雕、如豹兩種形狀：

其一，鳥形，似雕獨角，如〔圖1－蔣應鎬繪圖本〕、〔圖2－汪紱圖本〕；

其二，豹形，鳥喙一角，如〔圖3－胡文煥圖本〕、〔圖4－吳任臣康熙圖本〕、〔圖5－吳任臣近文堂圖本〕、〔圖6－上海錦章圖本〕。胡氏圖說云：「陸吾山有獸，名曰蠱雕，狀如豹而鳥喙，有一角。音如嬰兒，食人。」

郭璞《圖讚》：「纂雕有角，聲若兒號。」

《山海經》出現像蠱雕一類鳥喙獸身的形象很值得注意。考古學家發現陝西神木納林高兔村戰國晚期匈奴墓出土的純金鷹嘴鹿形獸身怪獸〔圖7－鷹嘴獸身神〕，在造型上與《山海經》的蠱雕有相像的地方。這類造型帶有典型的北方草原文化的特點（見崔大庸《中國歷史文物》2002年第4期文）。

〔圖1〕蠱雕　明·蔣應鎬繪圖本

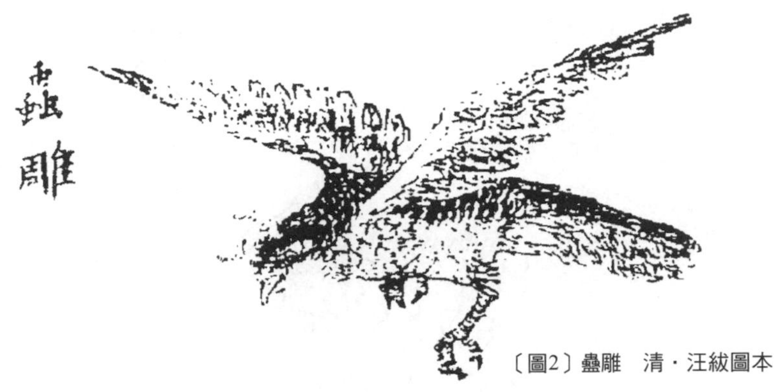

〔圖2〕蠱雕　清・汪紱圖本

〔圖3〕蠱雕　明・胡文煥圖本

〔圖4〕蠱雕　清・吳任臣康熙圖本

蠱雕狀如雕而有角是食人出鹿吳山

〔圖5〕蠱雕　清・吳任臣近文堂圖本

〔圖6〕蠱雕　上海錦章圖本

〔圖7〕鷹嘴獸身神　陝西神木納林高兔村戰國晚期匈奴墓出土

【卷1-23】

龍身鳥首神

【經文】

《南次二經》：自柜山至于漆吳之山，凡十七山，七千二百里，其神狀皆龍身而鳥首。

【解說】

自柜山至漆吳山共十七山，其山神都是鳥首龍身神。

〔圖1－蔣應鎬繪圖本〕、〔圖2－《神異典》〕、〔圖3－成或因繪圖本〕、〔圖4－汪紱圖本，名南山神〕。

〔圖1〕龍身鳥首神　明・蔣應鎬繪圖本

〔圖2〕龍身鳥首神　清《神異典》

〔圖3〕龍身鳥首神　清・四川成或因繪圖本

〔圖4〕龍身鳥首神（南山神）　清・汪紱圖本

【卷1-24】

犀

【經文】

《南次三經》：禱過之山，其上多金、玉，其下多犀。

【解說】

犀似水牛，豬頭庳腳，腳似象，有三蹄。大腹，黑色。三角：一在頂上，一在額上，一在鼻上。在鼻上者，小而不墮，食角也。好噉棘，口中常灑血沫（郭璞注）。李時珍《本草綱目》說，犀出西番南番滇南交州諸處，有山犀、水犀、兕犀三種，又有毛犀，似之山犀，居山林，人多得之。水犀出入水中，最爲難得。犀有一角、二角、三角者。據《交廣志．犀簪》所記，西南夷土有異犀，三角，夜行如大炬，火照數千步。或解脫，則藏於深密之處，不欲令人見之。王者貴其異，以爲簪能消除凶逆。

犀角可解毒，李時珍說，犀角，犀之精靈所聚，足陽明藥也，能解諸毒。《抱朴子．登涉篇》說：「通天犀所以能煞毒者，其爲獸專食百草之有毒者，及眾木有刺棘者，不妄食柔滑之草木也。」

郭璞《圖讚》：「犀頭似（一作如）猪，形兼牛質。角則併三，分身互出。鼓鼻生風，壯氣隘溢。」

〔圖1－蔣應鎬繪圖本〕、〔圖2－汪紱圖本〕、〔圖3－《禽蟲典》〕。

〔圖2〕三角犀　清．汪紱圖本

〔圖1〕犀　明・蔣應鎬繪圖本

〔圖3〕「犀牛望月」　清《禽蟲典》

【卷1-25】

兕

【經文】

《南次三經》：禱過之山，其下多兕。

【解說】

兕（音四，sì）是獨角獸，似水牛，青色，一角，重千斤。兕又見《海內南經》：「兕在舜葬東，湘水南，其狀如牛，蒼黑，一角。」《爾雅》記：「兕似牛，犀似豕。」《三才圖會》所記有關兕的故事很有趣：兕似虎而小，不咥人。夜間獨立絕頂山崖，聽泉聲，好靜，直至禽鳥鳴時，天將曉方歸其巢。兕爲文德之獸，常見於古代青銅器與畫像石圖飾中，是力量與威猛的象徵〔圖1－獵兕圖，河南輝縣琉璃閣戰國墓出土狩獵紋壺〕。

郭璞《圖讚》：「兕推壯獸，似牛青黑。力無不傾，自焚以革。皮充武備，角助文德。」

〔圖2－蔣應鎬繪圖本《海內南經》圖〕、〔圖3－胡文煥圖本〕、〔圖4－汪紱圖本〕、〔圖5－《禽蟲典》〕。

〔圖1〕獵兕圖
河南輝縣琉璃閣戰國墓出土狩獵紋壺

獵兕圖中之兕

〔圖2〕兕　明・蔣應鎬繪圖本《海內南經》圖

兕

〔圖3〕兕　明・胡文煥圖本

〔圖4〕兕　清・汪紱圖本

兕

〔圖5〕兕　清・《禽蟲典》

【卷1-26】

象

【經文】《南次三經》：禱過之山，其下多象。

【解說】

象是巨獸。郭璞注：「象，獸之最大者，長鼻，大者牙長一丈。」李時珍《本草綱目》記，象出交廣雲南西域諸國，野象多至成群，番人皆畜以服重，酋長則飾而乘之。象有灰白二色，大者身長丈餘，肉倍數牛，目才若豕，四足如柱，無指而有爪甲。行則先移左足，臥則以臂著地，其頭不能俯，其頸不能回。象肉肥美，陳藏器云，象具十二生肖肉，各有分段，惟鼻是其本肉，炙食糟食更美。《中次九經》岷山、鬲山多象，《海內南經》記巴蛇食象，《大荒南經》蒼梧之野有象，《海內經》朱卷之國有黑蛇（即巴蛇）食象。

郭璞《圖讚》：「象實魁梧，體巨貌詭。肉兼十牛，目不逾豕。望頭如尾，動若山（一作丘）徙。」

〔圖1－成或因繪圖本〕、〔圖2－汪紱圖本〕。

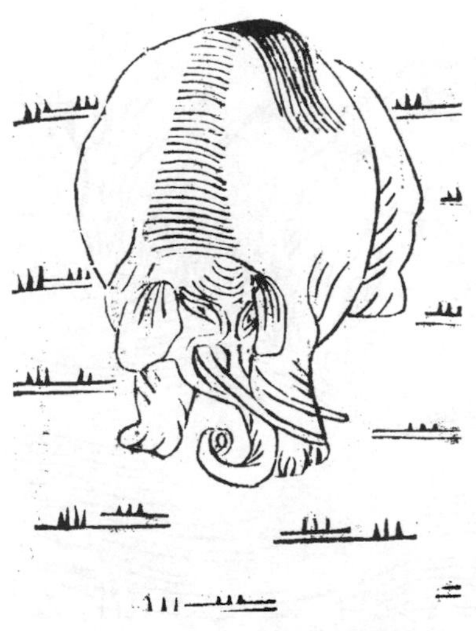

〔圖1〕象　清・四川成或因繪圖本

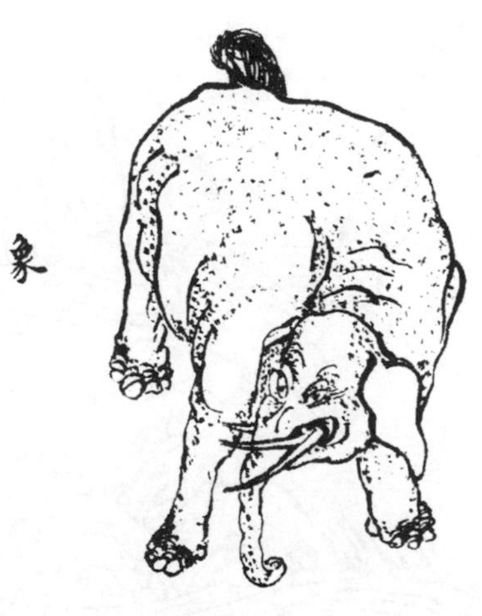

〔圖2〕象　清・汪紱圖本

【卷1-27】

瞿如

【經文】

《南次三經》：禱過之山，有鳥焉，其狀如鵁而白首、三足、人面，其名曰瞿如，其鳴自號也。

【解說】

瞿如是人面三足鳥，樣子像鵁，白腦袋，叫聲如同呼喚自己的名字。

瞿如圖有三種形狀：

其一，人面三足鳥，如〔圖1－蔣應鎬繪圖本〕、〔圖2－《禽蟲典》〕；

其二，三首二足鳥，非人面，如〔圖3－胡文煥圖本〕、〔圖4－日本圖本〕。胡文煥圖說云：「禱過山有鳥，狀如鵁，似鳬腳而小，長尾白首，三面二足，名曰瞿如，其名亦自呼」；

其三，一首三足鳥，非人面，如〔圖5－汪紱圖本〕、〔圖6－郝懿行圖本〕、〔圖7－上海錦章圖本〕。

郭璞《圖讚》：「瞿如三手，厥狀似鵁。」

〔圖1〕瞿如　明・蔣應鎬繪圖本

〔圖3〕瞿如　明．胡文煥圖本

〔圖2〕瞿如　清《禽蟲典》

〔圖7〕瞿如　上海錦章圖本

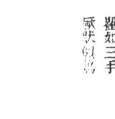

〔圖5〕瞿如　清・汪紱圖本

〔圖6〕瞿如　清・郝懿行圖本

〔圖4〕瞿如　日本圖本

【卷1-28】

虎蛟

【經文】

《南次三經》：禱過之山，泿水出焉，而南流注于海。其中有虎蛟，其狀魚身而蛇尾，其音如鴛鴦，食者不腫，可以已痔。

【解說】

虎蛟魚身蛇尾，是水中非魚非蛇的惡猛水物。《埤雅》說：蛟，龍屬也。其狀似蛇而四足。李時珍《本草綱目》說：有鱗曰蛟。虎蛟的叫聲像鴛鴦，據說吃了它的肉，可不得癰腫病，又可治療痔瘡。

虎蛟圖有三種形狀：

其一，人面魚身、蛇尾四足、魚翼有鱗，如〔圖1－蔣應鎬繪圖本〕。人面一說，未見於其他記載；

其二，魚身魚尾、四足魚翼，如〔圖2－成或因繪圖本〕；

其三，魚首魚身、獸尾而非蛇尾，端部有毛，如〔圖3－汪紱圖本〕。

郭璞《圖讚》：「魚身蛇尾，是謂虎蛟。」

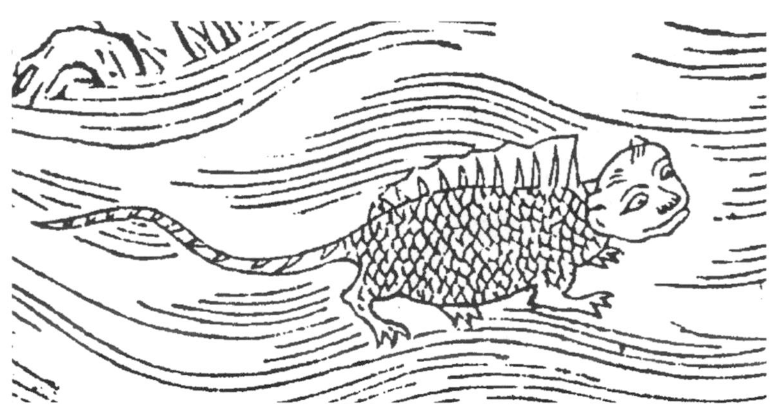

〔圖1〕虎蛟　明・蔣應鎬繪圖本

〔圖2〕虎蛟　清・四川成或因繪圖本

〔圖3〕虎蛟　清・汪紱圖本

【卷1-29】

鳳皇

【經文】

《南次三經》：丹穴之山，有鳥焉，其狀如雞，五采而文，名曰鳳皇。首文曰德，翼文曰義，背文曰禮，膺文曰仁，腹文曰信。是鳥也，飲食自然，自歌自舞，見則天下安寧。

【解說】

鳳皇即鳳凰，雄曰鳳，雌曰凰；與麟、龜、龍合稱四靈（《禮記》）。鳳凰爲百鳥之王，有「羽蟲三百六十，鳳爲之長」之說（李時珍《本草綱目》）；鳳又是南方朱鳥（李時珍），是仁瑞的象徵。許愼《說文》：「鳳，神鳥也。天老（黃帝臣）曰：『鳳之象也，麐前鹿後（一作鴻前麟後），蛇頸魚尾，龍文龜背，燕頷雞喙，五色備舉。出於東方君子之國，翺翔四海之外，過昆侖，飲砥柱，濯羽弱水，莫宿風穴，見則天下大安寧。』」《論語緯》說：「鳳有六象：一曰頭象天，二曰目象日，三曰背象月，四曰翼象風，五曰足象地，六曰尾象緯。」《抱朴子》記鳳具五行：「夫木行爲仁，爲青鳳頭上青，故曰戴仁也；金行爲義，爲白鳳頸白，故曰纓義也；火行爲禮，爲赤鳳背赤，故曰負禮也；水行爲智，爲黑鳳胸黑，故曰尙智也；土行爲信，爲黃鳳足下黃，故曰蹈信也。」

郭璞《圖讚》：「鳳皇靈鳥，實冠羽群。八象其體，五德其文。羽翼來儀，應我聖君。」

〔圖1－汪紱圖本〕、〔圖2－《禽蟲典》〕。

〔圖1〕鳳皇　清・汪紱圖本

〔圖2〕鳳凰　清《禽蟲典》

【卷1-30】

鱄魚

【經文】

《南次三經》：雞山，黑水出焉，而南流注于海，其中有鱄魚，其狀如鮒而彘毛，其音如豚，見則天下大旱。

【解說】

鱄（音團，tuán）魚是一種怪魚，大旱的徵兆。它的樣子，一說像鮒魚（即鯽魚），長著豬尾，叫起來像豬嚎；一說「似蛇而豕尾」（吳任臣注引《集韻》）。傳說鱄魚爲天下大旱之兆，但又是美味佳餚，《呂氏春秋》說：「魚之美者，洞庭之鱄。」

今見鱄魚圖有四種形狀，四圖的形態各不相同：

其一，龜身彘毛，如〔圖1－蔣應鎬繪圖本〕；

其二，龜首龜身有尾，如〔圖2－成或因繪圖本〕；

其三，魚首魚尾，形似鯽魚，如〔圖3－汪紱圖本〕；

其四，似蛇而豕尾，如〔圖4－《禽蟲典》〕。

郭璞《圖讚》：「 顒鳥栖林， 鱄魚處淵。俱爲旱徵，災延普天。測之無象，厥數推玄（一作惟元）。」

〔圖1〕鱄魚　明．蔣應鎬繪圖本

〔圖2〕鱄魚　清・四川成或因繪圖本

〔圖3〕鱄魚　清・汪紱圖本

鱄魚圖

〔圖4〕鱄魚　清《禽蟲典》

【卷1-31】

顒

【經文】

《南次三經》：令丘之山，有鳥焉，其狀如梟，人面四目而有耳，其名曰顒。其鳴自號也，見則天下大旱。

【解說】

顒（音于，yú），又作鷵、鸆、顒。顒是一種人面梟身、四目有耳的怪鳥，和鱄魚一樣，也是大旱的徵兆。傳說萬曆二十年，顒鳥集豫章城寧寺，高二尺許，燕雀群噪之，是年五月至七月，酷暑異常。又傳說萬曆壬辰，顒鳥集豫章，人面四目有耳，其年夏無雨，田禾盡枯（吳任臣注）。

據所見古圖，有三種形狀：

其一，人面鳥身、二目二足，如〔圖1－蔣應鎬繪圖本〕、〔圖2－《禽蟲典》〕；

其二，人面鳥身、四目有耳，如〔圖3－胡文煥圖本〕、〔圖4－成或因繪圖本〕、〔圖5－畢沅圖本〕、〔圖6－上海錦章圖本〕；

其三，四目非人面鳥，如〔圖7－汪紱圖本〕。

郭璞《圖讚》：「顒鳥栖林，鱄魚處淵。俱爲旱徵，災延普天。測之無象，厥數惟元（又作推玄）。」

〔圖1〕顒鳥　明·蔣應鎬繪圖本

〔圖2〕顒鳥　清《禽蟲典》

〔圖4〕顒鳥　清・四川成或因繪圖本

〔圖3〕顒　明・胡文煥圖本

〔圖7〕䫵（顒）　清・汪紱圖本

〔圖5〕顒　清・畢沅圖本

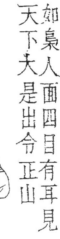

顒狀如梟人面四目有耳見
則天下大旱出令丘山

顒鳥
栖林
鱄魚處淵
俱為旱徵災
延普天測之
無象厥數推乎

〔圖6〕顒鳥　上海錦章圖本

【卷1-32】

龍身人面神

【經文】

《南次三經》：

自天虞之山以至南禺之山，凡一十四山，六千五百三十里。其神皆龍身而人面。

【解說】

自天虞山至南禺山共十四座山，其山神都是人面龍身神。

今見這十四座山的山神圖有兩種形狀：

其一，人面龍身神，如〔圖1－蔣應鎬繪圖本〕、〔圖2－《神異典》〕、〔圖3－成或因繪圖本〕；

其二，人面鳥身神，如〔圖4－汪紱圖本，作南山神〕。汪紱《山海經存》的經文：「其神皆鳥身而人面」，他畫的山神圖也是鳥身人面神，與目前所見經文不同。由於《南山經》三個山系主要以鳥信仰爲主，各山的山神主要是鳥形神，因此汪紱的見解是有根據的。

〔圖1〕龍身人面神　明・蔣應鎬繪圖本

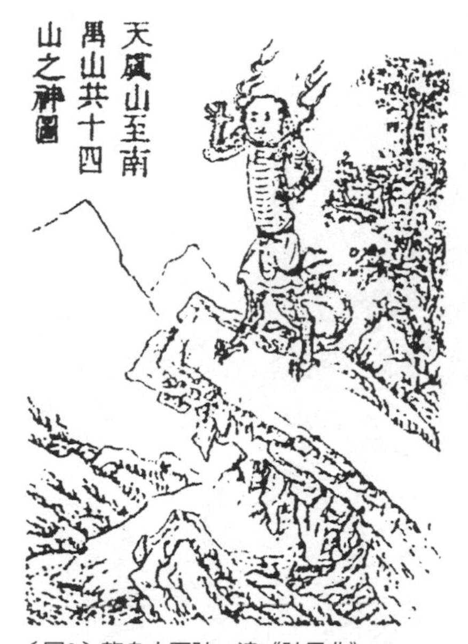

〔圖2〕龍身人面神　清《神異典》

〔圖4〕龍身人面神（南山神）　清・汪紱圖本

〔圖3〕龍身人面神　清·四川成或因繪圖本

第二卷 西山經

【卷2-1】

羬羊

【經文】

《西山經》：錢來之山，有獸焉，其狀如羊而馬尾，名曰羬羊，其脂可以已腊（音昔，xī）。

【解說】

羬（音咸，xián）羊是一種怪獸，樣子像羊，但長著馬的尾巴，這種羊的脂肪可以治人身體皮皴。郭璞說：今大月氏國有大羊，如驢而馬尾。《爾雅》說：「羊六尺爲羬。」

郭璞《圖讚》：「月氏之羊，其類在野。厥高六尺，尾赤（一作亦）如馬。何以審之，事見《爾雅》。」

〔圖1－蔣應鎬繪圖本〕、〔圖2－胡文煥圖本〕、〔圖3－成或因繪圖本〕、〔圖4－汪紱圖本〕、〔圖5－郝懿行圖本〕。

〔圖1〕羬羊　明·蔣應鎬繪圖本

〔圖2〕羬羊　明・胡文煥圖本

〔圖3〕羬羊　清・四川成或因繪圖本

〔圖4〕羬羊　清・汪紱圖本

〔圖5〕羬羊　清・郝懿行圖本

【卷2-2】

𪁺渠

【經文】

《西山經》：松果之山，有鳥焉，其名曰𪁺渠，其狀如山雞，黑身赤足，可以已曝（音暴，bào）。

【解說】

𪁺（音同，tóng）渠又稱庸渠、草渠，是一種可以避災殃的奇鳥，樣子像山雞，毛黑足赤，可治皮皴。《韻府群玉》說：庸渠似鳧，灰色，雞腳，一名水渠，即今水雞（楊慎補注引）。

郭璞《圖讚》：「𪁺渠已殃，赤鷩辟火。」

〔圖1－蔣應鎬繪圖本〕、〔圖2－成或因繪圖本〕、〔圖3－汪紱圖本〕、〔圖4－《禽蟲典》〕。

〔圖2〕𪁺渠　清・四川成或因繪圖本

〔圖1〕鵸渠　明・蔣應鎬繪圖本

鵸渠

〔圖3〕鵸渠　清・汪紱圖本

〔圖4〕鵸渠　清《禽蟲典》

【卷2-3】

肥𧔥（蛇）

【經文】

《西山經》：太華之山，削成而四方，其高五千仞，其廣十里，鳥獸莫居。有蛇焉，名曰肥𧔥，六足四翼，見則天下大旱。

【解說】

肥𧔥（音遺，yí），又作肥遺蛇，是一種災蛇，六足四翼，是天下大旱的徵兆。郭璞注：「湯時此蛇見于陽山下。復有肥遺蛇，疑是同名。」肥遺蛇又見於《北山經》之渾夕山和《北次三經》之彭毗山。胡文煥圖說：「陽山有神蛇，名曰蜰𧔥，一首兩身，六足四翼，見則其國大旱。湯時見出。」吳任臣說：胡文煥圖作蜰遺，音廢；《駢雅》肥遺、肥𧔥，皆毒蛇也。又說：成湯元祀，肥遺見於陽山，後有七年之旱。《述異記》記載，肥𧔥，西華山中有也，見則大旱。傳說今華山有肥遺穴，土人謂之老君臍，明末時大旱曾有人見過。太華山的肥𧔥與渾夕山的肥遺都是兆旱的災蛇毒蛇，但二者形狀不同，前者六足四翼，後者一首兩身。

太華山之肥遺圖，有兩種形狀：

其一，六足四翼蛇，如〔圖1－蔣應鎬繪圖本〕、〔圖2－成或因繪圖本〕、〔圖3－汪紱圖本〕；

其二，蛇頭龍身一蛇尾，如〔圖4－畢沅圖本〕、〔圖5－上海錦章圖本〕。

郭璞《圖讚》：「肥遺爲物，與災合契。鼓翼陽山，以表亢厲。桑林既禱，倏忽潛逝。」

〔圖1〕肥𧔥　明·蔣應鎬繪圖本

〔圖2〕肥𧕚　清・四川成或因繪圖本

肥𧕚蛇

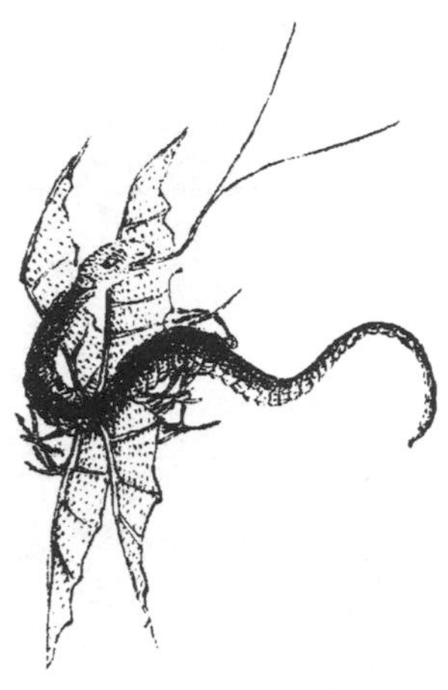

〔圖3〕肥𧕚　清・汪紱圖本

肥𧕚

蛇形六足四翼見則大旱出太華山

肥𧕚為物
與災合契
鼓翼陽山
以表亢厲
桑林既禱
倏忽潛逝

〔圖5〕肥𧕚　上海錦章圖本

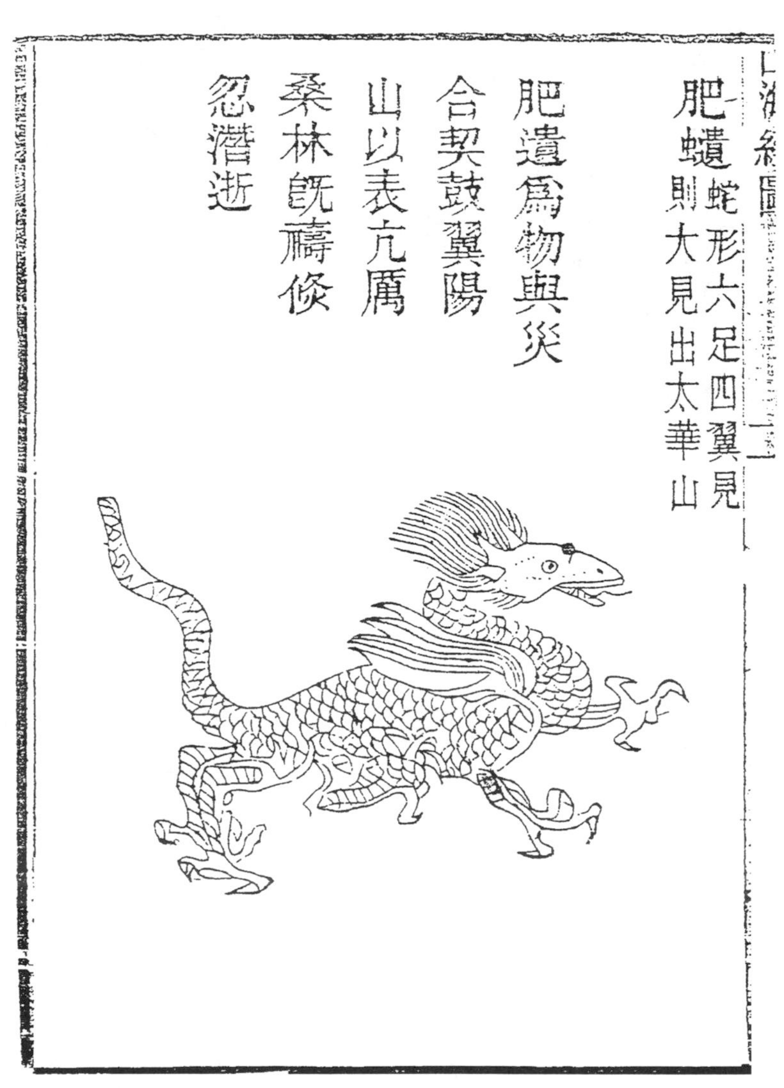

肥鱧蛇形六足四翼見
則大見出太華山
肥遺爲物與災
合契鼓翼陽
山以表亢厲
桑林既禱倏
忽潛逝

〔圖4〕肥鱧　清・畢沅圖本

【卷2-4】

㸲牛

【經文】

《西山經》：小華之山，其獸多㸲牛。

【解說】

㸲（音咋，zhà）牛是一種巨牛。郭璞注：今華陰山中多山牛山羊，肉皆千斤，牛即此牛。《西次二經》的鹿臺山也多㸲牛。

〔圖1－成或因繪圖本〕、〔圖2－汪紱圖本〕。

〔圖2〕㸲牛　清・汪紱圖本

〔圖1〕㸲牛　清・四川成或因繪圖本

【卷2-5】

赤鷩

【經文】

《西山經》：小華之山，鳥多赤鷩，可以禦火。

【解說】

赤鷩（音碧，bì）即錦雞，是一種辟火之鳥，似山雞而小，毛色鮮豔，冠背金黃色，頭綠色，胸腹及尾赤紅。郭璞注：赤鷩，山雞之屬，胸腹洞赤，冠金、背黃、頭綠，尾中有赤，毛彩鮮明。音作蔽，或作鷩。《埤雅》記：鷩似山雞而小，冠背毛黃，項上綠色鮮明，胸腹洞赤。《西山經》所謂赤鷩，可以禦火者也。《博物志》記：山雞有美毛，自愛其色，終日映水，目眩則溺死。

郭璞《圖讚》：「蝺渠已殃，赤鷩辟火。」

〔圖1－汪紱圖本〕。

〔圖1〕赤鷩　清・汪紱圖本

【卷2-6】

葱聾

【經文】

《西山經》：符禺之山，其獸多葱聾，其狀如羊而赤鬣。

【解說】

葱聾是一種野羊，黑腦袋，鬣髦赤色。胡文煥圖說：「符遇山有獸，名曰蔥聾，狀如羊，赤鬣而黑首。」郝懿行注：此即野羊之一種，今夏羊亦有赤鬣髦者。《事物紺珠》記：「葱聾如羊，黑首赤鬣。」神話中有異羊，一角謂之㺃㺃（見《北次三經》）；赤鬣謂之葱聾（見本經）；兩種異羊都是經中的畏獸。

〔圖1－蔣應鎬繪圖本〕、〔圖2－胡文煥圖本〕、〔圖3－日本圖本〕、〔圖4－吳任臣近文堂圖本〕、〔圖5－成或因繪圖本〕、〔圖6－汪紱圖本〕、〔圖7－上海錦章圖本，此獸鳥嘴獨角，造型與諸本不同〕。

〔圖1〕葱聾　明·蔣應鎬繪圖本

〔圖2〕葱聾　明・胡文煥圖本

〔圖3〕葱聾　日本圖本

〔圖4〕葱聾　清・吳任臣近文堂圖本

〔圖5〕葱聾　清・四川成或因繪圖本

〔圖6〕葱聾　清・汪紱圖本

〔圖7〕葱聾　上海錦章圖本

【卷2-7】

鴖

【經文】

《西山經》：符禺之山，其鳥多鴖，其狀如翠而赤喙，可以禦火。

【解說】

鴖（音民，mín）一作鶻。鴖是一種辟火之鳥，樣子像翠鳥，喙赤。《廣韻》說，鴖鳥似翠而赤喙。郭璞注：翠似燕而紺色，畜之辟火災也。汪紱說，翠有二種：山翠大如鳩，青紺色；水翠小如燕，赤喙丹腹，青羽鮮好短尾。此鳥似山翠而赤喙也。

郭璞《圖讚》：「鴖亦衛災，厥形惟麼。」

〔圖1－蔣應鎬繪圖本〕、〔圖2－成或因繪圖本〕、〔圖3－汪紱圖本〕、〔圖4－《禽蟲典》〕。

〔圖1〕鴖　明·蔣應鎬繪圖本

〔圖2〕鴟　清・四川成或因繪圖本

〔圖4〕鴟鳥　清《禽蟲典》

〔圖3〕鴟　清・汪紱圖本

【卷2-8】

鮭魚

【經文】

《西山經》：英山，禺水出焉，北流注于招水，其中多鮭魚，其狀如鱉，其音如羊。

【解說】

鮭（音棒，bàng）魚是一種奇魚，樣子像龜，卻長著魚尾，二足，聲音像羊叫。吳任臣引《事物紺珠》說：鮭魚如龜，魚尾，二足，音如羊。

〔圖1－胡文煥圖本〕、〔圖2－吳任臣近文堂圖本〕、〔圖3－《禽蟲典》〕、〔圖4－上海錦章圖本〕。

鮭魚

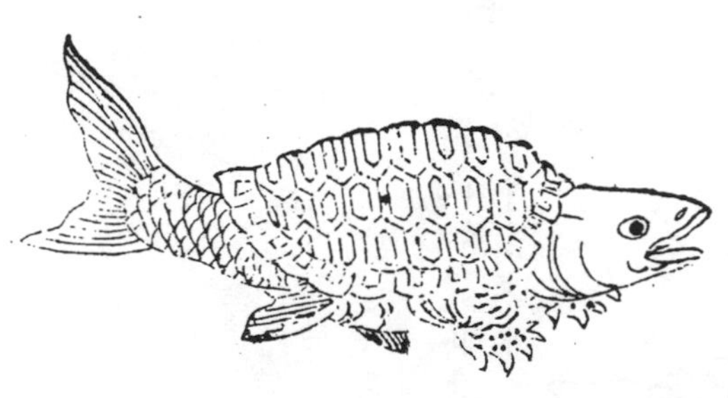

〔圖1〕鮭魚　明·胡文煥圖本

鮮魚其狀如鼈其音如羊出禺水

〔圖2〕鮮魚　清・吳任臣近文堂圖本

〔圖3〕鮮魚　清《禽蟲典》

〔圖4〕鮮魚　上海錦章圖本

【卷2-9】

肥遺（鳥）

【經文】

《西山經》：英山，有鳥焉，其狀如鶉，黃身而赤喙，其名曰肥遺，食之已癘，可以殺蟲。

【解說】

肥遺鳥是一種益鳥，可治疫病，又可殺蟲。它的樣子像鶉鳥，羽黃、喙赤。汪紱在注中說，鶉狀如小雞，有赤鶉元鶉。此肥遺與前肥鱧之蛇（見卷2-3），亦異物而同名也。癘，疫病也，或曰癩也，今痲瘋瘡也。太華山之肥鱧蛇，見則大旱；而英山的肥遺鳥卻可以治疫病，又可以殺蟲，二者雖同名而美惡不同。

郭璞《圖讚》：「肥遺似鶉，其肉已疫。」

〔圖1－蔣應鎬繪圖本〕、〔圖2－成或因繪圖本〕、〔圖3－汪紱圖本〕、〔圖4－《禽蟲典》〕。

〔圖1〕肥遺鳥　明・蔣應鎬繪圖本

〔圖2〕肥遺鳥　清・四川成或因繪圖本

〔圖3〕肥遺鳥　清・汪紱圖本

〔圖4〕肥遺鳥　清《禽蟲典》

【卷2-10】

人魚

【經文】

《西山經》：竹山，丹水出焉，東南流注于洛水，其中多水玉，多人魚。

【解說】

人魚即鯢魚、鰟魚，四足之魚，多見於《山海經》。《北次三經》：龍侯之山，「其中多人魚，其狀如鰟魚，四足，其音如嬰兒，食之無癡疾。」郭璞注：人魚即鯢也，似鮎而四足，聲如小兒啼，今亦呼鮎爲鰟。《爾雅·釋魚》注：今鯢鰟魚似鮎，四脚，前似獼猴，後似狗，聲如小兒啼，大者長八九尺。李時珍說，鯢即鰟魚之能上樹者，傳說鯢生山溪中，似鮎，有四足，長尾，能上樹。大旱則含水上山，以草葉覆身，張口，鳥來飲水，因吸食之。《異物志》說，鯢魚有四足，如龜而行疾，有魚之體，而以足行，故曰鯢魚。魚以足行，由此而衍生出美人魚一類神話故事來。

《山海經》之人魚（包括鰟魚）常有「食之無癡疾」（《北次三經》）、「食者無蠱疾」（《中次七經》）的記載。據《臨海異物志》載：「人魚似人，長三尺餘，不可食。」鯢魚因有毒不可食，但土人也有食鯢魚的辦法。據《酉陽雜俎》記載，峽中人食鯢魚，縛樹上，鞭至白汁出如構汗，方可食，否則有毒。

在遠古時代，人魚（鯢魚）可能是某些人類族群崇拜的動物。甘肅省甘谷西坪出土的廟底溝文化彩陶瓶腹部和武山出土的馬家窯文化彩陶瓶腹部，都畫有人面鯢魚圖像〔圖1〕。

郭璞《圖讚》：「人魚類鰟，出于伊洛。」

人魚是四足之魚，仔細觀察人魚圖的四足有似人足與似獸足的區別：

其一，四足似人足，如〔圖2－清《爾雅音圖》的鯢魚〕、〔圖3－蔣應鎬繪圖本《北次三經》圖〕、〔圖4－成或因繪圖本〕；

其二，四足似獸足，如〔圖5－胡文煥圖本〕、〔圖6－吳任臣近文堂圖本〕、〔圖7－《禽蟲典》〕。胡文煥圖說：「人魚，狀如鯑而四足，聲如小兒啼，食之療疫疾。」汪紱圖本有兩幅人魚圖〔圖8、圖9〕。

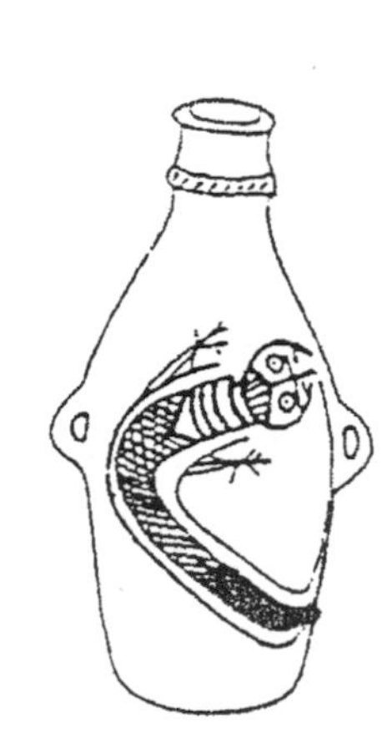

〔圖1〕鯢魚紋　甘肅甘谷西坪出土彩陶瓶

〔圖2〕鯢　清《爾雅音圖》

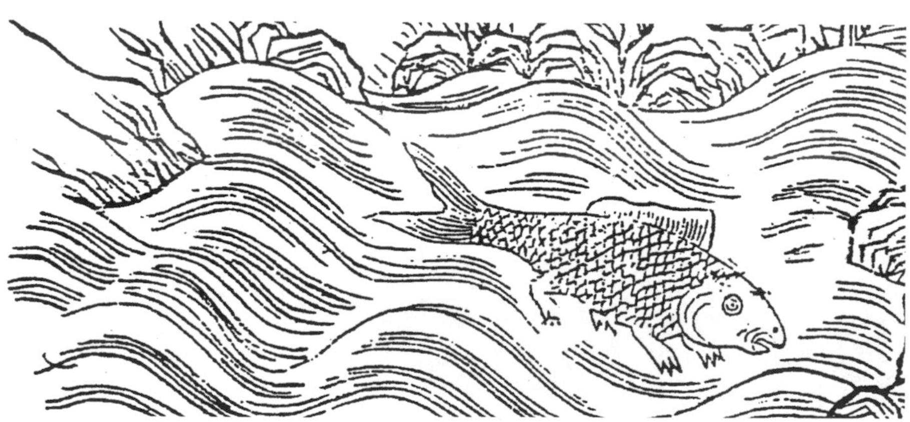

〔圖3〕人魚　明・蔣應鎬繪圖本《北次三經》圖

〔圖4〕人魚　清・四川成或因繪圖本

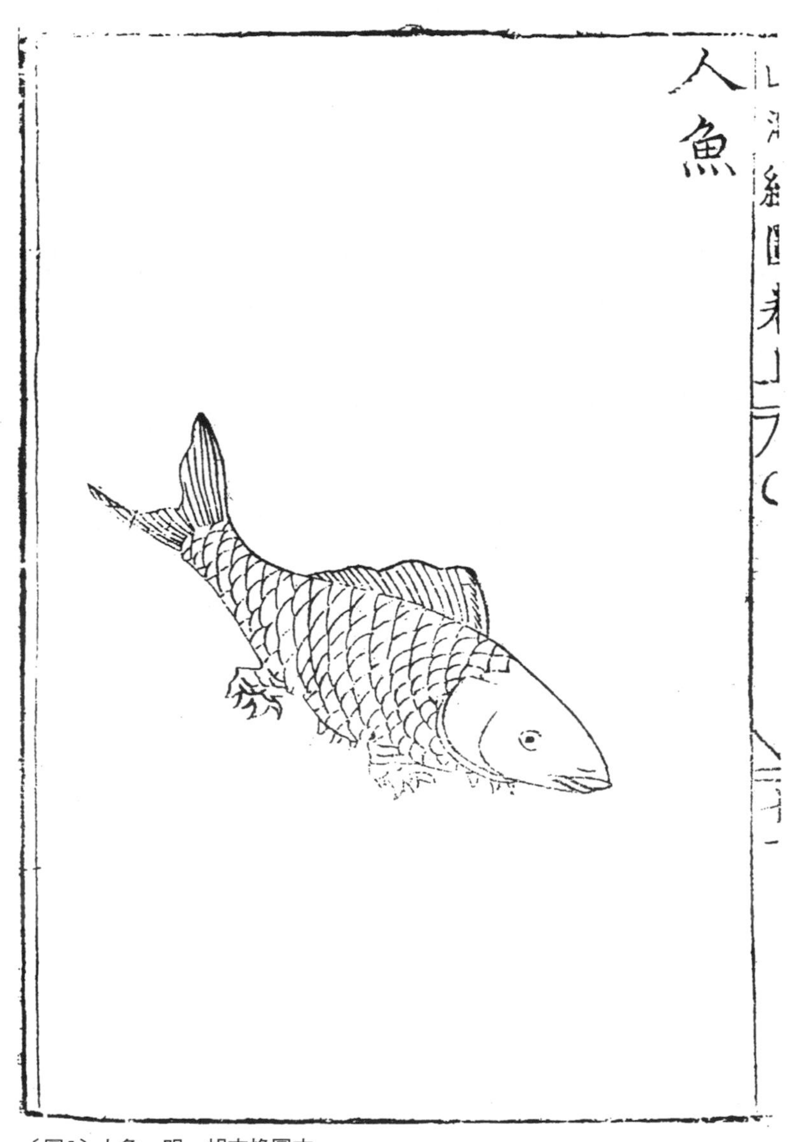

〔圖5〕人魚　明・胡文煥圖本

〔圖6〕人魚　清・吳任臣近文堂圖本

〔圖8〕人魚　清・汪紱圖本

〔圖9〕人魚　清・汪紱圖本

〔圖7〕鯢魚　清《禽蟲典》

【卷2-11】

豪彘

【經文】

《西山經》：竹山，有獸焉，其狀如豚而白毛，大如笄而黑端，名曰豪彘。

【解說】

豪彘即豪豬、毫彘、箭豬。樣子像豬，其腳如狸，毛如尖錐，中有激矢，能振發以射人，是遠古時代人畜禾稼的大害。郭璞注，夾髀有麤毫，長數尺，能以頸上毫射物。汪紱注，今豪豬也，一名貆，又名鸞豬。其狀似豬，其腳如狸。《桂海獸志》記：山豬即豪豬，身有棘刺，能振發以射人。三二百爲群，以害禾稼，州洞中甚苦之。商周青銅器與漢畫像石上有豪豬圖〔圖1〕。

郭璞《圖讚》：「剛鬣之族，號曰豪彘。毛如攢錐，中有激矢。厥體兼資，自爲牝牡。」自爲雌雄一說未見於經文及其他記載。

〔圖2－蔣應鎬繪圖本〕、〔圖3－胡文煥圖本〕、〔圖4－吳任臣近文堂圖本〕、〔圖5－成或因繪圖本〕、〔圖6－汪紱圖本〕。

〔圖2〕豪彘　明・蔣應鎬繪圖本

〔圖1〕豪彘　河南密縣漢畫像磚

〔圖3〕豪彘　明・胡文煥圖本

〔圖4〕豪彘　清・吳任臣近文堂圖本

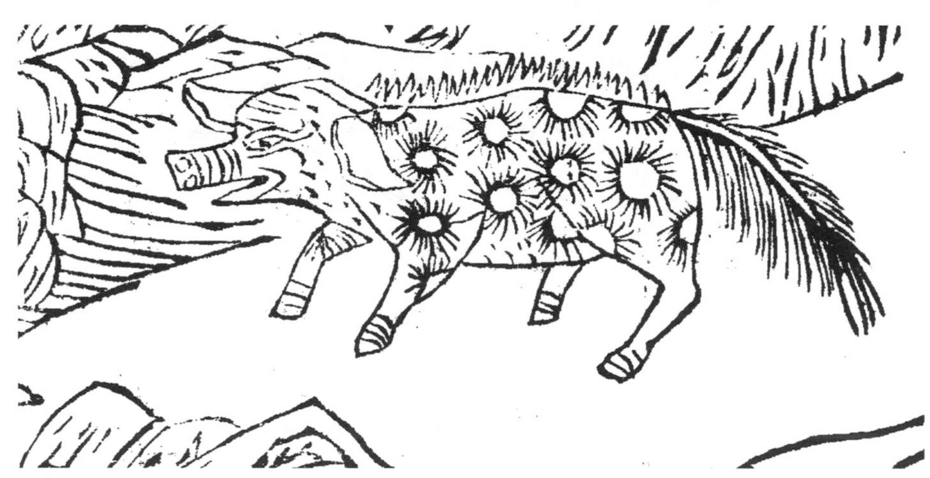

〔圖5〕豪彘　清・四川成或因繪圖本

〔圖6〕豪彘　清・汪紱圖本

【卷2-12】

囂（獸）

【經文】

《西山經》：羭次之山，有獸焉，其狀如禺而長臂，善投，其名曰囂。

【解說】

囂獸屬猿猴類，長臂而善投擲。郭璞注：「亦在畏獸畫中，似獼猴投擲也。」郝懿行按：囂、夒，聲相近。《說文》：夒，母猴，似人。

郭璞《圖讚》：「囂獸長臂，爲物好擲。」

囂圖有兩種形狀：

其一，猴狀，如〔圖1－蔣應鎬繪圖本〕、〔圖2－成或因繪圖本〕、〔圖3－汪紱圖本〕、〔圖4－《禽蟲典》〕；

其二，人面獸身，如〔圖5－胡文煥圖本〕、〔圖6－日本圖本〕。胡文煥圖說云：「崙次山有獸，狀如寓（音佛，fó），長臂善殺，名曰囂。」善殺一說未見於經文。

〔圖1〕囂　明・蔣應鎬繪圖本

〔圖2〕囂　清・四川成或因繪圖本

囂

〔圖4〕囂　清《禽蟲典》

〔圖5〕囂　明・胡文煥圖本

〔圖3〕囂　清・汪紱圖本

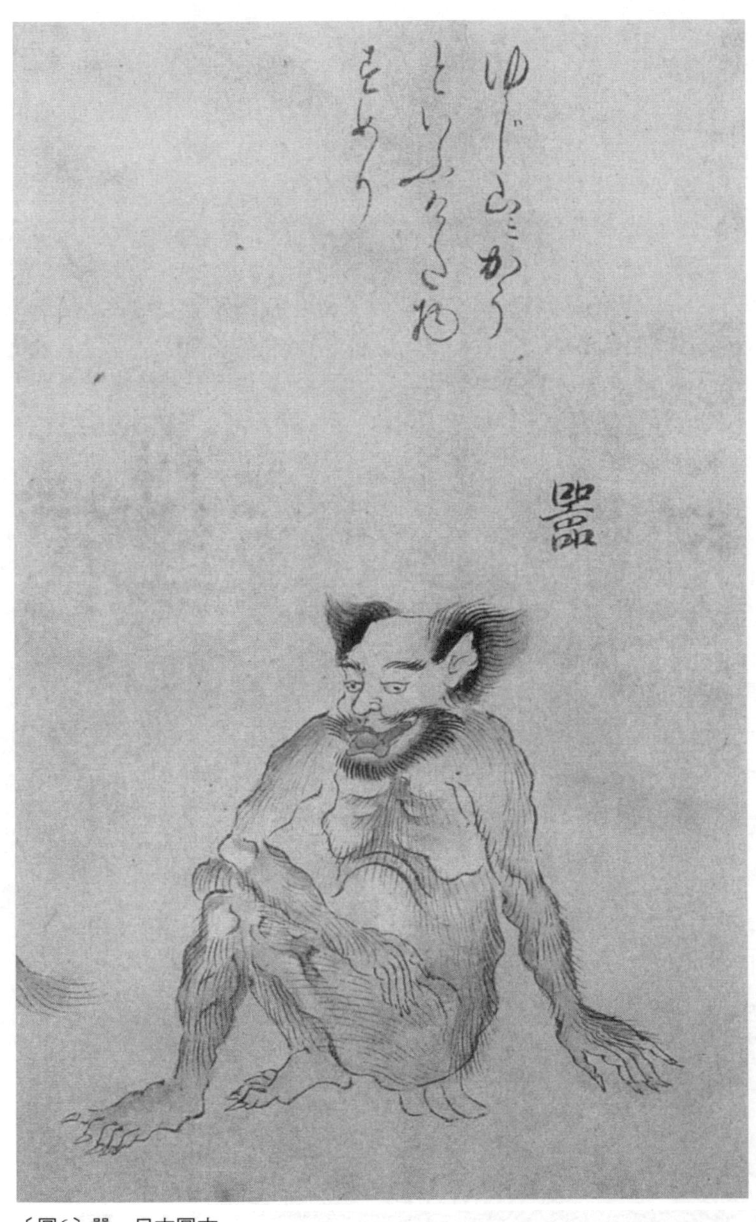

〔圖6〕囂　日本圖本

【卷2-13】

橐𩇯

【經文】

《西山經》：羭次之山，有鳥焉，其狀如梟，人面而一足，曰橐𩇯，冬見夏蟄，服之不畏雷。

【解說】

橐𩇯（音陀肥，tuóféi）是一種怪鳥，樣子像梟，一般鳥獸均夏見冬蟄，而此鳥則相反，故其毛羽據說可防雷。其特徵是人面、一足。《山海經》中的人面鳥有鴸、瞿如、顒（見《南山經》）、鳧徯（見《西次二經》）、人面鴞（見《西次三經》）、竦斯（見《北山經》）、鷙鵑（《北次二經》）、䳐鶬鳥（《海外西經》）、五色之鳥（《大荒西經》）。經中的獨足鳥有畢方（見《西次三經》）、跂踵（見《中次十經》）。只有橐𩇯，人面一足，二者兼而有之。李時珍《本草綱目》對獨足鳥有專門的記載：「獨足鳥閩廣有之，晝伏夜飛，或時晝出，群鳥噪之。惟食蟲豸，不食稻粱。」吳任臣注引《廣州志》說：獨足鳥，一名山肖鳥，大如鵠，其色蒼，其聲自呼。《臨海志》記：獨足鳥，文身赤口，晝伏夜飛，將雨轉鳴，即孔子所謂商羊也。《河圖》曰：鳥一足名獨立，見則主勇強。南史陳之將亡，有鳥一足集其殿庭，以嘴畫地成文。凡此皆一足鳥，亦橐𩇯類。橐𩇯的另一特徵是冬見夏蟄，服之不畏雷。汪紱解釋說，凡蟄類皆夏見冬蟄，此鳥獨冬見夏蟄，故服其毛羽，能不畏雷也。胡文煥圖說：「人以羽毛置諸衣中，則不畏雷霆。」

郭璞《圖讚》：「有鳥人面，一腳孤立。性與時反，冬出夏蟄。帶其羽毛，迅雷不入。」

橐𩇯圖有二形：

其一，人面獨足鳥，如〔圖1－蔣應鎬繪圖本〕、〔圖2－胡文煥圖本〕、〔圖3－吳任臣近文堂圖本〕、〔圖4－汪紱圖本〕、〔圖5－上海錦章圖本〕。

其二，人面雙足鳥，如〔圖6－成或因繪圖本〕。

〔圖1〕橐𩇯　明．蔣應鎬繪圖本

橐𩇯

〔圖2〕橐𩇯　明・胡文煥圖本

〔圖3〕橐𩇯　清・吳任臣近文堂圖本

橐𩇯

〔圖4〕橐𩇯　清・汪紱圖本

橐𩇯狀如梟人面一足冬
見夏蟄出羭次山
有鳥
人面
一腳
孤立性與
時反冬見夏蟄
帶其羽毛迅雷不入

〔圖5〕橐𩇯　上海錦章圖本

〔圖6〕橐𩇯　清・四川成或因繪圖本

【卷2-14】

猛豹

【經文】

《西山經》：南山，獸多猛豹。

【解說】

猛豹是一種能食蛇，又能食銅鐵的畏獸奇獸。郭璞注：猛豹似熊而小，毛淺，有光澤，能食蛇，食銅鐵，出蜀中。豹或作虎。郝懿行注：猛豹即貘豹也。《爾雅》云：貘，白豹。《毛詩陸疏廣要》記：白豹別名貘，今出建寧郡，毛黑白臆，似熊而小，能食蛇。以舌舐鐵，可頓進數十斤，溺能消鐵爲水。

古書中有關這一食鐵奇獸的記載很不少，據說唐世多畫貘作屛，唐白居易有〈貘屛贊〉，其文曰：「貘者，象鼻犀目、牛尾虎足，生南方山谷中。寢其皮辟瘟，圖其形辟邪。予舊病頭風，每寢息常以小屛衛其首，適遇畫工，偶令寫之。按《山海經》，此獸食鐵與銅，不食他物，因有所感，遂爲贊焉。」

〔圖1－蔣應鎬繪圖本〕、〔圖2－胡文煥圖本〕、〔圖3－日本圖本〕、〔圖4－成或因繪圖本〕、〔圖5－汪紱圖本〕。

〔圖1〕猛豹　明·蔣應鎬繪圖本

〔圖2〕猛豹　明・胡文煥圖本

〔圖3〕猛豹　日本圖本

〔圖4〕猛豹　清・四川成或因繪圖本

〔圖5〕猛豹　清・汪紱圖本

【卷2-15】

尸鳩

【經文】

《西山經》：南山，鳥多尸鳩。

【解說】

尸鳩即鳲鳩、鳴鳩、胡鸜、戴勝。郭璞注：尸鳩，布穀類也；或曰胡鸜也。李時珍在《本草綱目》中說：布穀名多，皆各因其聲似而呼之。如俗呼阿公阿婆、割麥插禾、脫卻破褲之類。因其鳴時可爲農候，故耳或云鳲鳩，即《月令》鳴鳩也。鳴鳩大如鳩而帶黃色，啼鳴相呼而不相集，不能爲巢，多居樹穴及空鵲巢中。哺子朝自上下，暮自下上。二月穀雨後始鳴，夏至後乃止。

〔圖1－王崇慶《山海經釋義》圖本〕、〔圖2－成或因繪圖本〕、〔圖3－汪紱圖本〕、〔圖4－《禽蟲典》〕。

〔圖2〕尸鳩　清・四川成或因繪圖本

〔圖1〕尸鳩　明・王崇慶《山海經釋義》圖本

〔圖3〕尸鳩　清・汪紱圖本

〔圖4〕尸鳩　清《禽蟲典》

【卷2-16】

熊

【經文】

《西山經》：嶓冢之山，獸多熊。

【解說】

《爾雅翼》記：熊類犬豕，人足、黑色。春出冬蟄，輕捷，好緣高木，見人自投而下。李時珍《本草綱目》說，俗呼熊爲豬熊，羆爲人熊、馬熊，各因形似以爲別也。《述異記》說，在陸曰熊，在水曰能，即鯀所化者。故熊字從能，狒狒亦名人熊。

〔圖1－汪紱圖本〕。

〔圖1〕熊　清·汪紱圖本

【卷2-17】

羆

【經文】

《西山經》：嶓冢之山，獸多羆。

【解說】

《爾雅》：「羆如熊，黃白文。」注：似熊而長頭，高腳猛憨多力，能拔樹木。關西呼曰猳熊。《埤雅》說，羆高腳縱目，能緣能立，遇人則擘而攫之。《史記．五帝本紀》記：黃帝有熊氏教熊羆貔貅貙虎，以與炎帝戰於阪泉之野。

〔圖1－汪紱圖本〕。

〔圖1〕羆　清．汪紱圖本

【卷2-18】

白翰

【經文】

《西山經》：嶓冢之山，鳥多白翰。

【解說】

白翰即白雉。白翰是一種吉祥之鳥，故《白虎通》有「德至鳥獸則白雉降」之說。漢班固有〈白雉詩〉：「啓靈篇兮披瑞圖，獲白雉兮效素烏。嘉祥阜兮集皇都，發皓羽兮奮翹英。」

〔圖1－汪紱圖本〕。

〔圖1〕白翰　清·汪紱圖本

【卷2-19】

谿邊

【經文】

《西山經》：天帝之山，有獸焉，其狀如狗，名曰谿邊，席其皮者不蠱。

【解說】

谿（音溪，xī）邊是一種樣子像狗的奇獸，據說用它的皮做席可辟蠱。吳任臣說，谿邊形如黑狗，能登木。其皮可爲衣褥，能運動血氣。李時珍在《本草》中說，川西有元豹，大如狗，黑色，尾亦如狗。其皮作裘褥甚暖，疑即谿邊類也。《事物紺珠》記：谿邊如狗，席其皮辟蠱。蠱腹病或云蛇蠱、金蠶蠱之類。《史記·封禪書》記，秦德公磔狗邑四門而禦蠱菑。《風俗通義》卷八《祀典》有「殺狗磔邑四門」的記載。應劭按：「《月令》：『九門磔禳，以畢春氣。』蓋天子之城，十有二門，東方三門，生氣之門也，不欲使死物見於生門，故獨於九門殺犬磔禳。」民間流傳的殺白犬以血題門戶，正月白犬血辟除不祥的殺犬磔禳的風俗，即來源於《山海經》狗屬的谿邊獸具有辟蠱驅邪的功能，後演變爲以犬血辟除不祥的習俗。

郭璞《圖讚》：「谿邊類狗，皮厭妖蠱。」

〔圖1－成或因繪圖本〕、〔圖2－汪紱圖本〕、〔圖3－《禽蟲典》〕。

〔圖1〕谿邊　清·四川成或因繪圖本

〔圖2〕谿邊　清・汪紱圖本

〔圖3〕谿邊　清《禽蟲典》

【卷2-20】

玃如

【經文】

《西山經》：皋塗之山，有獸焉，其狀如鹿而白尾，馬足人手而四角，名曰玃如。

【解說】

玃（音英，yīng）如即玃如，是一種集鹿、馬、人三形於一身的四角怪獸。《廣雅》記，西方有獸，如鹿白尾，馬足人手四角，其名曰玃如，亦作玃玃。《事物紺珠》說：玃如狀如白鹿，前兩腳似人手，後兩腳似馬蹄。故胡文煥圖說云：「皋塗山有獸如白鹿，前兩腳似人手，後兩腳似馬蹄，四角，名玃。」

郭璞《圖讚》：「玃如之獸，鹿狀四角。馬足人手，其尾則白。貌兼三形，攀木緣石。」

〔圖1－蔣應鎬繪圖本〕、〔圖2－胡文煥圖本〕、〔圖3－吳任臣近文堂圖本〕、〔圖4－成或因繪圖本〕、〔圖5－汪紱圖本〕、〔圖6－《禽蟲典》〕。

〔圖1〕玃如　明・蔣應鎬繪圖本

玃

〔圖2〕玃如　明・胡文煥圖本

〔圖3〕玃如　清・吳任臣近文堂圖本

〔圖4〕玃如　清・四川成或因繪圖本

〔圖5〕玃如　清・汪紱圖本

〔圖6〕玃如　清《禽蟲典》

【卷2-21】

數斯

【經文】

《西山經》：皋塗之山，有鳥焉，其狀如鴟而人足，名曰數斯，食之已瘿。

【解說】

數斯是一種奇鳥，樣子像鴟，卻長著人足。《事物紺珠》說：數斯如雉，人足。據說吃了它的肉可以治癲癇病或小兒癲癇。

郭璞《圖讚》：「數斯人腳，厥狀似鴟。」

〔圖1－蔣應鎬繪圖本〕、〔圖2－胡文煥圖本〕、〔圖3－日本圖本〕、〔圖4－成或因繪圖本〕、〔圖5－汪紱圖本〕、〔圖6－《禽蟲典》〕。

〔圖1〕數斯　明·蔣應鎬繪圖本

〔圖2〕數斯　明・胡文煥圖本

〔圖3〕數斯　日本圖本

〔圖4〕數斯　清・四川成或因繪圖本

〔圖5〕數斯　清・汪紱圖本

數斯圖

〔圖6〕數斯　清《禽蟲典》

【卷2-22】

犛

【經文】

《西山經》：黃山有獸焉，其狀如牛而蒼黑大目，其名曰犛。

【解說】

犛（音敏，mǐn）是一種大眼黑牛。《事物紺珠》說：蒼黑色，大目。

郭璞《圖讚》：「犛獸大眼。」

〔圖1－蔣應鎬繪圖本〕、〔圖2－成或因繪圖本〕、〔圖3－汪紱圖本〕。

〔圖2〕犛　清·四川成或因繪圖本

〔圖3〕犛　清・汪紱圖本

〔圖1〕犛　明・蔣應鎬繪圖本

【卷2-23】

鸚䳇

【經文】

《西山經》：黃山有鳥焉，其狀如鴞，青羽赤喙，人舌能言，名曰鸚䳇。

【解說】

鸚䳇即鸚鵡，是一種會說話的靈鳥。郭璞說，鸚鵡舌似小兒。李時珍《本草綱目》說：「鸚鵡如嬰兒之學母語，故字從嬰母。」《爾雅翼》記：此鳥其舌似小兒，故能委曲其音聲以象人耳；又鳥目下瞼眨上，唯此鳥兩瞼俱動如人目。蓋羽蟲之能人言者，必有人形之一端。可知禽獸之具有人的某種特性，常常是有某種生物學上的類同爲依據的。《異物志》記：鸚鵡有三種：青大如烏臼，一種；白大如鴟鴞，一種；五色大於青者。交州巴南盡有之，五色者出杜薄州。

郭璞《圖讚》：「鸚䳇慧鳥，青羽赤喙。四指中分，行則以觜。自貽伊籠，見幽坐枝（一作趾）。」

〔圖1－蔣應鎬繪圖本〕、〔圖2－《禽蟲典》〕。

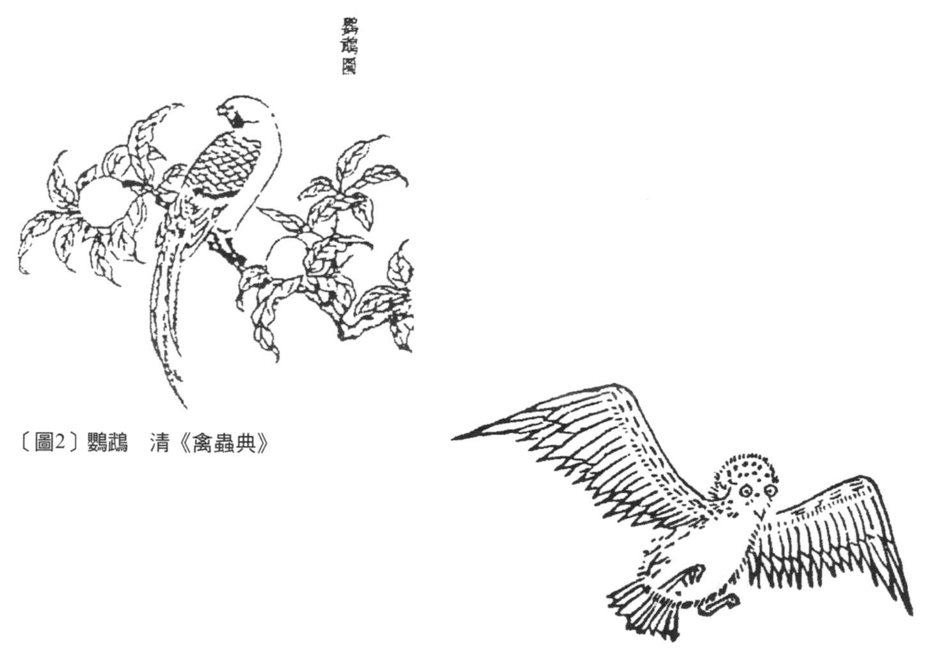

〔圖2〕鸚鵡　清《禽蟲典》

〔圖1〕鸚鵡　明・蔣應鎬繪圖本

旄牛

【經文】

《西山經》：翠山，其陰多旄牛。

【解說】

旄牛又見《北山經》潘侯之山，說「其狀如牛而四節生毛」。郭璞注：今旄牛背膝及胡尾皆有長毛。汪紱注：旄牛一名犛牛，長毛尺許，尾背項膝毛尤長，可爲旄纛之用，巴蜀之西南多有之。古人打仗，常以旄牛尾做旗，便於遠距離指揮。成語「名列前茅」的「前茅」便是「前旄」，指前軍所持之旗，引申爲先頭部隊，「名列前茅」成了排名領先的成語了。

郭璞《圖讚》：「牛充兵機，兼之者旄。冠于旄鼓，爲軍之標。匪肉致災，亦毛之招。」

〔圖1－蔣應鎬繪圖本〕、〔圖2－胡文煥圖本〕、〔圖3－汪紱圖本〕、〔圖4－《禽蟲典》〕。

〔圖1〕旄牛　明・蔣應鎬繪圖本

旄牛

旄牛圖

〔圖2〕旄牛　明・胡文煥圖本

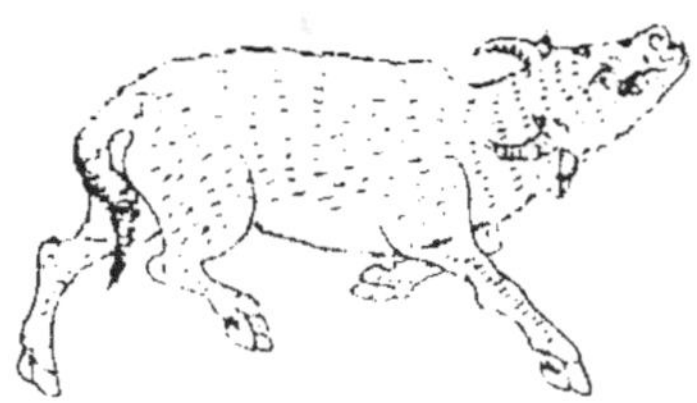

〔圖4〕旄牛　清《禽蟲典》

〔圖3〕旄牛　清・汪紱圖本

【卷2-25】

麢

【經文】

《西山經》：翠山，其陰多麢。

【解說】

麢，一作羚，即羚羊，是一種大角大羊，好在山崖間活動。《說文》：麢，大羊而細角。《釋獸》記：麢，大羊。羚羊，似羊而大，角有圓繞蹙文，夜則懸角木上以防患。李時珍《本草綱目》說，麢好獨棲，懸角木上以避遠害，可謂靈也，故字從鹿從靈。

〔圖1－吳任臣康熙圖本〕、〔圖2－汪紱圖本〕、〔圖3－上海錦章圖本〕。

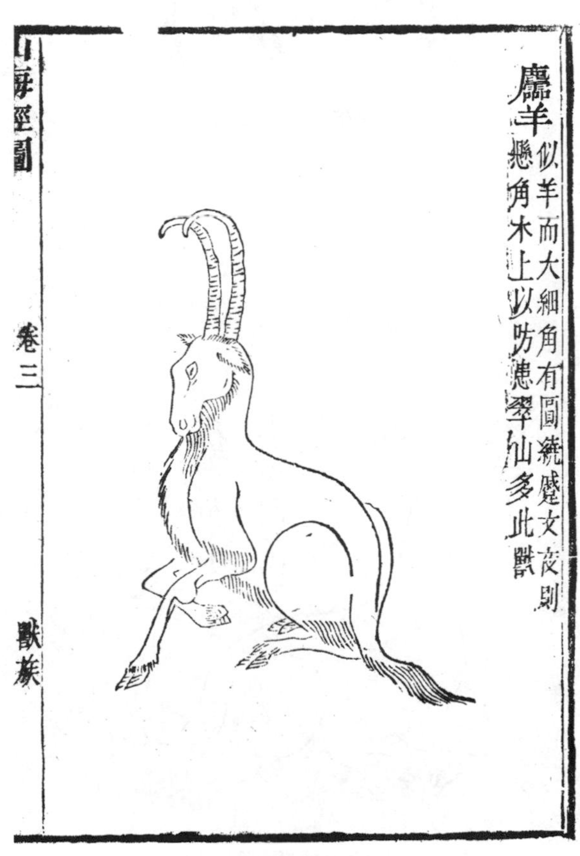

山海經圖
卷三
獸族
麢羊似羊而大細角有圓繞蹙文夜則懸角木上以防患翠山多此獸

〔圖1〕麢羊　清・吳任臣康熙圖本

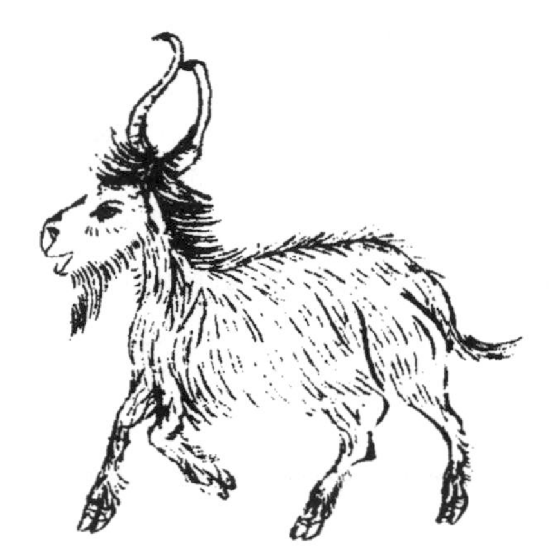

麢

〔圖2〕麢羊　清・汪紱圖本

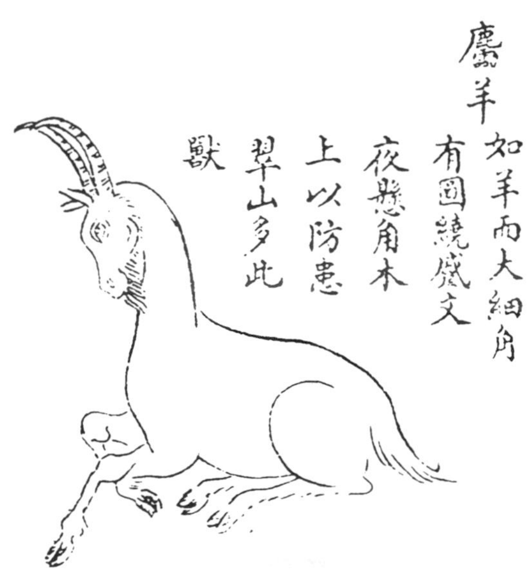

麢羊
如羊而大細角
有圓繞蹙文
夜懸角木
上以防患
翠山多此
獸

〔圖3〕麢羊　上海錦章圖本

【卷2-26】

麝

【經文】

《西山經》：翠山，其陰多麝。

【解說】

麝形似麞而小，黑色，常食柏葉，又啖蛇。郭璞說，麝似獐而小，有香。李時珍《本草綱目》說：麝之香氣遠射，故謂之麝。麝香從何而來？一說來自獸臍，一說來自陰莖前皮內，別有膜袋裹之。五月得者往往有蛇皮骨於腹。李時珍還說，麝香有三等，第一生香，名遺香，乃麝自剔出者，但極難得，價同明珠；第二臍香，乃捕得殺取之；第三爲心結香，乃麝見大獸捕逐，驚畏失心，狂走墜死，人有得之，破心見血流出，脾上作乾血塊者，不堪入藥。故李商隱有詩：「投岩麝自香。」許渾詩：「尋麝采生香。」

〔圖1－汪紱圖本〕、〔圖2－《禽蟲典》〕。

〔圖2〕麝　清《禽蟲典》

〔圖1〕麝　清·汪紱圖本

【卷2-27】

鸓

【經文】

《西山經》：翠山，其鳥多鸓，其狀如鵲，赤黑而兩首四足，可以禦火。

【解說】

鸓（音雷，léi）是雙頭奇鳥，樣子像鵲，黑色，二首一身而四足，可以辟火。胡文煥圖說：「東華山有鳥，狀如鸛，色赤黑，一身、二首、四足。」《事物紺珠》說，䳋、鸓、駅鵌俱辟火。䳋、鸓、駅鵌，都是《山海經》中的奇鳥。

郭璞《圖讚》：「有鳥名鸓，兩頭四足，翔若合飛。」

鸓鳥圖有二形：

其一，二首四足鳥，如〔圖1－蔣應鎬繪圖本〕、〔圖2－胡文煥圖本〕、〔圖3－吳任臣近文堂圖本〕、〔圖4－郝懿行圖本〕、〔圖5－汪紱圖本〕；

其二，一首四足鳥，如〔圖6－成或因繪圖本〕。

〔圖1〕鸓　明・蔣應鎬繪圖本

鸓鳥

〔圖2〕鸓　明・胡文煥圖本

鸓狀如鵲赤黑兩首四足
鸓出則可以禦火出翠山

〔圖3〕鸓　清・吳任臣近文堂圖本

〔圖5〕鸓　清・汪紱圖本

〔圖4〕鸓　清・郝懿行圖本

〔圖6〕鸓　清・四川成或因繪圖本

【卷2-28】

羭山神

【經文】

《西山經》：自錢來之山至于騩山，凡十九山，二千九百五十七里。羭山神也。

【解說】

羭山神是自錢來山至騩山共十九山的山神，都是羊狀神。汪紱注：「羭山神也，言其山之神，羭也。羭，羊屬。」

〔圖1－汪紱圖本，名羭西山神〕。

〔圖1〕羭西山神　清・汪紱圖本

【卷2-29】

鸞鳥

【經文】

《西次二經》：女床之山，有鳥焉，其狀如翟而五采文，名曰鸞鳥，見則天下安寧。

【解說】

鸞鳥屬鳳鳥，爲鳳凰屬之瑞鳥。胡文煥圖說：「女床山有鳥，狀如翟，玉乘畢備，身如雉而尾長，名曰鸞。見則天下太平。周成王時西戎來獻。」據《大荒西經》記，五采鳥有三：一曰皇鳥，一曰鸞鳥，一曰鳳鳥。鸞鳥爲神靈之精，祥瑞之鳥，天下太平安寧則見。鸞鳥的聲音如鈴，周之文物大備法車之上，常綴以大鈴，如鸞之聲，後稱鑾車即由此而來。

郭璞《圖讚》：「鸞翔女床，鳳出丹穴。拊翼相和，以應聖哲。擊石靡詠，韶音其絕。」

〔圖1－蔣應鎬繪圖本〕、〔圖2－胡文煥圖本〕、〔圖3－日本圖本〕、〔圖4－成或因繪圖本〕、〔圖5－汪紱圖本〕。

〔圖1〕鸞鳥　明·蔣應鎬繪圖本

〔圖2〕鸞鳥　明・胡文煥圖本

〔圖3〕鸞鳥（鸞）　日本圖本

〔圖5〕鸞　清・汪紱圖本

〔圖4〕鸞鳥　清・四川成或因繪圖本

【卷2-30】

鳧徯

【經文】

《西次二經》：鹿臺之山，有鳥焉，其狀如雄雞而人面，名曰鳧徯，其鳴自叫也，見則有兵。

【解說】

鳧徯（音浮西，fúxī）是人面鳥身的怪鳥，兆凶之鳥。古人認爲鳧徯是大惡之鳥。吳任臣說：鳥人面者，非大美則大惡；大美者頻迦，大惡者鳧徯。黃石曾詩：海內揚戈兵，鳧徯下鹿臺。鳧徯與朱厭（見《西次二經》）都是兵燹的徵兆。據《宜春縣誌》記載，崇禎九年夏大旱，穀每石至八錢。秋七月，郴江一帶鳧徯見。愈年丁丑，果有楚冠之變。

郭璞《圖讚》：「鳧徯朱厭，見則有兵。類異感同，理不虛行。推之自然，厥數難明。」

鳧徯圖有兩種形狀：

其一，人面鳥，如〔圖1－蔣應鎬繪圖本〕、〔圖2－胡文煥圖本〕、〔圖3－日本圖本〕、〔圖4－成或因繪圖本〕、〔圖5－吳任臣近文堂圖本〕、〔圖6－上海錦章圖本〕；

其二，非人面鳥，如〔圖7－汪紱圖本〕。

〔圖1〕鳧徯　明・蔣應鎬繪圖本

〔圖2〕鳧徯　明・胡文煥圖本

〔圖4〕鳧徯　清・四川成或因繪圖本

〔圖5〕鳧徯　清・吳任臣近文堂圖本

鳧徯狀如雄雞而人面見則有兵出鹿治山
鳧徯
朱厭
見則有兵
類異感同
理不虛行
推之自然
厥數難明

〔圖6〕鳧徯　上海錦章圖本

〔圖7〕鳧徯　清・汪紱圖本

〔圖3〕鳧徯　日本圖本

【卷2-31】

朱厭

【經文】

《西次二經》：小次之山，有獸焉，其狀如猿，而白首赤足，名曰朱厭，見則大兵。

【解說】

朱厭是凶獸，屬猿猴類，白首赤足；與梟𧈢一樣，都是兵燹的徵兆。

郭璞《圖讚》：「梟𧈢朱厭，見則有兵。類異感同，理不虛行。推之自然，厥數難明。」

朱厭圖有二形：

其一，猴形，如〔圖1－蔣應鎬繪圖本〕、〔圖2－汪紱圖本〕、〔圖3－《禽蟲典》〕；

其二，人面猴身，如〔圖4－成或因繪圖本〕。

〔圖4〕朱厭　清・四川成或因繪圖本

〔圖1〕朱厭　明・蔣應鎬繪圖本

〔圖2〕朱厭　清・汪紱圖本

朱厭圖
博物彙編禽蟲典第一百二十三卷異獸部彙考一之十五

〔圖3〕朱厭　清《禽蟲典》

【卷2-32】

虎

【經文】

《西次二經》：厎（音旨，zhǐ）陽之山，其獸多虎。

【解說】

虎是猛獸，山獸之王；虎是威猛之獸，吉祥的象徵。李時珍《本草綱目》說：虎，山獸之君也，狀如貓而大如牛。黃質黑章，鋸牙鉤爪，鬚健而尖，舌大如掌，生倒刺，項短鼻齆；夜視。一目放光，一目看物。聲吼如雷，風從而生，百獸震恐。虎又是陽氣之盛者，《春秋緯》記：三九二十七，七者，陽氣成，故虎七月而生。陽立於七，故虎首尾長七尺。般般文者，陰陽雜也。《抱朴子・對俗篇》說：「虎及鹿兔皆壽千歲，滿五百歲者，其毛色白；能壽五百歲者，則能變化。」

〔圖1－汪紱圖本〕。

虎

〔圖1〕虎　清・汪紱圖本

麋

【經文】

《西次二經》：西皇之山，其獸多麋。

【解說】

麋大如小牛，鹿屬。李時珍《本草綱目》說：麋生南山山谷及淮海邊，十月取之。麋似鹿而色黑，大如小牛，肉蹄，雄麋有角。麋目下有二竅，爲夜目。故《淮南子》說，孕女見麋而子四目也。今海陵至多千百爲群，多牝少牡。

〔圖1－汪紱圖本〕、〔圖2－《禽蟲典》〕。

〔圖1〕麋　清·汪紱圖本

〔圖2〕麋　清《禽蟲典》

【卷2-34】

鹿

【經文】

《西次二經》：西皇之山，其獸多鹿。

【解說】

鹿是瑞獸，長壽的象徵。李時珍《本草綱目》說，鹿，處處山林中有之，馬身羊尾，頭側而長，高腳而行速。雄鹿有角，夏至則解，大如小馬，黃質白斑，俗稱馬鹿。雌鹿無角，小而無斑，毛雜黃白色，俗稱麀鹿。孕六月而生子，鹿性淫，一牡常交數牝，謂之聚麀。舊時迷信認爲，夏至之日鹿解鹿角；不解，兵戈不息。《述異記》記：鹿千年化爲蒼，又五百年化爲白，又五百年化爲元。

〔圖1－汪紱圖本〕、〔圖2－《禽蟲典》〕。

〔圖1〕鹿　清·汪紱圖本

〔圖2〕鹿　清《禽蟲典》

【卷2-35】

人面馬身神

【經文】

《西次二經》：自鈐山至于萊山，凡十七山，四千一百四十里。其十神者，皆人面而馬身。

【解說】

自鈐山至萊山共十七山，其中十座山的山神都是人面馬身神，又稱為十輩神。汪紱圖本名之為西山十神，他解釋說，十神是指自鈐山至大次十山之神。

〔圖1－蔣應鎬繪圖本〕、〔圖2－成或因繪圖本〕、〔圖3－汪紱圖本〕。

〔圖1〕人面馬身神　明・蔣應鎬繪圖本

〔圖3〕人面馬身神（西山十神）　清・汪紱圖本

〔圖2〕人面馬身神　清・四川成或因繪圖本

【卷2-36】

人面牛身神

【經文】

《西次二經》：自鈐山至于萊山，凡十七山，四千一百四十里。其七神皆人面牛身，四足而一臂，操杖以行：是為飛獸之神。

【解說】

自鈐山至萊山共十七山，其中七座山的山神都是人面牛身神，由於其一臂操杖以行，能行疾如飛，故名爲飛獸之神，又稱七神。

〔圖1－蔣應鎬繪圖本〕、〔圖2－成或因繪圖本〕、〔圖3－汪紱圖本〕、〔圖4－《神異典》，其飛獸神圖包括十輩神與飛獸神兩圖〕。

〔圖1〕人面牛身神　明·蔣應鎬繪圖本

〔圖2〕人面牛身神　清・四川成或因繪圖本

〔圖3〕人面牛身神（西山七神）　清・汪紱圖本

〔圖4〕人面牛身神（飛獸神）　清《神異典》

【卷2-37】

舉父

【經文】

《西次三經》：崇吾之山，有獸焉，其狀如禺而文臂，豹虎（袁珂案：疑是尾字之誤）而善投，名曰舉父。

【解說】

舉父，或作夸父，是一隻大猴。舉父又名豦，郭璞注，今建平山中有豦，大如狗，似獼猴，黃黑色，多髯鬣，好奮迅其頭，能舉石擿人。

〔圖1－蔣應鎬繪圖本〕、〔圖2－成或因繪圖本〕、〔圖3－吳任臣近文堂圖本〕、〔圖4－汪紱圖本〕、〔圖5－上海錦章圖本〕。

〔圖1〕舉父　明·蔣應鎬繪圖本

〔圖2〕舉父　清・四川成或因繪圖本

〔圖4〕舉父　清・汪紱圖本

舉父
狀如禺文臂善
投出崇吾山

〔圖5〕舉父　上海錦章圖本

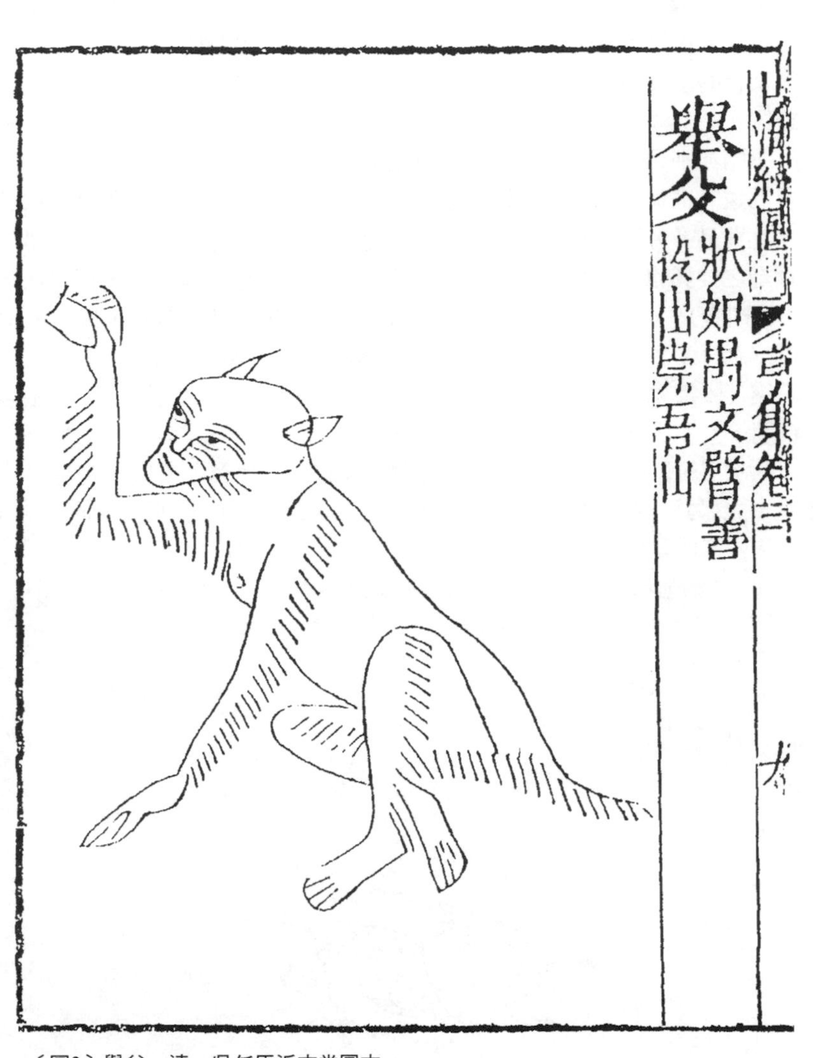

〔圖3〕舉父　清・吳任臣近文堂圖本

【卷2-38】

蠻蠻（比翼鳥）

【經文】

《西次三經》：崇吾之山，有鳥焉，其狀如鳧，而一翼一目，相得乃飛，名曰蠻蠻，見則天下大水。

【解說】

蠻蠻即比翼鳥，色青赤，不比不能飛，《爾雅》稱作鶼鶼鳥。古人有比目魚、比翼鳥、比肩獸的說法；不比不行，不比不飛，視雙雙對對爲吉祥，成爲我國祥瑞文化的重要內容。古書中的比翼鳥多是瑞禽，是吉祥、比翼齊飛與忠貞愛情的象徵。胡文煥圖說：比翼鳥「似鳧，青赤色，一目一翼，相得乃飛。王者有孝德，于幽遠則至」。《周書》記：成王時，巴人獻比翼鳥。《瑞應圖》記：王者德及高遠，則比翼鳥至。《拾遺記》記：周成王六年，燃丘之國獻比翼鳥雌雄各一。比翼鳥多力，狀如鵲，銜南海之丹泥，巢昆侖之元木，遇聖則來集，以表周公輔聖之祥異也。《博物志》記：崇丘山有鳥，一足一翼一目，相得而飛，名曰䖟。見則吉良，乘之壽千歲。《博物志餘》說：南方有比翼鳳，飛止飲啄，不相分離；死而復生，必在一處。此比翼鳳也屬比翼鳥一類。

郭璞《圖讚》：「比翼之鳥，似鳧青赤。雖云一形，氣同體隔。延頸離鳥，翻飛合翮。」

《西次三經》崇吾山之蠻蠻鳥，卻與上述吉祥的比翼鳥不同，它是天下大水的徵兆，故郝懿行在注中說：「此則比翼鳥非瑞禽也。」也許這兆水的雙頭怪鳥蠻蠻就是吉鳥比翼鳥的原始形態。

〔圖1－蔣應鎬繪圖本〕、〔圖2－胡文煥圖本〕、〔圖3－日本圖本〕、〔圖4－成或因繪圖本〕、〔圖5－畢沅圖本〕、〔圖6－汪紱圖本〕。

〔圖1〕蠻蠻鳥　明・蔣應鎬繪圖本

〔圖2〕蠻蠻（比翼鳥）　明・胡文煥圖本

〔圖4〕蠻蠻鳥　清・四川成或因繪圖本

〔圖3〕蠻蠻（比翼鳥）　日本圖本

蠻蠻狀如鳧而一翼一目相得
乃飛見則大水山崇吾山
比翼之鳥
似鳧青赤雖云
一形氣同體
隔延頸離鳥
翻飛合翮

〔圖5〕蠻蠻　清・畢沅圖本

〔圖6〕蠻蠻鳥　清・汪紱圖本

【卷2-39】

鼓（鍾山神）

【經文】

《西次三經》：

鍾山，其子曰鼓，其狀如（衍字，袁珂從王念孫校刪）人面而龍身，是與欽䲹殺葆江于昆侖之陽，帝乃戮之鍾山之東曰䍶崖，欽䲹化為大鶚，其狀如鵰而黑文白首，赤喙而虎爪，其音如晨鵠，見則有大兵。鼓亦化為鵕鳥，其狀如鴟，赤足而直喙，黃文而白首，其音如鵠，見則其邑大旱。

【解說】

鼓是鍾山山神燭陰（燭龍）的兒子，人面龍身，他的父親燭陰也是「人面蛇身」（見《海外北經》）或「人面龍身」（見《淮南子》），可見父子二神長相一模一樣。傳說古時候天宮中眾諸侯常有紛爭，有一次，鼓和另一個名叫欽䲹的天神，把一個名叫葆江（又叫祖江）的天神在昆侖山殺死了。黃帝知道以後很生氣，下令在鍾山之東的䍶崖把二神處死。二神死後靈魂不散，欽䲹化作大鶚，鼓化作鵕鳥，成爲兵災和大旱的徵兆。陶潛〈讀山海經〉詩第十一篇說：「巨猾肆威暴，欽䲹違帝旨。窫窳強能變，祖江遂獨死。」說的就是祖江被欽䲹殺死的故事。

郭璞《圖讚》：「欽䲹及鼓，是殺祖江。帝乃戮之，昆侖之東。二子皆化，矯翼亦同。」

〔圖1－蔣應鎬繪圖本〕、〔圖2－胡文煥圖本〕、〔圖3－日本圖本，名皷〕、〔圖4－《神異典》〕、〔圖5－吳任臣近文堂圖本〕、〔圖6－成或因繪圖本〕、〔圖7－汪紱圖本〕。

〔圖1〕鼓　明・蔣應鎬繪圖本

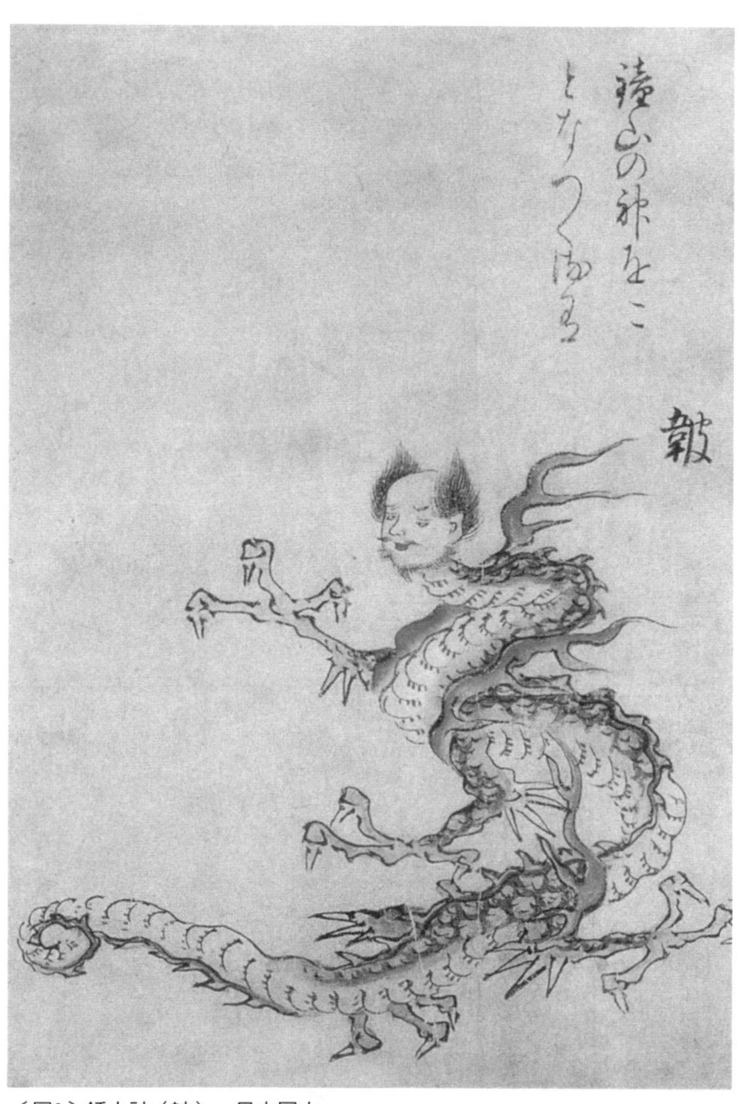

〔圖3〕鍾山神（皷）　日本圖本

鍾山神

〔圖2〕鼓（鍾山神）　胡文煥圖本

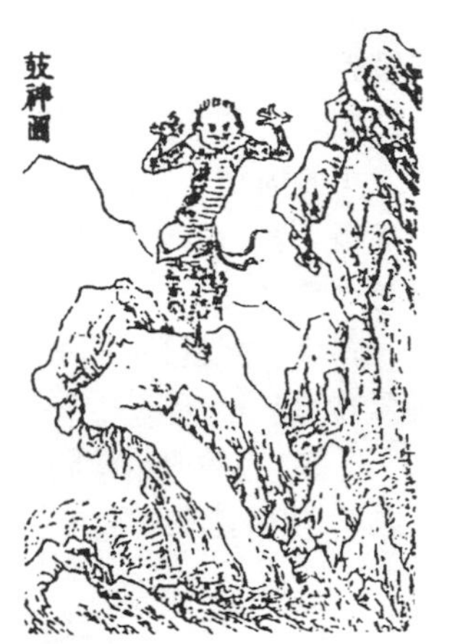

〔圖4〕鼓（鼓神）　清《神異典》

〔圖5〕鼓　清・吳任臣近文堂圖本

〔圖6〕鼓　清・四川成或因繪圖本

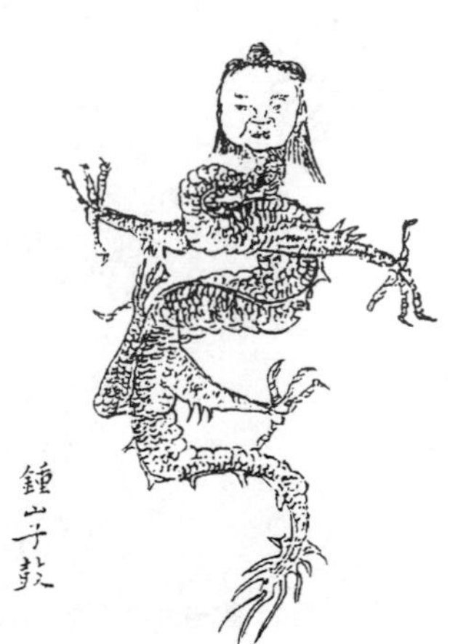

〔圖7〕鼓（鍾山子鼓）　清・汪紱圖本

【卷2-40】

欽䲹

【經文】

《西次三經》：鍾山，其子曰鼓，其狀人面而龍身，是與欽䲹殺葆江于昆侖之陽，帝乃戮之鍾山之東曰䍃崖，欽䲹化為大鶚，其狀如鵰而黑文白首，赤喙而虎爪，其音如晨鵠，見則有大兵。

【解說】

燭陰的兒子鼓與欽䲹（音丕，pī）殺死了葆江（即祖江），被黃帝處死於鍾山之東的䍃崖。二神死後，均化身爲鳥。欽䲹化爲大鶚，樣子像大鵰，白腦袋，紅嘴喙，背上有黑色斑紋，長著老虎的爪子，聲音有如晨鵠。它出現的地方，就會有兵燹之災。

郭璞《圖讚》：「欽䲹及鼓，是殺祖江。帝乃戮之，昆侖之東。二子皆化，矯翼亦同。」

〔圖1－蔣應鎬繪圖本〕、〔圖2－成或因繪圖本〕、〔圖3－汪紱圖本〕、〔圖4－《禽蟲典》〕。

〔圖1〕欽䲹　明・蔣應鎬繪圖本

〔圖3〕欽䲹大鶚　清・汪紱圖本

〔圖2〕欽䲹　清・四川成或因繪圖本

〔圖4〕欽䲹　清《禽蟲典》

【卷2-41】

鵕鳥

【經文】

《西次三經》：鍾山，其子曰鼓，其狀人面而龍身，是與欽䲹殺葆江于昆侖之陽，帝乃戮之鍾山之東曰嶢崖，欽䲹化為大鶚，其狀如雕而黑文白首，赤喙而虎爪，其音如晨鵠，見則有大兵。鼓亦化為鵕鳥，其狀如鴟，赤足而直喙，黃文而白首，其音如鵠，見則其邑大旱。

【解說】

燭陰之子鼓殺祖江被戮，其魂化爲鵕（音俊，jùn）鳥。鵕鳥的樣子像鴟，白腦袋，紅爪子，直嘴喙，背上有黃色斑紋，叫聲很像大鶚。它出現的地方，會有旱災發生。汪紱在注中說，鵕音俊，鴟，梟類也。凡梟類鉤喙，此直喙爲異也。言黃帝殺此二人，而此二人各化爲鳥，如鯀化黃熊（原文如此。——引者）之說也。陶潛〈讀山海經〉詩云：「長枯固已劇，鵕鶚豈足恃。」寫的也是二神化身二鳥的故事。

〔圖1－汪紱圖本〕。

〔圖1〕鼓鵕鳥　清．汪紱圖本

【卷2-42】

文鰩魚

【經文】

《西次三經》：泰器之山，觀水出焉，西流注于流沙，是多文鰩魚，狀如鯉魚，魚身而鳥翼，蒼文而白首赤喙，常行西海，游於東海，以夜飛。其音如鸞雞，其味酸甘，食之已狂，見則天下大穰。

【解說】

文鰩魚是一種魚鳥共體的奇魚，屬飛魚類，是豐年的徵兆。文鰩魚的樣子像鯉魚，魚身鳥翼，白腦袋，紅嘴喙，毛色蒼斑，叫聲像鸞雞，夜間常飛翔遨遊於西海東海之間。胡文煥圖說：「鳥翼蒼文，晝遊西海，夜入北海。其味甘酸，食之已狂，見則大稔。」《埤雅》記：文鰩長尺許，有翼。《神異經》：東南海中有溫湖，其中有鰩魚，長八尺。《爾雅翼》記：文鰩魚出南海，大者長尺許，有翅與尾齊；一名飛魚，群飛海上。海人候之，當有大風。〈吳都賦〉云，文鰩夜飛而觸綸是也。《歙州圖經》記載了一則有關文鰩魚的故事：傳說歙州赤嶺下有大溪，俗傳昔有人造橫溪，魚梁魚不得下半夜飛從此嶺過。其人遂於嶺下張網以捕之，魚有越網而過者，有飛不過而變爲石者。今每雨其石即赤，故謂之赤嶺，而浮梁縣因此得名。傳說文鰩肉酸甘，吃了可治癲狂病。《呂氏春秋．本味篇》說：味之美者，雚水之魚，名曰鰩。文鰩魚是豐年的象徵，民間常以魚爲占，認爲文鰩魚見則大穰，是豐年之兆，今海人也說歲豐則魚大上。

郭璞《圖讚》：「見則邑穰，厥名曰鰩。經營二海，矯翼閑（一作間）霄。惟味之奇，見歎（一作難）伊庖。」

〔圖1－蔣應鎬繪圖本〕、〔圖2－胡文煥圖本〕、〔圖3－成或因繪圖本〕、〔圖4－汪紱圖本〕、〔圖5－上海錦章圖本〕。

〔圖1〕文鰩魚　明．蔣應鎬繪圖本

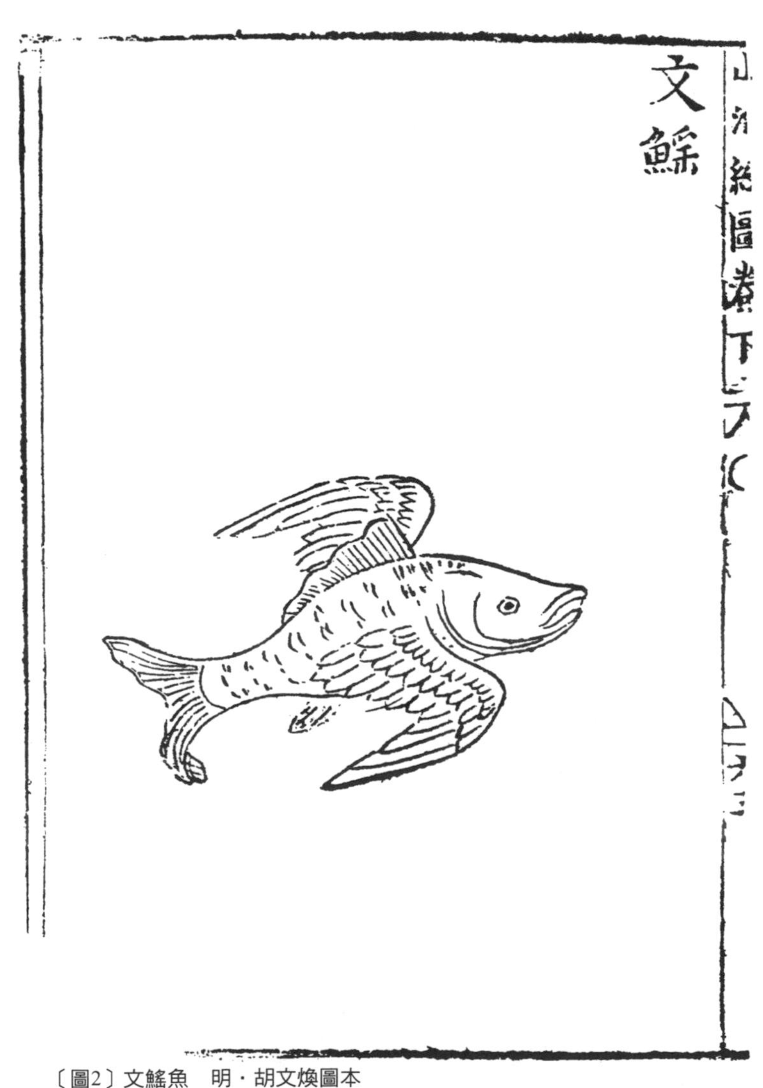

〔圖2〕文鰩魚　明・胡文煥圖本

〔圖3〕文鰩魚　清・四川成或因繪圖本

文鰩

〔圖4〕文鰩　清・汪紱圖本

文鰩魚狀如鯉魚鳥翼蒼玄白首赤珠常從西海戲游東海出觀水見則邑穰

厥名曰鰩
經營二海
矯翼閑霄
唯味之奇
見嘆伊庖

〔圖5〕文鰩魚　上海錦章圖本

【卷2-43】

英招

【經文】

《西次三經》：槐江之山，實惟帝之平圃，神英招司之，其狀馬身而人面，虎文而鳥翼，徇于四海，其音如榴。

【解說】

英招（音韶，sháo）是槐江山的山神，是一位集人、馬、虎、鳥四形於一身的天神，又是天帝管轄的平圃天然牧場的管理者。這片牧場位於離昆侖山天帝帝都四百里的槐江之山，名叫懸圃，又稱玄圃、平圃、元圃。英招人面馬身，有鳥的雙翼，虎的斑紋，常振翅高飛，巡遊四海。

《圖讚》：「槐江之山，英招是主。巡遊四海，撫翼雲儛。實惟帝囿，有謂玄圃。」

〔圖1－蔣應鎬繪圖本〕、〔圖2－《神異典》〕、〔圖3－吳任臣康熙圖本〕、〔圖4－吳任臣近文堂圖本〕、〔圖5－成或因繪圖本〕、〔圖6－汪紱圖本〕。

〔圖1〕英招　明·蔣應鎬繪圖本

〔圖2〕英招神　清《神異典》

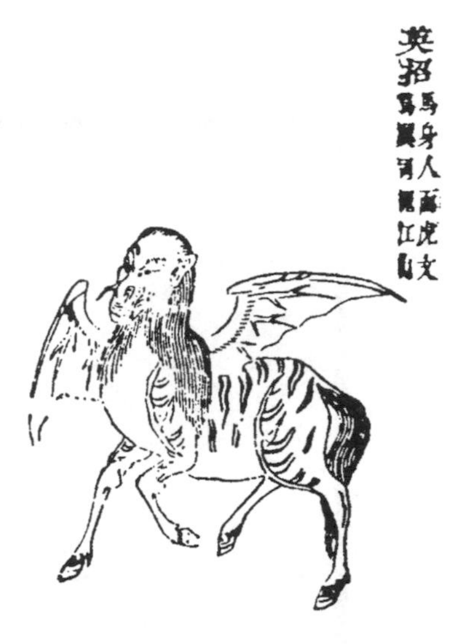

〔圖3〕英招　清・吳任臣康熙圖本

〔圖5〕英招　清・四川成或因繪圖本

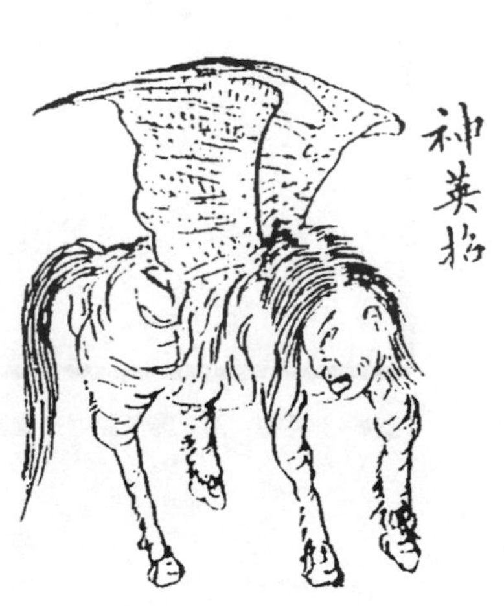

〔圖6〕英招　清・汪紱圖本

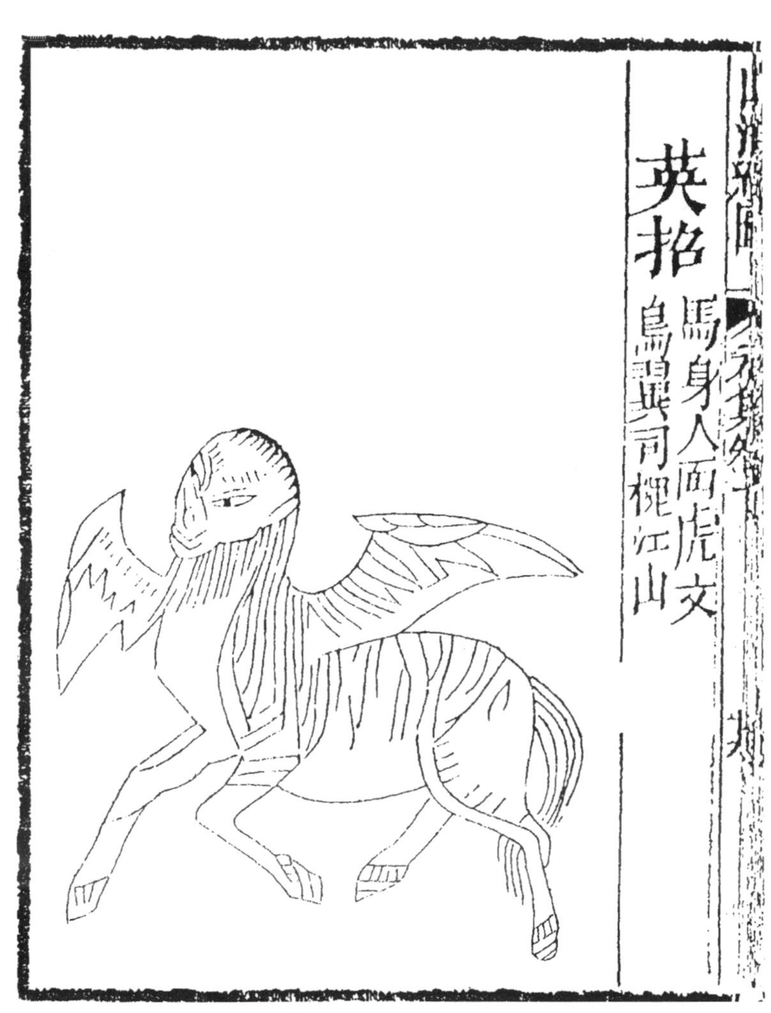

〔圖4〕英招　清・吳任臣近文堂圖本

【卷2-44】

天神

【經文】

《西次三經》：槐江之山，爰有淫水，其清洛洛。有天神焉，其狀如牛，而八足二首馬尾，其音如勃皇，見則其邑有兵。

【解說】

天神是槐江山的山神，又是淫水之神，是兵災的徵兆。在槐江山的懸圃下面，有一條清冷徹骨的泉水，叫淫（音瑤）水。陶潛〈讀山海經〉詩云：「迢迢槐江嶺，落落清瑤流」，說的就是槐江山玄圃下淫水之神天神管轄的地域。天神的樣子很怪，是一隻雙頭怪獸，樣子像牛，兩個牛頭，八條牛腿，卻長著馬的尾巴；它的聲音有如羽翼震動；它出現的地方，會有兵亂。

〔圖1－蔣應鎬繪圖本〕、〔圖2－《神異典》〕、〔圖3－成或因繪圖本〕、〔圖4－汪紱圖本〕。

〔圖3〕天神　清・四川成或因繪圖本

〔圖1〕天神　明・蔣應鎬繪圖本

〔圖2〕天神　清《神異典》

〔圖4〕天神　清・汪紱圖本

【卷2-45】

陸吾

【經文】

《西次三經》：昆侖之丘，是實惟帝之下都，神陸吾司之。其神狀虎身而九尾，人面而虎爪。是神也，司天之九部及帝之囿時。

【解說】

昆侖丘即昆侖山。《山海經》有西方昆侖，東南方昆侖，所以神話昆侖不專指某山。畢沅說，高山皆得名之。昆侖是神山，是天帝出入的通道，是天帝在人間的都邑。陸吾是昆侖山神，又是天帝帝都的守衛者，兼管天上九域之部界，以及天帝苑圃之時節，故又稱天帝之神。陸吾即肩吾、堅吾，是一位人虎共體的怪神，人面虎身虎爪，長著九條尾巴。陸吾與《海內西經》的昆侖開明獸是同一個神，都是昆侖的山神，帝都之守。胡文煥圖說：「昆侖之丘有天帝之神，曰陸吾，一名堅吾，其狀虎身人面九首，司九域之事。」

陸吾圖的形狀有二：

其一，人面虎身九尾，如〔圖1－蔣應鎬繪圖本〕、〔圖2－《神異典》〕、〔圖3－成或因繪圖本〕、〔圖4－汪紱圖本〕；

其二，九首人面虎身，如〔圖5－胡文煥圖本，名神陸〕、〔圖6－日本圖本，名神陸〕、〔圖7－畢沅圖本〕。

郭璞《圖讚》：「肩吾得一，以處昆侖。開明是對，司帝之門。吐納靈氣，熊熊魂魂。」

〔圖1〕陸吾　明·蔣應鎬繪圖本

〔圖2〕陸吾神　清《神異典》

〔圖3〕陸吾　清・四川成或因繪圖本

神陸吾

〔圖4〕陸吾　清・汪紱圖本

陸吾虎身九首人面虎爪居崑崙之丘

肩吾得一以處崑崙開明是對司帝之門吐納靈氣熊熊魂魂

〔圖7〕陸吾　清・畢沅圖本

〔圖5〕陸吾（神陸）　明・胡文煥圖本

〔圖6〕陸吾（神陸）　日本圖本

【卷2-46】

土螻

【經文】

《西次三經》：

崑侖之丘，有獸焉，其狀如羊而四角，名曰土螻，是食人。

【解說】

土螻（音樓，lóu）即土㺚，是一種四角如羊之食人怪獸。胡文煥圖說：「昆侖之丘，有獸，名曰土螻。狀如羊，四角，其銳難當，觸物則斃，食人。」郝懿行注：土螻，《廣韻》作土㺚，說似羊四角，其銳難當，觸物則斃，食人，出《山海經》。

郭璞《圖讚》：「土螻食人，四角似羊。」

〔圖1－蔣應鎬繪圖本〕、〔圖2－胡文煥圖本〕、〔圖3－吳任臣近文堂圖本〕、〔圖4－汪紱圖本〕、〔圖5－《禽蟲典》〕。

〔圖1〕土螻　明·蔣應鎬繪圖本

土螻

〔圖2〕土螻　明・胡文煥圖本

〔圖3〕土螻　清・吳任臣近文堂圖本

〔圖4〕土螻　清・汪紱圖本

〔圖5〕土螻　清《禽蟲典》

【卷2-47】

欽原

【經文】

《西次三經》：昆侖之丘，有鳥焉，其狀如蠭（宋本作蜂），大如鴛鴦，名曰欽原，蠚（音弱，螫也）鳥獸則死，蠚木則枯。

【解說】

欽原是一種毒鳥，樣子像蜂，卻大如鴛鴦；螫鳥獸則死，螫草木則枯。《雅騈》說：欽原，蠚鳥也。

郭璞《圖讚》：「欽原類蜂，大如鴛鴦。觸物則斃，其銳難當。」

〔圖1－蔣應鎬繪圖本〕、〔圖2－成或因繪圖本〕、〔圖3－汪紱圖本〕；〔圖4－《禽蟲典》〕。

〔圖2〕欽原　清·四川成或因繪圖本

〔圖1〕欽原　明・蔣應鎬繪圖本

〔圖3〕欽原　清・汪紱圖本

〔圖4〕欽原　清《禽蟲典》

【卷2-48】

鯛魚

【經文】

《西次三經》：樂游之山，桃水出焉，西流注于稷澤，是多白玉。其中多鯛魚，其狀如蛇而四足，是食魚。

【解說】

鯛（音滑，hua）魚又稱鰨魚，是一種四足蛇形的食魚怪魚。《東次四經》子桐山也有鯛魚：「其狀如魚而鳥翼，出入有光，其音如鴛鴦，見則天下大旱。」二者的形狀與性能都不同。傳說龍蟠山潭中產魚，四足而有角，疑鯛魚一類。汪紱注中的鰨魚與經中所記又有不同：「鰨魚似鮎，腹下赤，前足如人足，後足如鱉足，多產於西流之水。」

今見桃水之鯛魚圖，有三種形狀：

其一，蛇首蛇尾、魚身四足，如〔圖1－蔣應鎬繪圖本〕、〔圖2－成或因繪圖本〕；

其二，魚首魚身蛇尾、有翼四足，前足似人足，如〔圖3－汪紱圖本之鰨魚〕；

其三，蛇首有角，蛇身四足，前足似人足，〔圖4－《禽蟲典》〕、〔圖5－上海錦章圖本〕。

〔圖1〕鯛魚　明·蔣應鎬繪圖本

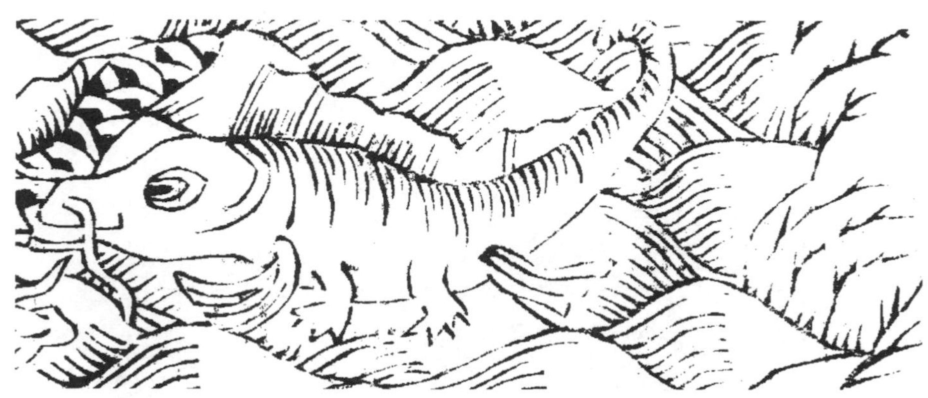

〔圖2〕䱻魚　清・四川成或因繪圖本

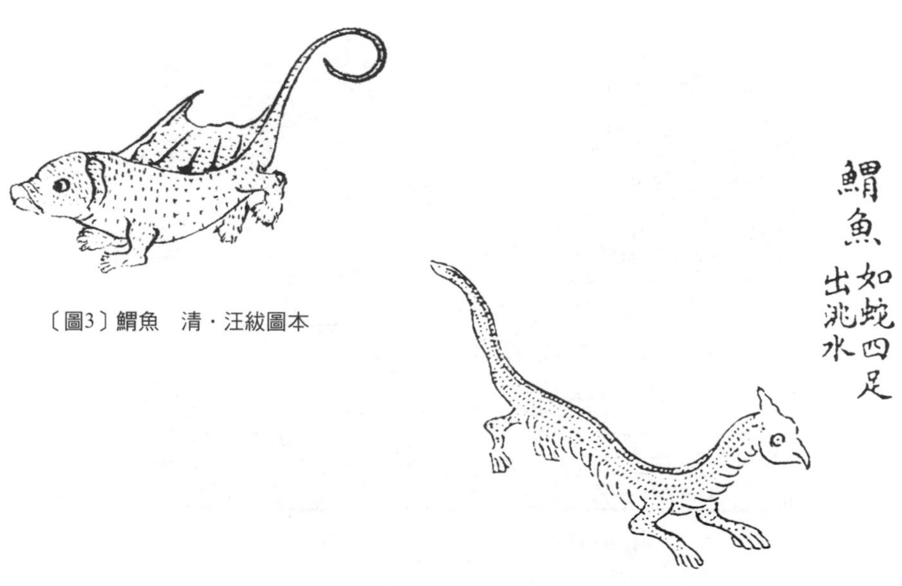

〔圖3〕䱻魚　清・汪紱圖本

〔圖5〕䱻魚　上海錦章圖本

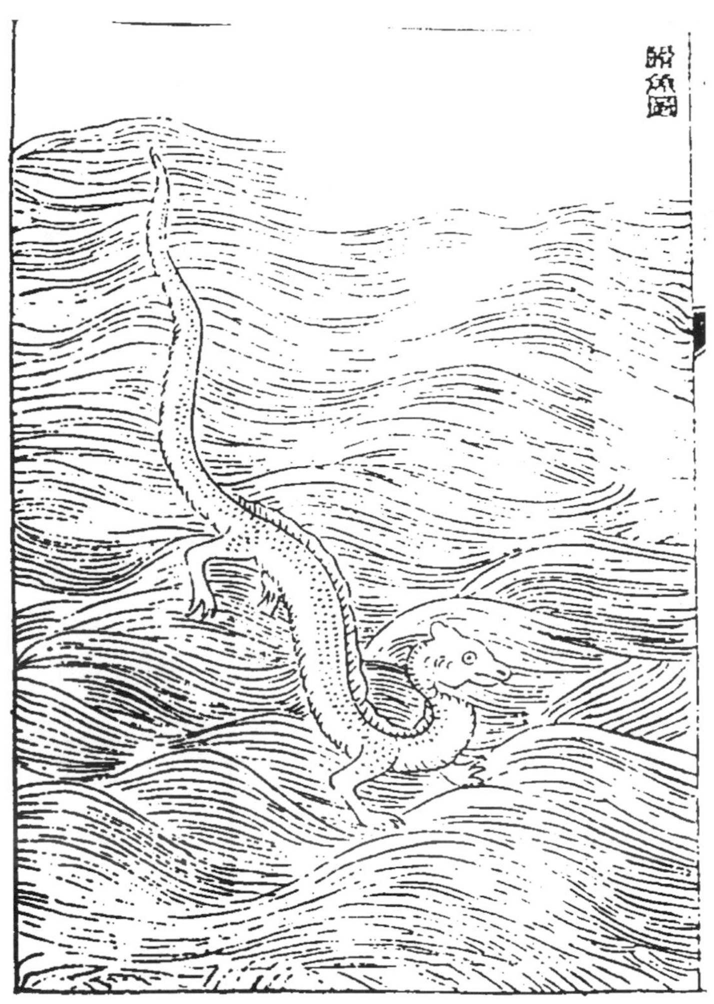

〔圖4〕鮹魚　清《禽蟲典》

【卷2-49】

長乘

【經文】

《西次三經》：西水行四百里，曰流沙，二百里至于嬴母之山，神長乘司之，是天之九德也。其神狀如人而犳尾。

【解說】

長乘是地處流沙附近的嬴母山的山神，他的樣子像人，卻長著豹尾。傳說他是天上九德之氣所化生。有人說，禹治水至洮水時，有一長人代表天帝把黑玉書交給了他，這個長人，便是長乘。

郭璞《圖讚》：「九德之氣，是生長乘。人狀豹尾，其神則凝。妙物自潛，世無得稱。」

〔圖1－蔣應鎬繪圖本〕、〔圖2－《神異典》〕、〔圖3－成或因繪圖本〕、〔圖4－汪紱圖本〕。

〔圖1〕長乘　明·蔣應鎬繪圖本

〔圖2〕長乘　清《神異典》

〔圖4〕長乘　清・汪紱圖本

〔圖3〕長乘　清・四川成或因繪圖本

【卷2-50】

西王母

【經文】

《西次三經》：玉山，是西王母所居也。西王母其狀如人，豹尾虎齒而善嘯，蓬髮戴勝，是司天之厲及五殘。

【解說】

《山海經》中有關西王母的記載有三處。其一《西次三經》，說住在玉山的西王母樣子像人，蓬髮上戴著玉勝，卻長著豹尾虎齒，還擅長野獸般的嘯鳴，是掌管瘟疫刑殺的天神。這一帶有獸形特徵的天神，可以看作是西王母之原始。其二《大荒西經》，說昆侖丘上的西王母「人面、虎身、文尾……戴勝、虎齒、豹尾、穴處」，此經所記之西王母，儘管仍保留了若干獸形特性，但「穴處」一說，點出了她穴居蠻人酋長的身份。其三《海內北經》：「西王母梯几而戴勝杖，其南有三青鳥，爲西王母取食。在昆侖虛北。」此處之西王母儼然有王者之風。西王母從半人半獸到人，而又王者，經歷了若干變異。從《山海經》西王母的變異可以看出，此經實非一時一地一人之作。

郭璞《圖讚》：「天帝之女，蓬頭虎顏。穆王執贄，賦詩交歡。韻外之事，難以具言。」

今見山海經圖保留了西王母作爲山神的虎顏豹尾的原始形象。〔圖1－蔣應鎬繪圖本〕、〔圖2－汪紱圖本〕。

〔圖1〕西王母　明·蔣應鎬繪圖本

〔圖2〕西王母　清・汪紱圖本

【卷2-51】

狡

【經文】

《西次三經》：玉山，是西王母所居也。有獸焉，其狀如犬而豹文，其角如牛，其名曰狡，其音如吠犬，見則其國大穰。

【解說】

狡是吉獸，豐年的徵兆。狡的樣子像狗，卻身披豹紋，長著牛角（一說羊角），聲音像吠犬。傳說匈奴狡犬，巨身四足。

〔圖1－蔣應鎬繪圖本〕、〔圖2－胡文煥圖本〕、〔圖3－汪紱圖本〕、〔圖4－《禽蟲典》〕。

〔圖1〕狡　明·蔣應鎬繪圖本

〔圖2〕狡　明·胡文煥圖本

〔圖3〕狡　清・汪紱圖本

〔圖4〕狡　清《禽蟲典》

【卷2-52】

胜遇

【經文】

《西次三經》：玉山，是西王母所居也。有鳥焉，其狀如翟而赤，名曰胜遇，是食魚，其音如錄，見則其國大水。

【解說】

胜（音姓，xìng）遇是一種食魚的水鳥，是大水的徵兆。樣子像翟鳥，紅色，聲音很像鹿在鳴叫。關於這種水鳥的名字，郝懿行在注中說：《玉篇》有鴩字，音生，鳥也，疑鴩即胜矣。關於這種水鳥和它的叫聲，吳任臣解釋說：《事物紺珠》云，胜遇如翟而赤，食魚。《駢雅》曰，鸑鸑、胜遇，皆水鳥也。

〔圖1－蔣應鎬繪圖本〕、〔圖2－成或因繪圖本〕、〔圖3－汪紱圖本〕、〔圖4－《禽蟲典》〕。

〔圖1〕胜遇　明・蔣應鎬繪圖本

〔圖2〕胜遇　清・四川成或因繪圖本

〔圖4〕胜遇　清《禽蟲典》

〔圖3〕胜遇　清・汪紱圖本

【卷2-53】

神磈氏（少昊）

【經文】

《西次三經》：長留之山，其神白帝少昊居之。其獸皆文尾，其鳥皆文首，是多文玉石。實惟員神磈氏之宮。是神也，主司反景。

【解說】

員神磈（音隗，kuǐ）氏即西方天帝少昊。少昊金天氏，名摯。《大荒東經》說，他曾在東海之外的大壑，即五神山之一的歸墟，建立了一個國家，名叫少昊之國。《左傳》記載，少昊之國是一個鳥的王國，其百官由百鳥擔任，而少昊摯（鷙）便是百鳥之王。後來，他返回西方，和他的兒子金神蓐收作為西方天帝，管理著西方一萬二千里的地方（《淮南子·時則篇》）。

少昊住在長留山，他的神職就是察看沉落西方的太陽，看它反照到東邊的景象是否正常。故郭璞說，日西入則景反東照，主司察之。日落西山，紅霞滿天，景象萬千，故少昊又稱員神，蓐收又名紅光。

郭璞〈白帝少昊贊〉：「少昊之帝，號曰金天。磈氏之宮，亦在此山。是司日入，其景惟圓。」

〔圖1－汪紱圖本〕。

〔圖1〕神磈氏　清·汪紱圖本

【卷2-54】

猙

【經文】

《西次三經》：章莪之山，無草木，多瑤碧。所為甚怪。有獸焉，其狀如赤豹，五尾一角，其音如擊石，其名曰猙。

【解說】

猙是獨角怪獸，樣子像赤豹，卻長著五條尾巴，能發出石頭碰擊的聲音。《廣韻》說，猙似狐有翼；黃氏《續離騷經》說，猙似豹一角五尾。

郭璞《圖讚》：「章莪之山，奇怪所宅。有獸似豹，厥色惟赤。五尾一角，鳴如擊石。」

〔圖1－蔣應鎬繪圖本〕、〔圖2－胡文煥圖本〕、〔圖3－日本圖本〕、〔圖4－吳任臣近文堂圖本〕、〔圖5－成或因繪圖本〕、〔圖6－汪紱圖本〕、〔圖7－《禽蟲典》〕、〔圖8－上海錦章圖本〕。

〔圖1〕猙　明·蔣應鎬繪圖本

猙

〔圖2〕猙　明・胡文煥圖本

〔圖4〕猙　清・吳任臣近文堂圖本

〔圖5〕猙　清・四川成或因繪圖本

〔圖6〕猙　清・汪紱圖本

〔圖3〕猙　日本圖本

猙
狀如赤豹五尾一角音如擊石出章莪山

章莪之山
奇怪所宅
有獸似豹
厥色惟赤
五尾一角
鳴如擊石

〔圖8〕猙　上海錦章圖本

〔圖7〕猙　清《禽蟲典》

【卷2-55】

畢方

【經文】

《西次三經》：章莪之山，有鳥焉，其狀如鶴，一足，赤文青質而白喙，名曰畢方，其鳴自叫也，見則其邑有譌火。

【解說】

畢方是獨足怪鳥，兆火之鳥。它的樣子像鶴，白嘴喙，黑羽毛上有紅色斑紋，青色，一足，不食五穀，整天叫著自己的名字。畢方被稱爲老父神、老鬼，又是木之精、火之精。《淮南子·氾論篇》說：「木生畢方。」《白澤圖·火之精》記：「畢方，狀如鳥，一足，以其名呼之則去。」《匯苑》說：「畢方，老鬼也，一曰南方獨腳鳥，形如鶴。」可知畢方是獨足神鳥。

《海外南經》的畢方鳥卻有所不同，是人面獨足鳥：「畢方鳥在其東，青水西，其爲鳥人面一腳。」儘管一些《山海經》專家認爲經文中的「人面」二字是多餘的，應刪去；但《禽蟲典》在《海外南經》畢方圖引「人面一腳」的經文後，有吳任臣的按語說，《抱朴子》云：枯灌化形，山夔潛跟，石修九首，畢方人面，即斯鳥也。特別值得注意的是，此書第五十三卷異鳥部在《西次三經》下有非人面的一足鳥畢方圖，而在《海外南經》中又有人面一足的畢方鳥圖，可知畢方有二，這是其他各種本子所沒有見到的。

在古代神話中，畢方扮演了護衛神鳥的角色。傳說黃帝合鬼神於西泰山，六條蛟龍爲黃帝駕象車，畢方隨車而行，蚩尤在前開道；風伯進掃，雨師灑道，虎狼在前，鬼神在後，騰蛇伏地，鳳皇覆上，多麼威風，多麼壯觀。古書所記東方朔根據《山海經》辨識獨足怪鳥畢方的故事，說明早在漢時《山海經》便已名震四方。

畢方是兆火鳥，常銜火在人家作怪災。傳說陳後主時，一足鳥集殿，以嘴畫地，有詩曰：獨足上高臺，盛草變成灰。古人視畢方爲火之兆，故著文以逐之，柳宗元曾寫〈逐畢方文〉。據《興化府志》記載，嘉靖十八年九月間，莆田縣火災，是夜有鳥下火中，傳說就是畢方鳥。

畢方爲火災之兆，但也有主壽之說。胡文煥圖說：「畢方，見則有壽。」《事物紺珠》說：「畢方，見者主壽。」此說與畢方形似鶴有關。鶴是一種壽禽，《初學記》說，鶴所以壽者，無死氣於中也；大喉以吐故，修頸以納新，故生大壽不可量。

本書所收畢方圖，有兩種形狀：

其一，獨足鳥，如〔圖1－蔣應鎬繪圖本〕、〔圖2－胡文煥圖本〕、〔圖3－日本圖本〕、〔圖4－成或因繪圖本〕、〔圖5－汪紱圖本〕；

其二，人面獨足鳥，如〔圖6－《禽蟲典》〕。

郭璞《圖讚》：「畢方赤文，離精是炳。旱則高翔，鼓翼陽景。集乃流災，火不炎正。」

〔圖2〕畢方　明・胡文煥圖本

〔圖1〕畢方　明・蔣應鎬繪圖本

〔圖4〕畢方　清・四川成或因繪圖本

〔圖5〕畢方　清・汪紱圖本

〔圖3〕畢方鳥　日本圖本

〔圖6〕人面畢方　清《禽蟲典》本《海外南經》圖

【卷2-56】

天狗

【經文】

《西次三經》：陰山，有獸焉，其狀如狸而白首，名曰天狗，其音如榴榴，可以禦凶。

【解說】

天狗是禦凶辟邪、攘災除害之獸，樣子像狸，或像豹，白腦袋，聲音像貓叫；食蛇。《太平御覽》卷九〇五引《秦氏三秦記》講述的白鹿原天狗的故事很有名：傳說周平王時，白鹿出此原。原有狗枷堡，秦襄公時，有天狗來其下。凡有賊，天狗吠而護之，一堡無患。《事物紺珠》記：天狗如狸，白首，音如貓，食蛇。胡文煥圖說：「陰山有獸，狀如狸，白首，名曰天狗，食蛇。其音如貓，佩之可以禦凶。」今見胡文煥圖本之天狗圖，嘴上叼著蛇，即據此而來。

郭璞《圖讚》：「乾麻不長，天狗不大。厥質雖小，攘災除害。氣之相王（一作旺），在乎食帶。」

〔圖1－蔣應鎬繪圖本〕、〔圖2－胡文煥圖本〕、〔圖3－日本圖本〕、〔圖4－吳任臣近文堂圖本〕、〔圖5－成或因繪圖本〕、〔圖6－汪紱圖本〕、〔圖7－上海錦章圖本〕。

〔圖1〕天狗　明・蔣應鎬繪圖本

〔圖2〕天狗　明・胡文煥圖本

〔圖4〕天狗　清・吳任臣近文堂圖本

〔圖5〕天狗　清・四川成或因繪圖本

〔圖6〕天狗　清・汪紱圖本

天狗
狀如狸而白首
出陰山
乾麻不
長天狗
不大厥質
雖小攘災
除害氣之相
王在乎食帶

〔圖7〕天狗　上海錦章圖本

〔圖3〕天狗　日本圖本

【卷2-57】

江疑

【經文】

《西次三經》：符惕之山，其上多椶枏，下多金、玉，神江疑居之。是山也，多怪雨，風雲之所出也。

【解說】

符惕山山神江疑，主司風雲怪雨。郝懿行說，山林川谷丘陵能出雲，爲風雨，見怪物者皆曰神。

郭璞《圖讚》：「江疑所居，風雲是潛。」

〔圖1－汪紱圖本〕。

〔圖1〕江疑　清·汪紱圖本

【卷2-58】三青鳥

【經文】

《西次三經》：三危之山，三青鳥居之。是山也，廣員百里。

【解說】

三青鳥是爲西王母取食的神鳥，廣員百里的三危山是三青鳥棲息的神山。《竹書紀年》記：穆王十三年西征，至於青鳥之所憩，就是三危山。汪紱據此以及三青鳥爲王母所使兩則材料，認爲「此山去昆侖群玉之山，道里應不遠，是敦煌三危也。」

關於三青鳥的形狀和神職，《大荒西經》記，有西王母之山，有三青鳥，赤首黑目，一名大鵹，一名少鵹，一名曰青鳥。又《海內北經》記：西王母梯几而戴勝杖，其南有三青鳥，爲西王母取食。在昆侖虛北。

陶潛〈讀山海經〉第五篇：「翩翩三青鳥，毛色奇可憐。朝爲王母使，暮歸三危山。我欲因此鳥，具向王母言。在世無所須，惟酒與長年。」

郭璞《圖讚・三青鳥》：「山名三危，青鳥所解。往來昆侖，王母是隸。穆王西征，旋軫斯地。」

〔圖1－蔣應鎬繪圖本〕、〔圖2－汪紱圖本〕。

〔圖1〕三青鳥　明・蔣應鎬繪圖本

〔圖2〕三青鳥　清・汪紱圖本

【卷2-59】

獓狠

【經文】

《西次三經》：三危之山，其上有獸焉，其狀如牛，白身四角，其豪如披蓑，其名曰獓狠，是食人。

【解說】

獓狠（音敖耶，áoyé）是食人怪獸，樣子像牛，色白，長著四隻角，它的毛很長，就像披在身上防雨的蓑衣一樣。《駢雅》說：牛四角而白，曰獓狠。《玉篇》引此作獒狠。

郭璞《圖讚》：「獸有獓狠，毛如披簑（一作苫）。」

〔圖1－蔣應鎬繪圖本〕、〔圖2－吳任臣康熙圖本〕、〔圖3－成或因繪圖本〕、〔圖4－汪紱圖本〕、〔圖5－《禽蟲典》〕、〔圖6－上海錦章圖本〕。

〔圖1〕獓狠　明·蔣應鎬繪圖本

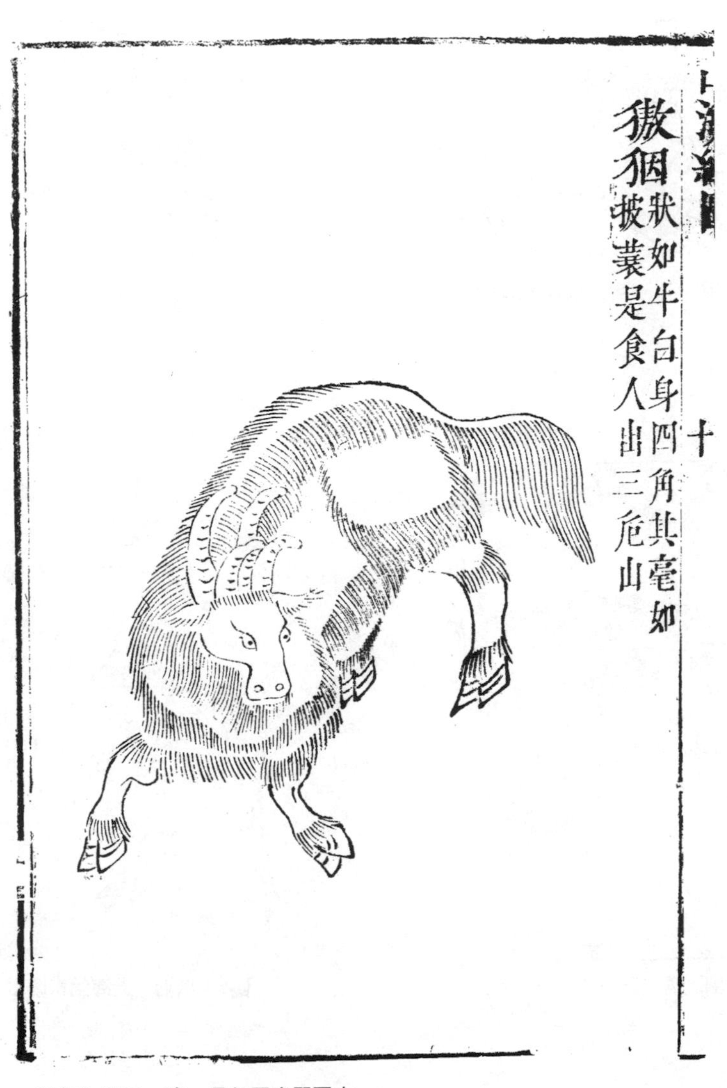

獓狚狀如牛白身四角其毫如
披蓑是食人出三危山
十

〔圖2〕獓狚　清・吳任臣康熙圖本

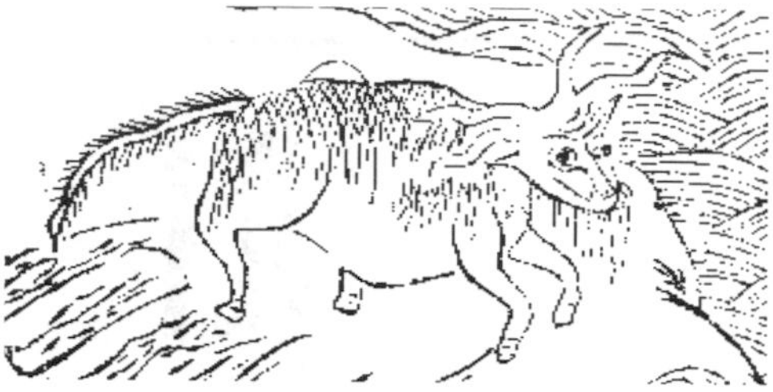

〔圖3〕獓狠　清・四川成或因繪圖本

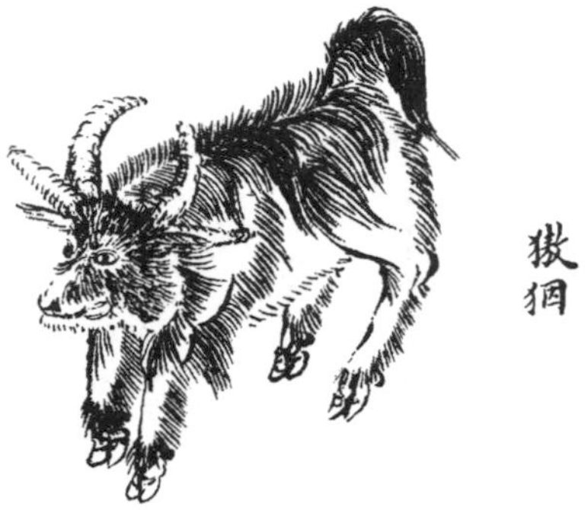

〔圖4〕獓狠　清・汪紱圖本

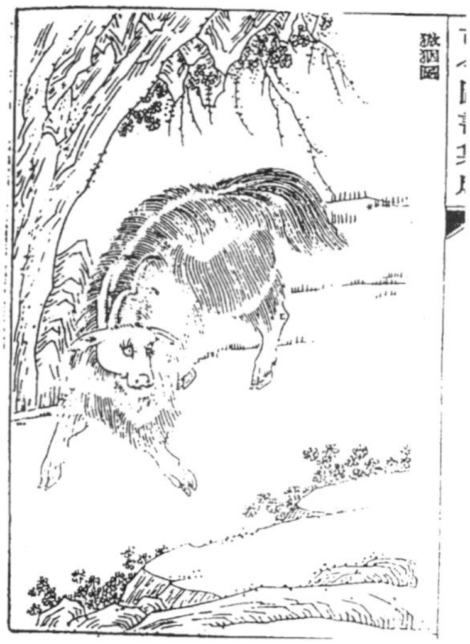

〔圖5〕獓狠　清《禽蟲典》

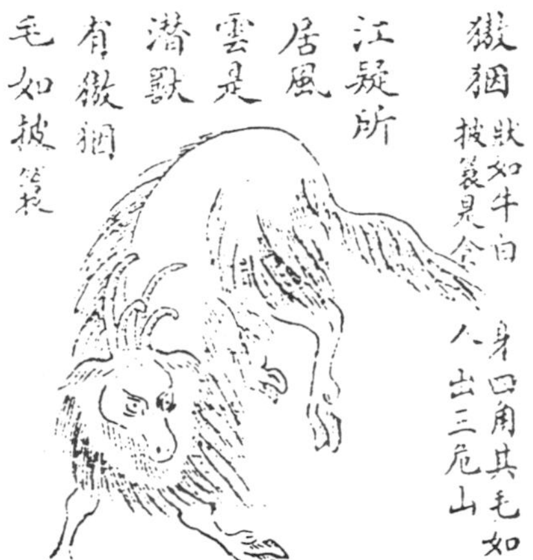

〔圖6〕獓狠　上海錦章圖本

鴟

【經文】

《西次三經》：三危之山，有鳥焉，一首而三身，其狀如鸈，其名曰鴟。

【解說】

鴟，古稱鴟鴞，夜禽，梟類，俗稱貓頭鷹。鴟的樣子像鸈（音樂，lè）鳥，一個腦袋，三個身子。郭璞說，鸈似雕，黑文赤頸。郝懿行注：今東齊人謂鴟爲老雕，蓋本爲鸈雕，聲近轉爲老雕。鴟鴞屬猛禽類大鳥，由於其形貌與聲音醜惡，向來被視爲不祥之鳥。但考古學家發現，鴟的形象大量出現在商周禮器之中，作爲威猛與必勝的象徵，帶有神聖的性質。到了漢代，鴟鴞作爲靈魂世界的引導者與守護者，也常見於與喪葬有關的繪畫、畫像石與帛畫之中。

郭璞《圖讚》：「鸈鳥一頭，厥身則兼。」另一說：「鸈則鴟鳥，一首三身。」

〔圖1－蔣應鎬繪圖本〕、〔圖2－胡文煥圖本，名鸈〕、〔圖3－日本圖本，名鸈〕、〔圖4－成或因繪圖本〕、〔圖5－畢沅圖本〕、〔圖6－汪紱圖本〕、〔圖7－《禽蟲典》〕。

〔圖1〕鴟　明・蔣應鎬繪圖本

〔圖2〕鴟（鸈）　明・胡文煥圖本

鵸一首三身其狀如鶉出三危山

鸞則鵸鳥一首三身

〔圖4〕鵸　清・四川成或因繪圖本

〔圖5〕鵸　清・畢沅圖本

〔圖6〕鵸　清・汪紱圖本

〔圖7〕鵸鳥　清《禽蟲典》

〔圖3〕鴟（鸈）　日本圖本

【卷2-61】

耆童

【經文】

《西次三經》：騩山，其上多玉而無石。神耆童居之，其音常如鐘磬。其下多積蛇。

【解說】

耆童即老童，顓頊之子。傳說耆童聲音如鐘磬，能作樂風，是音樂的創始人。關於老童的世系，《大荒西經》有記載：顓頊生老童，老童生祝融，祝融生太子長琴，是處榣山，始作樂風。又說：顓頊生老童，老童生重及黎，帝令重獻於天，令黎邛下地。傳說耆童爲蛇媒，在汪紱圖本中，耆童圖下方，積蛇滿地。郝懿行在此經「神耆童」條「其下多積蛇」句下有注說：「今蛇媒，所在有之。其蛇委積，不知所來，不知所去，謂之蛇媒也。」

郭璞《圖讚》：「顓頊之子，嗣作火正。鏗鏘其鳴，聲如鐘磬。處于騩山，唯靈之盛。」

〔圖1－汪紱圖本〕。

〔圖1〕神耆童　清・汪紱圖本

【卷2-62】

帝江

【經文】

《西次三經》：天山，有神焉，其狀如黃囊，赤如丹火，六足四翼，渾敦無面目，是識歌舞，實為帝江也。

【解說】

帝江即渾沌神。胡文煥圖說：「天山有神，形狀如皮囊，背上赤黃如火，六足四翼，渾沌無面目。自識歌舞。名曰帝江。」《莊子．應帝王》中講過一個故事：南海之帝名儵（音書，shù），北海之帝名忽，中央之帝名渾沌。儵與忽常相會於渾沌之地，渾沌待之甚好。儵與忽商量要報答渾沌的深情厚意。他們想，人人都有眼耳口鼻七竅，用來視聽食息，惟獨渾沌沒有，我們試試爲他鑿開七竅。於是，一日鑿一竅，鑿了七日，渾沌死了。這則古老的寓言必有古老的神話爲依據，帝江便是古老渾沌神的原始。渾沌神帝江沒頭沒臉，樣子像個黃袋子，顏色像丹火一樣紅，長著六條腿，四隻翅膀。《神異經》所記的渾沌與帝江略有不同，說的是昆侖西有獸，有目而不見，有兩耳而不聞，有腹無五臟，有腸直短食徑過，名渾沌。傳說帝江還精通歌舞，當是原始先民的歌舞之神。

郭璞《圖讚》：「質則混沌，神則旁通。自然靈照，聽不以聰。強爲之名，號曰（一作曰惟、曰在）帝江。」

帝江圖有三形：

其一，六足四翼，如〔圖1－蔣應鎬繪圖本〕、〔圖2－胡文煥圖本〕、〔圖3－日本圖本〕、〔圖4－汪紱圖本〕、〔圖5－《神異典》〕；

其二，六足四翼獸尾，如〔圖6－成或因繪圖本〕；

其三，四足四翼有尾，前胸似有一小臉，十分怪異，如〔圖7－上海錦章圖本〕。

〔圖1〕帝江　明．蔣應鎬繪圖本

〔圖2〕帝江　明・胡文煥圖本

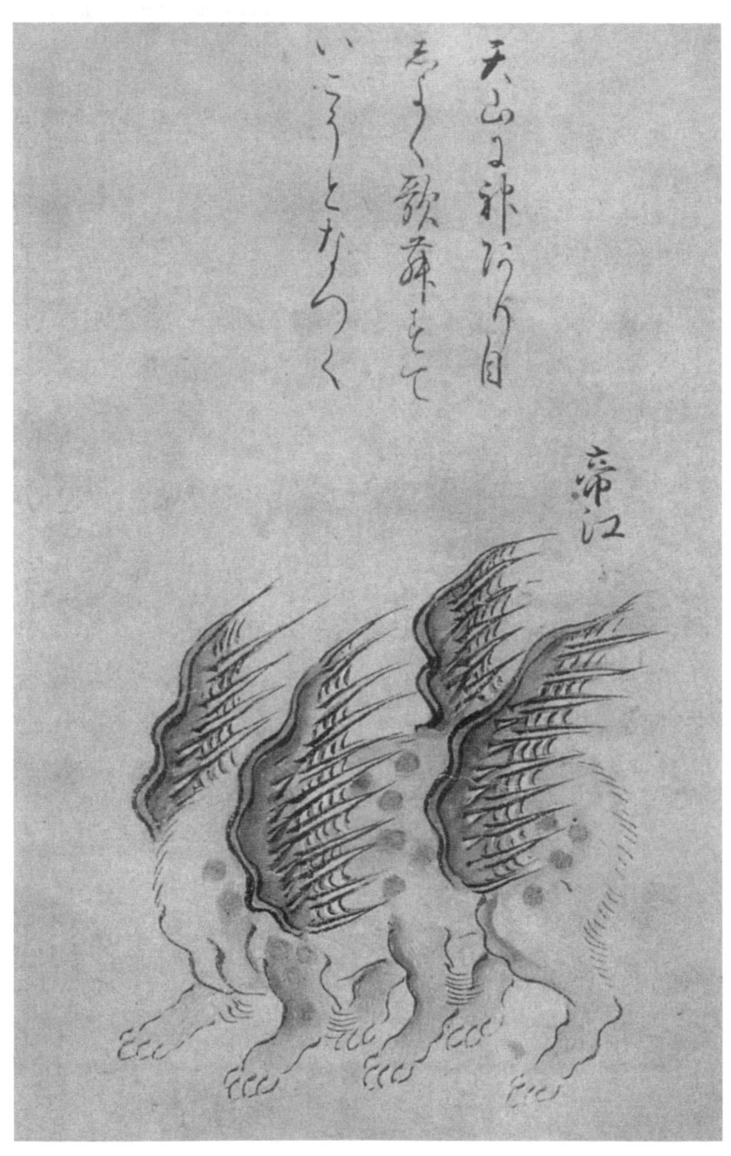

〔圖3〕帝江　日本圖本

〔圖4〕帝江　清・汪紱圖本

〔圖5〕帝江　清《神異典》

〔圖6〕帝江　清・四川成或因繪圖本

帝江 狀如黃囊赤如丹火六足四翼渾敦無面目居天山
質剔渾沌
神則旁通
自然靈照
聽不以聰
強為之名
曰在帝江

〔圖7〕帝江　上海錦章圖本

【卷2-63】

蓐收（紅光）

【經文】

《西次三經》：泑山，神蓐收居之。是山也，西望日之所入，其氣員，神紅光之所司也。

【解說】

蓐（音入，rù）收是泑（音優，yōu）山山神，是西方天帝少昊（即神魄氏）的兒子，又是西方刑神、金神。蓐收在《山海經》中出現兩次。《西次三經》的蓐收突出了他作爲泑山山神，作爲日入之神的神格，故又名神紅光、員神。蔣應鎬繪圖本的蓐收〔圖1〕，人面虎爪，白尾執鉞，身後的祥雲是他作爲日入之神具有神性的標誌。成或因繪圖本的蓐收〔圖2〕，人面虎爪執鉞，頭後也有圓光。汪紱圖本的蓐收〔圖3〕名神紅光，爲司日入之神。《海外西經》的蓐收，突出了他作爲西方刑神、金神的神格，其特徵是珥蛇執鉞乘龍，雲遊於天地之間（詳見《海外西經》）。

〔圖1〕蓐收　明・蔣應鎬繪圖本

〔圖2〕蓐收　清・四川成或因繪圖本

〔圖3〕神紅光　清・汪紱圖本

【卷2-64】

讙

【經文】

《西次三經》：翼望之山，有獸焉，其狀如狸，一目而三尾，名曰讙，其音如奪百聲，是可以禦凶，服之已癉（音旦，dàn）。

【解說】

讙（音歡，huān）又稱獂（音原，yuán），是一種禦凶辟邪奇獸，樣子像狸，獨目三尾。據說讙能發出百種動物的鳴叫聲，還可以治黃癉病。

讙獂圖有三形：

其一，獨目三尾，如〔圖1－蔣應鎬繪圖本〕、〔圖2－吳任臣康熙圖本〕、〔圖3－成或因繪圖本〕、〔圖4－汪紱圖本〕、〔圖5－《禽蟲典》〕、〔圖6－上海錦章圖本〕；

其二，二目五尾，名獂，如〔圖7－胡文煥圖本，名獂〕。胡氏圖說：「翼望山有獸，狀如狸，五尾，名曰獂，又狢類。其音奪眾聲，食之可以治瘴」；

其三，二目七尾，如〔圖8－日本圖本，名獂〕。

郭璞《圖讚》中作獂獸：「鵸鵌三頭，讙（一作獂或原）獸三尾。俱禦不祥，消凶辟眯。君子服之，不逢不韙。」

〔圖1〕讙　明・蔣應鎬繪圖本

〔圖2〕讙　清・吳任臣康熙圖本

〔圖3〕讙　清・四川成或因繪圖本

〔圖4〕讙　清・汪紱圖本

〔圖5〕讙　清《禽蟲典》

〔圖6〕讙　上海錦章圖本

豲

〔圖7〕讙（豲）　明・胡文煥圖本

〔圖8〕讙（獂）　日本圖本

【卷2-65】

鵸鵌

【經文】

《西次三經》：翼望之山，有鳥焉，其狀如烏，三首六尾而善笑，名曰鵸鵌，服之使人不厭，又可以禦凶。

【解說】

鵸鵌（音奇餘，qíyú）是一種禦凶辟邪奇鳥，樣子像烏，卻長著三個腦袋，六條尾巴，還常常發出人的笑聲。《北山經》帶山有鳥，名曰鵸鵌，自爲牝牡，與此鳥同名而不同形不同類。本經之鵸鵌可禦凶，據說服之可不做惡夢。胡文煥本之鵸鵌，集翼望山與帶山此鳥之特徵於一身，其圖說云：「翼望山有鳥，狀如烏，三首六尾，自爲牝牡，善笑，名曰鵸鵌。服之不眯，佩之可以禦兵。」禦兵一說未見於他書。

郭璞《圖讚》：「鵸鵌三頭，貑獸三尾。俱禦不祥，消凶辟眯。君子服之，不逢不韙。」

〔圖1－蔣應鎬繪圖本〕、〔圖2－胡文煥圖本〕、〔圖3－日本圖本〕、〔圖4－吳任臣近文堂圖本〕、〔圖5－成或因繪圖本〕、〔圖6－汪紱圖本〕、〔圖7－上海錦章圖本〕。

〔圖1〕鵸鵌　明・蔣應鎬繪圖本

〔圖2〕鵸鵌　明・胡文煥圖本

〔圖4〕鵸鵌　清・吳任臣近文堂圖本

〔圖6〕鵸鵌　清・汪紱圖本

〔圖5〕鵸鵌　清・四川成或因繪圖本

鵸鵌狀如烏三首六尾
善笑出翼望山
鵸鵌三
頭獂獸三
尾俱禦不祥
消凶辟眛君子
服之不逢不癉

〔圖7〕鵸鵌　上海錦章圖本

〔圖3〕鵸鵌　日本圖本

【卷2-66】

羊身人面神

【經文】

《西次三經》：崇吾之山至于翼望之山，凡二十三山，六千七百四十四里，其神狀皆羊身人面。

【解說】

崇吾山至翼望山共二十三山的山神都是人面羊身神。

〔圖1－蔣應鎬繪圖本〕、〔圖2－《神異典》〕、〔圖3－成或因繪圖本〕、〔圖4－汪紱圖本，作西山神〕。

〔圖1〕羊身人面神　明・蔣應鎬繪圖本

〔圖2〕羊身人面神　清《神異典》

〔圖4〕羊身人面神（西山神）　清・汪紱圖本

〔圖3〕羊身人面神　清・四川成或因繪圖本

【卷2-67】

白鹿

【經文】

《西次四經》：上申之山，獸多白鹿。

【解說】

白鹿是一種瑞獸。《宋書·符瑞志》記，白鹿，王者明惠及下則至。《述異記》說，鹿千年化爲蒼，五百年化爲白。傳說穆王征犬戎，得四白鹿。《三秦記》講述了白鹿原的故事，周平王東遷，有白鹿遊於此原，以是得名，蓋泰運之象。《雲笈七籤》記述了西王母乘白鹿的故事，說西王母是太陰之精，天帝之女，慕黃帝之德，乘白鹿來獻白玉環。吳薛綜有〈白鹿頌〉：「皎皎白鹿，體質馴良。其質皎曜，如鴻如霜。」

〔圖1－汪紱圖本〕。

〔圖1〕白鹿　清·汪紱圖本

【卷2-68】

當扈

【經文】

《西次四經》：上申之山，其鳥多當扈，其狀如雉，以其髯飛，食之不眴（同瞬）目。

【解說】

當扈是一種怪鳥，樣子像雉，據說吃了它的肉可以不瞬目。一般的鳥鼓翼高飛，而當扈卻揚起咽喉下的鬚毛來飛翔。

當扈圖有二形：

其一，以鬚毛飛，如〔圖1－蔣應鎬繪圖本〕、〔圖2－成或因繪圖本〕、〔圖3－汪紱圖本〕；

其二，似雉，如〔圖4－胡文煥圖本〕、〔圖5－《禽蟲典》〕。胡氏圖說云：「當扈，狀如雉，飛咽毛尾似芭蕉，人食則目不瞬。」

郭璞《圖讚》：「鳥飛以翼，當扈則鬚。廢多任少，沛然有餘。輪運於轂，至用在無。」

〔圖1〕當扈　明・蔣應鎬繪圖本

〔圖2〕當扈　清・四川成或因繪圖本

〔圖3〕當扈　清・汪紱圖本

〔圖5〕當扈　清《禽蟲典》

〔圖4〕當扈　明・胡文煥圖本

【卷2-69】

白狼

【經文】

《西次四經》：盂山，其獸多白狼。

【解說】

白狼是一種珍獸、瑞獸。《瑞應圖》說：「白狼，王者仁德明哲則見；又王者進退動準法度則見。」傳說周穆王伐犬戎，得四白狼。《竹書紀年》記述了白狼的故事，說殷商成湯時，有神牽白狼銜鉤而入商朝。

郭璞《圖讚》：「矯矯白狼，有道則遊。應符變質，乃銜靈鉤。惟德是適，出殷見周。」

〔圖1－汪紱圖本〕。

〔圖1〕白狼　清・汪紱圖本

【卷2-70】

白虎

【經文】

《西次四經》：孟山，其獸多白虎。

【解說】

白虎是一種瑞獸。《瑞應圖》記，白虎者，仁而善，王者不暴則見。

白虎是天之四靈之一。《三輔黃圖》：「蒼龍、白虎、朱雀、玄武，天之四靈，以正四方。」白虎即四方神之一，爲守西方之神。《淮南子·天文篇》：西方金也，其神爲太白，其獸白虎。

白虎又是星名，是西方七宿（奎、婁、胃、昴、畢、觜、參）的總稱，即西官白虎星座。

白虎是古代巴人（廩君之後）的祖先和圖騰。《後漢書·南蠻西南夷列傳》載：「廩君死，魂魄世爲白虎。」今湘鄂一帶的土家族仍信仰白虎，他們對白虎的信仰有兩種情況：一是視白虎爲祖神、家神，即所謂坐堂白虎，對之要敬要祭；一是視白虎爲凶神、邪神，即所謂過堂白虎，對之要趕要收。對白虎信仰的兩重性，在漢族地區也有反映；白虎是瑞獸，又是歲中凶神，民間有「退財白虎」或「喪門白虎」之說。

郭璞《圖讚》：「甝虪之虎，仁而有猛。其質載皓，其文載炳。應德而擾，止我交境。」

〔圖1－汪紱圖本〕。

〔圖1〕白虎　清·汪紱圖本

【卷2-71】神䰠

【經文】

《西次四經》：剛山，是多神䰠，其狀人面獸身，一足一手，其音如欽（吟）。

【解說】

神䰠（音奎，kuí）是剛山山神，即所謂獨腳山魈，屬精怪一類。《說文》說，䰠是神獸，或是厲鬼。《史記・五帝本紀》司馬貞索隱引：「魑魅，人面獸身，四足，好惑人。」此經所記神䰠亦人面獸身，一足一手，能發出像人打呵欠的聲音。胡文煥圖說：「剛山多神魃，亦魑魅之類。其狀人面獸身，一手一足，所居處無雨。」「無雨」一說未見於經文。

郭璞《圖讚》：「其音如吟，一腳人面。」

〔圖1－蔣應鎬繪圖本〕、〔圖2－《神異典》〕、〔圖3－胡文煥圖本，名神魃〕、〔圖4－日本圖本，名神魃〕、〔圖5－吳任臣近文堂圖本〕、〔圖6－成或因繪圖本〕、〔圖7－汪紱圖本〕、〔圖8－上海錦章圖本〕。

〔圖1〕神䰠　明・蔣應鎬繪圖本

神魃

〔圖2〕神䊶　清《神異典》

〔圖3〕神䊶（神魃）　明・胡文煥圖本

〔圖4〕神䊶（神魃）　日本圖本

〔圖5〕神䊶　清・吳任臣近文堂圖本

〔圖6〕神魄　清・四川成或因繪圖本

〔圖7〕神魄　清・汪紱圖本

神魄
其音如吟一腳人面
人面獸身一手
一足居剛山

〔圖8〕神魄　上海錦章圖本

【卷2-72】

蠻蠻（獸）

【經文】

《西次四經》：剛山之尾，洛水出焉，而北流注于河。其中多蠻蠻，其狀鼠身而鼈首，其音如吠犬。

【解說】

蠻蠻又名獱（音賓，bīn），是一種怪獸，樣子像鼠，長著鱉的腦袋，聲音像吠犬。《三蒼解詁》記：獱似狐，青色，居水中，食魚。今見幾種圖本的蠻蠻圖，其獸居於水濱，可能與此獸居水中、食魚的品性有關。

郭璞《圖讚》：「鼠身鼈頭，厥號曰蠻。」

〔圖1－蔣應鎬繪圖本〕、〔圖2－胡文煥圖本〕、〔圖3－吳任臣近文堂圖本〕、〔圖4－成或因繪圖本〕、〔圖5－汪紱圖本〕、〔圖6－《禽蟲典》〕。

〔圖1〕蠻蠻獸　明・蔣應鎬繪圖本

〔圖2〕蠻蠻獸　明・胡文煥圖本

〔圖3〕蠻蠻獸　清・吳任臣近文堂圖本

〔圖5〕蠻蠻　清・汪紱圖本

〔圖4〕蠻蠻獸　清・四川成或因繪圖本

〔圖6〕蠻蠻獸　清《禽蟲典》

【卷2-73】

冉遺魚

【經文】

《西次四經》：英鞮之山，涴水出焉，而北流注于陵羊之澤。是多冉遺之魚，魚身蛇首六足，其目如馬耳，食之使人不眯，可以禦凶。

【解說】

冉遺魚是一種禦凶辟邪之奇魚，集魚、蛇、馬三牲的特點於一身。它長著蛇的腦袋，魚的身子，有六隻腳，兩隻眼睛像馬耳。據說吃了它可使人不做惡夢，還可以禦凶避邪。《御覽》作無遺之魚，《事物紺珠》作冉鱧。《元覽》說：儵魚、冉鱧、鮯鮯，皆六足。胡文煥圖說：「英鞮（音低）山，涴（音鴛）水出焉，北注於淩陽之澤。中多髯鱧魚，蛇首六足，其目如珠，馬耳。食之使人不寐，佩之亦可以禦凶。」

郭璞《圖讚》：「目如馬耳，食厭妖變。」

〔圖1－蔣應鎬繪圖本〕、〔圖2－胡文煥圖本〕、〔圖3－成或因繪圖本〕、〔圖4－汪紱圖本〕、〔圖5－《禽蟲典》〕、〔圖6－上海錦章圖本〕。

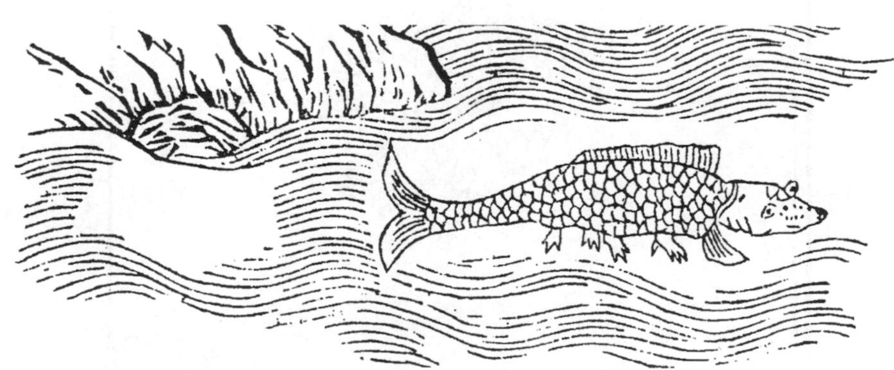

〔圖1〕冉遺魚　明・蔣應鎬繪圖本

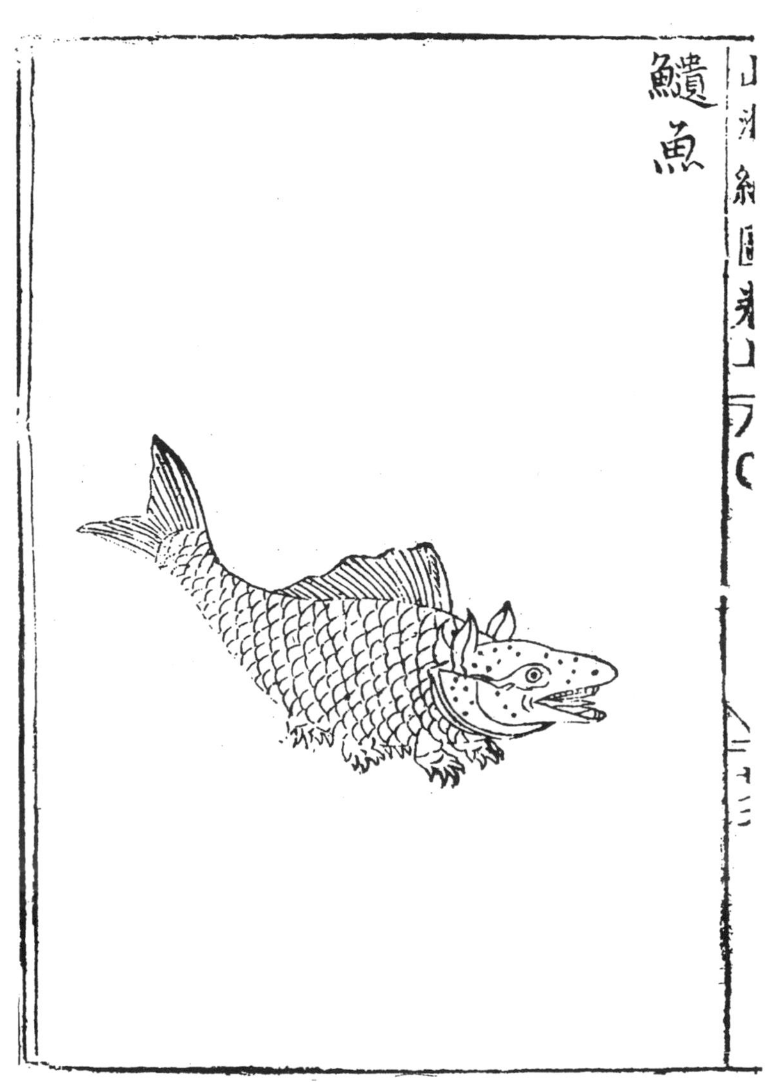

〔圖2〕鱃魚　明・胡文煥圖本

〔圖3〕冉遺魚　清・四川成或因繪圖本

〔圖4〕冉遺魚　清・汪紱圖本

〔圖6〕冉遺魚　上海錦章圖本

〔圖5〕冉遺魚　清《禽蟲典》

【卷2-74】

駮

【經文】

《西次四經》：中曲之山，有獸焉，其狀如馬而白身黑尾，一角，虎牙爪，音如鼓，其名曰駮，是食虎豹，可以禦兵。

【解說】

駮（音駁，bó）又名茲白，是一種可以禦兵災、辟兵刃的獨角吉獸。樣子像馬，白身黑尾，虎牙虎爪，獨角沖天，能發出擊鼓的聲音。駮又是獸中之英，威猛之獸，能以虎豹爲食。胡文煥圖說云：「狀如馬，白身黑尾，一角，虎足鋸牙，音如振鼓，能食虎豹。名曰駮。佩之可以禦凶。」可知駮爲獨角吉獸。

駮亦有無角之說。《海外北經》：「北海內有獸焉，其名曰駮，狀如白馬。鋸牙，食虎豹。」郭璞注：「《爾雅》說，不道有角及虎爪。駮亦在畏獸畫中，養之辟兵刃也。」《爾雅．釋獸》：「駮如馬，倨牙，食虎豹。」《周書．王會篇》也說：「義渠茲白，茲白若白馬，鋸牙，食虎豹。」都未提到駮有一角。

《爾雅翼》有六駮的記載：「六駮如馬，白身黑尾，一角，鋸牙，虎爪，其音如鼓，喜食虎豹。蓋毛物既可觀，又似馬，故馬之色相類者，以駮名之。」李白〈送張秀才從軍〉中的六駮勇猛無比：「六駮食猛武，恥從駑馬群。一朝長鳴去，矯若龍行雲。」

關於駮食虎豹的異聞很多。據《管子》記載，有一次，齊桓公乘馬，迎面來了一頭虎，虎不但沒有撲過來，反而望而伏地。桓公很奇怪，問管仲，管仲回答說，你騎的是駮馬，駮食虎豹，故虎疑馬。還有一次，晉平公打獵遇虎，虎伏於道。晉平公問師曠，曠答，臣聞駮馬伏虎豹，意君所乘者駮馬乎！又《宋史》載順州山中有異獸，如馬而食虎豹，北人不能識，問劉敞，敞答，此駮也，還說出了駮的形狀，問他怎麼知道的，他說是讀了《山海經》和管子的書才知道的。

郭璞《圖讚》：「駮惟馬類，實畜之英。騰髦驤首，嘘天雷鳴。氣無不凌，呑虎辟兵。」

駮圖有二形：

其一，獨角馬，如〔圖1－蔣應鎬繪圖本〕、〔圖2－胡文煥圖本〕、〔圖3－日本圖本〕、〔圖4－成或因繪圖本〕、〔圖5－汪紱圖本〕。

其二，無角獸，如〔圖6－蔣應鎬繪圖本《海外北經》圖〕。

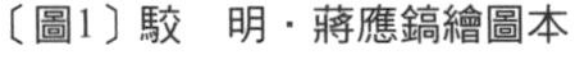

〔圖1〕駮　明・蔣應鎬繪圖本

〔圖4〕駮　清・四川成或因繪圖本

駮

〔圖2〕駮　明・胡文煥圖本

駮

〔圖5〕駮　清・汪紱圖本

〔圖6〕駮　明・蔣應鎬繪圖本《海外北經》圖

〔圖3〕駮　日本圖本

【卷2-75】

窮奇

【經文】

《西次四經》：邽（音圭）山，其上有獸焉，其狀如牛，蝟毛，名曰窮奇，音如獋狗，是食人。

【解說】

窮奇是食人畏獸。關於它的形狀，一說它像牛，全身披著刺蝟般的毛，叫聲像獋狗（《西次四經》）；一說它像虎，有翼（《海內北經》：「窮奇狀如虎，有翼」）。《神異經·西北荒經》記述了窮奇的故事，說西北有獸狀似虎，有翼能飛，便勦食人。知人言語。聞人鬥，輒食直者；聞人忠信，輒食其鼻；聞人惡逆不善，輒殺獸往饋之；名曰窮奇。亦食諸禽獸。此獸之德行眞與人間之走狗無異。

窮奇又是大儺十二神中食蠱的逐疫天神，又稱神狗。《後漢書·禮儀志》所記大儺逐疫「追惡凶」的十二神中，有「窮奇騰根共食蠱」之說。《淮南子·墬形篇》記：「窮奇，廣莫風之所生也。」高誘注：「窮奇，天神也。」

郭璞《圖讚》：「窮奇之獸，厥形甚醜。馳逐妖邪，莫不奔走。是以一名，號曰神狗。」另一說：「窮奇如牛，蝟毛自表。」

〔圖1－蔣應鎬繪圖本〕、〔圖2－胡文煥圖本〕、〔圖3－日本圖本〕、〔圖4－成或因繪圖本〕、〔圖5－汪紱圖本〕、〔圖6－《禽蟲典》〕。

〔圖1〕窮奇　明·蔣應鎬繪圖本

〔圖2〕窮奇　明・胡文煥圖本

〔圖5〕窮奇　清・汪紱圖本

〔圖6〕窮奇　清《禽蟲典》

〔圖4〕窮奇　清・四川成或因繪圖本

〔圖3〕窮奇　日本圖本

【卷2-76】

蠃魚

【經文】

《西次四經》：邽山，濛水出焉，南流注于洋水，其中多蠃魚，魚身而鳥翼，音如鴛鴦，見則其邑大水。

【解說】

蠃（音羅，luó）魚是一種魚鳥共體的怪魚，是大水的徵兆。蠃魚的樣子像魚，卻長著鳥的翅膀，叫聲像鴛鴦。

郭璞《圖讚》：「濛（一作華）水之蠃，匪魚伊鳥。」

〔圖1－吳任臣康熙圖本〕、〔圖2－成或因繪圖本〕、〔圖3－汪紱圖本〕、〔圖4－《禽蟲典》〕。

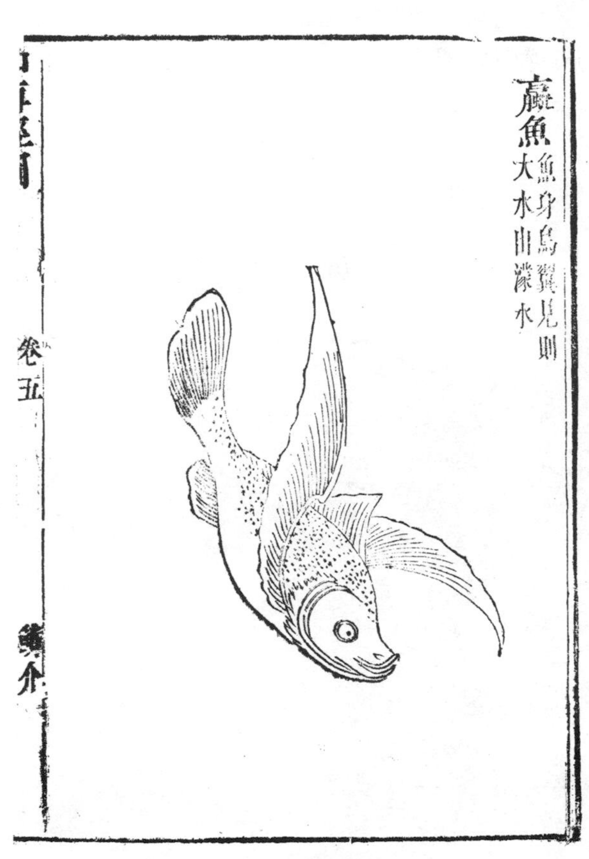

〔圖1〕蠃魚　清・吳任臣康熙圖本

〔圖2〕鸁魚　清・四川成或因繪圖本

〔圖3〕鸁魚　清・汪紱圖本

〔圖4〕鸁魚　清《禽蟲典》

【卷2-77】

鳥鼠同穴

【經文】

《西次四經》：鳥鼠同穴之山，其上多白虎、白玉。

【解說】

鳥鼠同穴山又名青雀山、同穴山。《爾雅》說，其鳥爲鵌（音餘，yú），其鼠爲鼵（音突，tū），其穴入地三四尺，鼠在內，鳥在外，在今隴西縣。《孔氏書傳》說：共爲雌雄，同穴而處。郭璞注：「今在隴西首陽縣西南，山有鼠鳥同穴，鳥名曰鵌，鼠名曰鼵。鼵如人家鼠而短尾，鵌似燕而黃色。穿地入數尺，鼠在內，鳥在外而共處。」

郭璞《圖讚．鳥鼠同穴山》：「鵌鼵二蟲，殊類同歸。聚不以方，或走或飛。不然之然，難以理推。」

〔圖1－蔣應鎬繪圖本〕、〔圖2－胡文煥圖本〕、〔圖3－吳任臣近文堂圖本〕、〔圖4－成或因繪圖本〕。

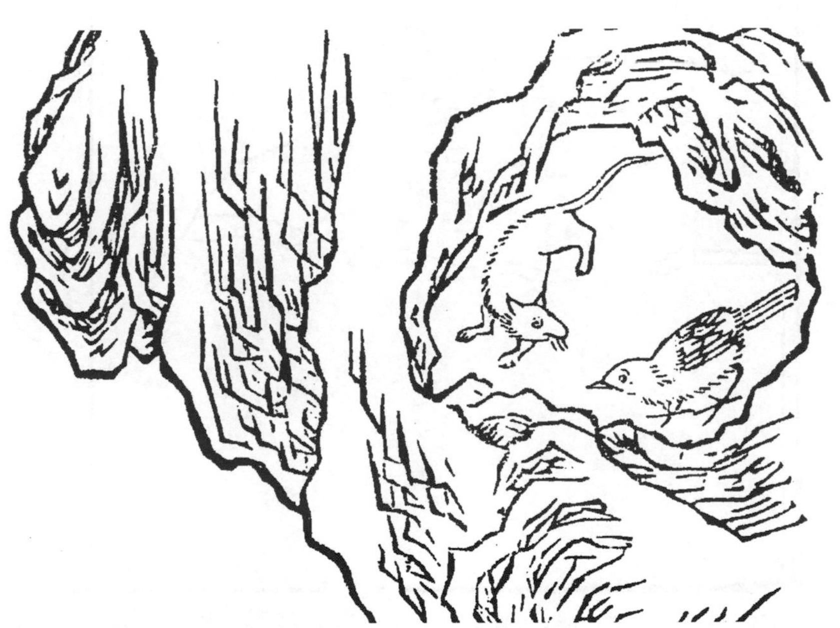

〔圖1〕鳥鼠同穴　明．蔣應鎬繪圖本

〔圖2〕鳥鼠同穴　明・胡文煥圖本

〔圖3〕鳥鼠同穴　清・吳任臣近文堂圖本

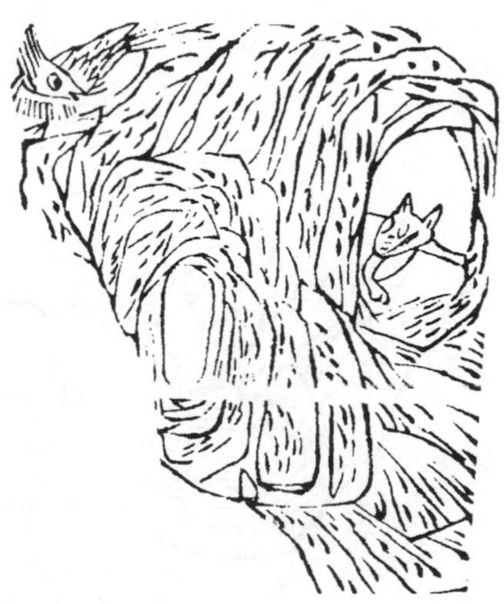

〔圖4〕鳥鼠同穴　清・四川成或因繪圖本

【卷2-78】

鰠魚

【經文】

《西次四經》：鳥鼠同穴之山，渭水出焉，而東流注于河。其中多鰠魚，其狀如鱣魚，動則其邑有大兵。

【解說】

鰠（音騷，sāo）魚（《禽蟲典》作鱃魚）是一種怪魚，兵災的徵兆。它的樣子像鱣魚，體大，口在頷下，體有連甲。

郭璞《圖讚》：「鰠魚潛淵，出則邑悚。」

〔圖1－蔣應鎬繪圖本〕、〔圖2－成或因繪圖本〕、〔圖3－汪紱圖本〕、〔圖4－《禽蟲典》〕。

〔圖1〕鰠魚　明．蔣應鎬繪圖本

〔圖2〕鰠魚　清・四川成或因繪圖本

〔圖3〕鰠魚　清・汪紱圖本

〔圖4〕鱨魚（鱨）　清《禽蟲典》

【卷2-79】

鴽魮魚

【經文】

《西次四經》：鳥鼠同穴之山，濫水出于其西，西流注于漢水。多魮鴽之魚，其狀如覆銚，鳥首而魚翼魚尾，音如磬石之聲，是生珠玉。

【解說】

鴽魮（音如皮，rúpí）魚是一種類似珠母蚌、魚鳥共體的奇魚。它的形體很奇特，就像一個翻過來的溫器，在鳥的腦袋下面，長著魚翼和魚尾，叫起來像敲擊磬石的聲音。鴽魮魚的體內可孕生珠玉。《南越志》記：海中有文魮，鳴似磬，鳥頭魚尾而生玉。

郭璞《圖讚》：「形如覆銚，包玉含珠。有而不積，泄以尾閭。闇與道會，可謂奇魚。」

〔圖1－蔣應鎬繪圖本〕、〔圖2－汪紱圖本〕、〔圖3－畢沅圖本〕、〔圖4－《禽蟲典》〕、〔圖5－上海錦章圖本〕。

〔圖1〕鴽魮魚　明・蔣應鎬繪圖本

䰻魮魚狀如覆銚鳥首而魚翼魚尾音如磬石之聲是生珠玉出濫水

形如覆銚包玉含珠有而不積泄以尾閭闇與道自可謂奇魚

〔圖3〕䰻魮魚　清・畢沅圖本

〔圖4〕絮魮魚　清《禽蟲典》

〔圖2〕絮魮魚　清・汪紱圖本

〔圖5〕絮魮魚　上海錦章圖本

【卷2-80】

㸃湖

【經文】

《西次四經》：崦嵫之山，有獸焉，其狀馬身而鳥翼，人面蛇尾，是好舉人，名曰㸃湖。

【解說】

㸃湖生活的地方名崦嵫山，是日入之山，《離騷》有「望崦嵫而勿追」的詩句，說的就是日落的景象。㸃湖是一種集人、馬、鳥、蛇四形於一身的奇獸，人面馬身，鳥翼蛇尾，喜歡抱舉人。《駢雅》記：馬而人面鳥翼，曰㸃湖。

郭璞《圖讚》：「㸃湖之獸，見人則抱。」

〔圖1－蔣應鎬繪圖本〕、〔圖2－成或因繪圖本〕、〔圖3－汪紱圖本〕、〔圖4－《禽蟲典》〕。

〔圖1〕㸃湖　明・蔣應鎬繪圖本

〔圖2〕孰湖　清・四川成或因繪圖本

〔圖3〕孰湖　清・汪紱圖本

〔圖4〕孰湖　清《禽蟲典》

【卷2-81】

人面鴞

【經文】

《西次四經》：崦嵫之山，有鳥焉，其狀如鴞而人面，蜼（音未，wèi）身犬尾，其名自號也，見則其邑大旱。

【解說】

人面鴞（音消，xiāo）是一種集人、猴、狗、鳥四形於一身的奇鳥，又是凶鳥。一說爲獸，是大旱的徵兆。它人面鴞翅，軀幹像獼猴，卻長著狗的尾巴，整天叫著自己的名字。郭璞說，其名自號，而經無其名，疑文有闕脫。

人面鴞鳥形獸身，由於經文的不確定性，出現了三種不同的形象：

其一，人面鳥形獸尾，在天空飛翔，如〔圖1－蔣應鎬繪圖本〕、〔圖2－成或因繪圖本〕；

其二，人面鳥身，如〔圖3－汪紱圖本，名爲「名自號」）；

其三，人面獸身有翼，如〔圖4－胡文煥圖本〕、〔圖5－吳任臣近文堂圖本〕、〔圖6－上海錦章圖本〕。胡氏圖說：「崦嵫山有獸，名曰鴞，人面熊身，犬尾有翼，其名自呼，見則大旱。」

〔圖1〕人面鴞　明·蔣應鎬繪圖本

〔圖2〕人面鴞　清・四川成或因繪圖本

〔圖3〕人面鴞　清・汪紱圖本

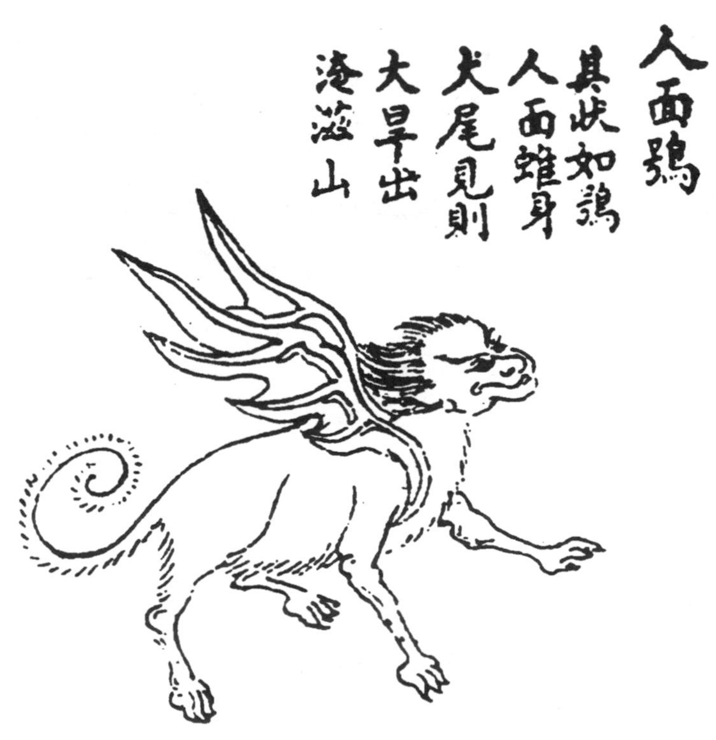

人面鴞
其狀如鴞
人面蜼身
犬尾見則
大旱出
淹滋山

〔圖6〕人面鴞　上海錦章圖本

〔圖4〕人面鴞　明・胡文煥圖本

〔圖5〕人面鴞　清・吳任臣近文堂圖本

第三卷 北山經

【卷3-1】

滑魚

【經文】

《北山經》：求如之山，滑水出焉，而西流注于諸𣪯之水。其中多滑魚，其狀如鱓（音善，shàn），赤背，其音如梧，食之已疣。

【解說】

滑魚的樣子像黃鱔，背部赤色，聲音像琴瑟，據說吃了它的肉可以治贅疣。

〔圖1－蔣應鎬繪圖本〕、〔圖2－成或因繪圖本〕、〔圖3－汪紱圖本〕、〔圖4－《禽蟲典》〕。

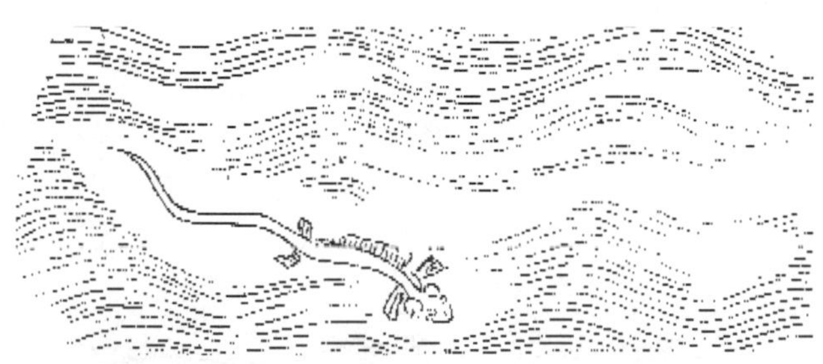

〔圖1〕滑魚　明·蔣應鎬繪圖本

〔圖2〕滑魚　清·四川成或因繪圖本（前者為滑魚）

〔圖3〕滑魚　清・汪紱圖本

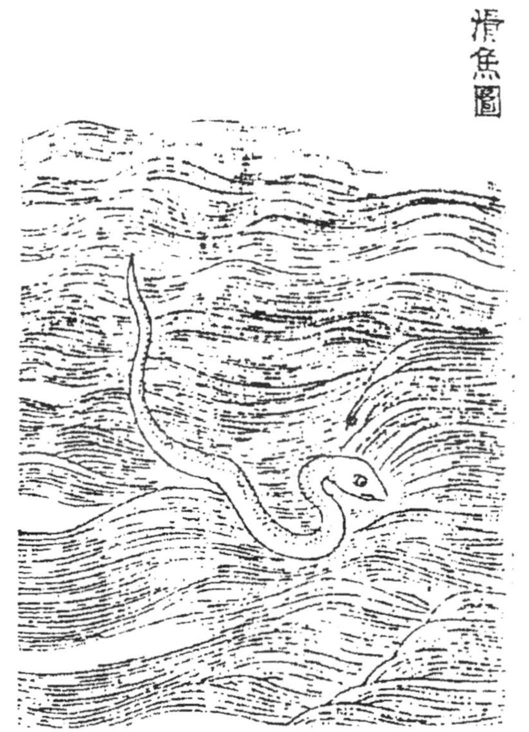

〔圖4〕滑魚　清《禽蟲典》

【卷3-2】

水馬

【經文】

《北山經》：求如之山，其中多水馬，其狀如馬，文臂牛尾，其音如呼。

【解說】

水馬是靈瑞之獸，被稱爲龍精、神馬。水馬似馬，前腿上有斑紋，卻長著牛的尾巴，水馬叱吒的聲音有如人在呼叫。《周禮》記，馬黑脊而斑臂膢。漢武元狩四年，敦煌渥洼水出馬，以爲靈瑞者，即此類也。古書中所記水中的異馬、神馬，都是水馬。

郭璞《圖讚》：「馬實龍精，爰出水類。渥洼之駿，是靈是瑞。昔在夏后，亦有何駟。」

〔圖1－胡文煥圖本〕、〔圖2－汪紱圖本〕。

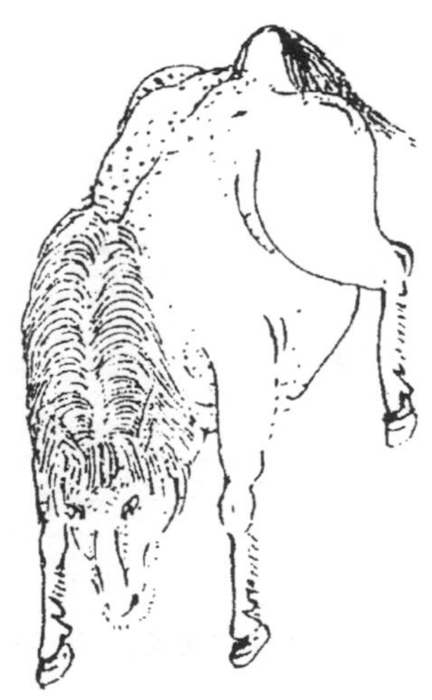

〔圖2〕水馬　清・汪紱圖本

〔圖1〕水馬　明・胡文煥圖本

【卷3-3】

讙疏

【經文】

《北山經》：帶山，有獸焉，其狀如馬，一角有錯，其名曰讙疏，可以辟火。

【解說】

讙（音歡，huān）疏是一角馬，辟火奇獸，其獨角上有甲錯。胡文煥圖說：「帶山有獸，狀如馬，首有角，可以錯石。名曰讙踈。」《駢雅》說，讙疏，一角馬也。《五侯鯖》說，讙疏出常（帶）山，如馬一角，其性墨，即此也。

郭璞《圖讚》：「厭火之獸，厥名讙疏。」

讙疏圖有二形：

其一，獨角馬，如〔圖1－蔣應鎬繪圖本〕、〔圖2－胡文煥圖本，名讙踈〕、〔圖3－成或因繪圖本〕、〔圖4－畢沅圖本〕、〔圖5－汪紱圖本〕、〔圖6－上海錦章圖本〕；

其二，雙角馬，如〔圖7－日本圖本，名讙踈〕。

〔圖1〕讙疏　明・蔣應鎬繪圖本

〔圖2〕讙疏（讙踈）　明・胡文煥圖本

〔圖3〕䑏疏　清・四川成或因繪圖本

䑏疏狀如馬一角有錯可以辟火出帶山
厭火之獸
厥名䑏疏

〔圖4〕䑏疏　清・畢沅圖本

〔圖5〕䑏疏　清・汪紱圖本

〔圖6〕臞疏　上海錦章圖本

〔圖7〕臞疏（臞踈）　日本圖本

【卷3-4】

鵸鵌

【經文】

《北山經》：帶山，有鳥焉，其狀如烏，五采而赤文，名曰鵸鵌，是自為牝牡，食之不疽。

【解說】

鵸鵌已見《西次三經》翼望山（見卷2-68），與本經之鵸鵌同名而不同形不同類。帶山的鵸鵌是一種奇鳥，其狀如鳳，身披五彩羽翼，上有赤色斑紋，可自爲雌雄，獨自繁衍後代。據說吃了它的肉可不得癰疽病。

郭璞《圖讚》：「有鳥自化，號曰鵸鵌。」

〔圖1－蔣應鎬繪圖本〕、〔圖2－成或因繪圖本〕、〔圖3－汪紱圖本〕、〔圖4－《禽蟲典》〕。

〔圖1〕鵸鵌　明·蔣應鎬繪圖本

〔圖2〕鵸鵌　清・四川成或因繪圖本

〔圖3〕鵸鵌　清・汪紱圖本

鵸鵌圖

山海經　北山經

帶山有鳥焉其狀如烏五采而赤文名曰鵸鵌是自為牝牡食之不疽　郭曰上已有此鳥疑同名

任臣按學海作鵸䳜唐韻注云有名鵸䳜能自為牝牡疑即此鳥也爾雅翼曰山海經類有二種

獸之出亶爰山者如貍而有髮其名曰嚮類帶山之鳥如烏而五采文其名曰奇類

〔圖4〕鵸鵌　清《禽蟲典》

【卷3-5】

儵魚

【經文】

《北山經》：帶山，彭水出焉，而西流注于芘湖之水，其中多儵魚，其狀如雞而赤毛，三尾、六足、四首，其音如鵲，食之可以已憂。

【解說】

儵（音由，yóu）魚即儵魚，是一種奇魚，樣子像雞，毛色紅赤，三尾六足，四個腦袋，叫聲如鵲，據說吃了它的肉可以樂而忘憂。傳說儵魚還可以禦火。胡文煥圖說：「帶山，彭水出焉而西流，中多儵魚，狀如雞而赤色，三尾、六足、四首，音如鵲，食之已憂，可禦火。」

儵魚是魚，其狀如雞。由於經文的不確定性，不同版本的山海經圖便出現了魚形與雞形、四首與四目兩類不同的圖像，也出現了不同的注文。

其一，魚形四首，四魚首、三魚身、三魚尾、六雞足，如〔圖1－蔣應鎬繪圖本〕、〔圖2－成或因繪圖本〕；

其二，魚形四首，四魚首、三魚身、三魚尾，六足不明顯，如〔圖3－胡文煥圖本〕；

其三，魚形四首，四雞首、三魚身、三魚尾、六雞足，如〔圖4－汪紱圖本〕；

其四，雞形四目，一雞首、雞身四目，三尾六足，如〔圖5－吳任臣康熙圖本〕、〔圖6－吳任臣近文堂圖本〕、〔圖7－《禽蟲典》〕；

其五，雞形，一首二目、三尾六足，如〔圖8－上海錦章圖本〕。

歷代《山海經》注家對「四首」、「四目」發表了各自不同的看法；這魚形雞形、四首四目同時出現在不同本子的山海經圖中。由此可見，山海經圖是注家注釋的重要依據，而諸注家與畫工對此的不同看法，也生動地反映在不同的《山海經》圖本中。

郭璞《圖讚》：「涸和損平，莫慘于憂。詩詠萱草，帶山則儵。蘐焉遺岱，聊以盤遊。」

〔圖1〕儵魚　明・蔣應鎬繪圖本

〔圖2〕儵魚　清・四川成或因繪圖本

〔圖3〕儵魚　明・胡文煥圖本

儵魚

〔圖4〕儵魚　清・汪紱圖本

儵魚
狀如雞赤毛三尾六足
四目食之已憂出彭水

〔圖5〕儵魚　清・吳任臣康熙圖本

〔圖6〕儵魚　清・吳任臣近文堂圖本

〔圖7〕儵魚　清《禽蟲典》

〔圖8〕儵魚　上海錦章圖本

【卷3-6】

何羅魚

【經文】

《北山經》：譙明之山，譙水出焉，西流注于河。其中多何羅之魚，一首而十身，其音如吠犬，食之已癰。

【解說】

何羅魚是一種怪魚，一個腦袋十個身子，聲音像吠犬，據說吃了它的肉可以治癰腫病；一說此魚可禦火。胡文煥圖說：亦可以禦火。楊愼補注：何羅魚即今八帶魚。有學者認爲，十首一身的姑獲鳥（鬼車），是由一首十身的何羅魚化身而來。《東次四經》之茈魚亦一首十身。

郭璞《圖讚》：「一頭十身，何羅之魚。」

〔圖1－蔣應鎬繪圖本〕、〔圖2－胡文煥圖本〕、〔圖3－成或因繪圖本〕、〔圖4－汪紱圖本〕、〔圖5－郝懿行圖本〕。

〔圖1〕何羅魚　明·蔣應鎬繪圖本

阿羅魚

〔圖2〕何羅魚（阿羅魚）　明・胡文煥圖本

〔圖3〕何羅魚　清・四川成或因繪圖本

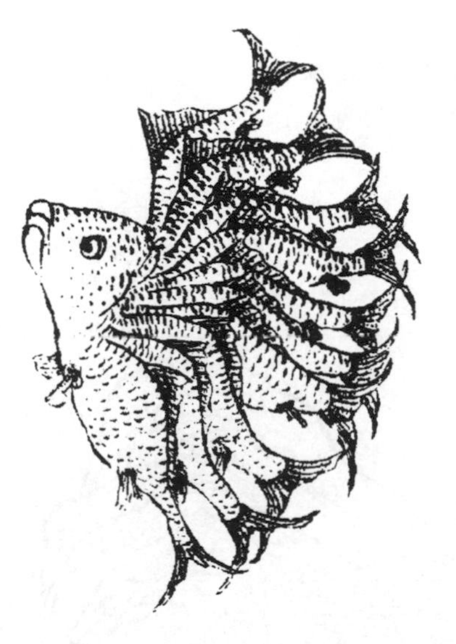
何羅魚

〔圖4〕何羅魚　清・汪紱圖本

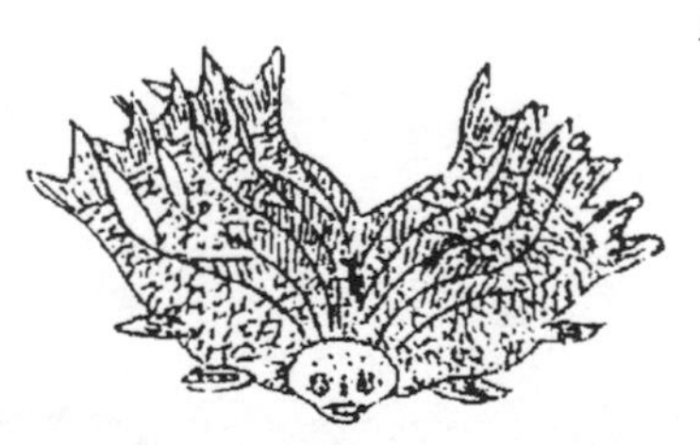
何羅魚一首十身食之已癰出譙水
一頭十身
何羅之魚

〔圖5〕何羅魚　清・郝懿行圖本

【卷3-7】

孟槐

【經文】

《北山經》：譙明之山，有獸焉，其狀如貆（音桓，huán）而赤豪，其音如榴榴，名曰孟槐，可以禦凶。

【解說】

孟槐又作猛槐，是一種禦凶辟邪之獸，樣子像豪豬，豪毛紅赤，聲音有如貓叫。郭璞注：「辟凶邪氣也。亦在畏獸畫中也。」《駢雅》說：「谿邊如狗，孟槐如貆，石穀如狢，活褥如鼠。」胡文煥圖說：「譙明之山，有獸狀如貆，赤豪，魯豬也。其一聲如鼴鼠，名猛槐。圖之，可以禦凶。」可知古人有掛《山海經》畏獸圖禦凶之俗。

郭璞《圖讚》：「孟槐似貆，其豪則赤。列象畏獸，凶邪是辟。氣之相勝，莫見其迹。」

〔圖1－蔣應鎬繪圖本〕、〔圖2－胡文煥圖本，名猛槐〕、〔圖3－日本圖本，名猛槐〕、〔圖4－成或因繪圖本〕、〔圖5－汪紱圖本〕、〔圖6－《禽蟲典》〕。

〔圖1〕孟槐　明．蔣應鎬繪圖本

猛槐

〔圖2〕孟槐（猛槐）　明・胡文煥圖本

〔圖3〕孟槐（猛槐）　日本圖本

〔圖4〕孟槐　清・四川成或因繪圖本

〔圖5〕孟槐　清・汪紱圖本

〔圖6〕孟槐　清《禽蟲典》

【卷3-8】

鰼鰼魚

【經文】

《北山經》：涿光之山，嚻水出焉，而西流注于河。其中多鰼鰼之魚，其狀如鵲而十翼，鱗皆在羽端，其音如鵲，可以禦火，食之不癉。

【解說】

鰼（音習，xí）鰼魚是一種鳥魚共體的怪魚，魚頭魚尾，身子如鵲，羽翅十翼，鱗在羽端，叫聲如鵲。據說此魚可以禦火，吃了它的肉還可以不得黃癉病。《神異經》說，鰼鰼之魚，如鵲而十翼，可以禦火。關於「禦火」一說，王崇慶《山海經釋義》解釋說，鰼魚禦火，意其得水氣居多氣，有相制故也。

郭璞《圖讚》：「鼓翮一揮（一作運），十翼翩（一作翻）翻。厥鳴如鵲，鱗在羽端。是謂怪魚，食之辟（一作避）燔。」

〔圖1－蔣應鎬繪圖本〕、〔圖2－胡文煥圖本〕、〔圖3－吳任臣近文堂圖本〕、〔圖4－成或因繪圖本〕、〔圖5－汪紱圖本〕、〔圖6－《禽蟲典》〕。

〔圖1〕鰼鰼魚　明・蔣應鎬繪圖本

鰼鰼魚

〔圖2〕鰼鰼魚　明・胡文煥圖本

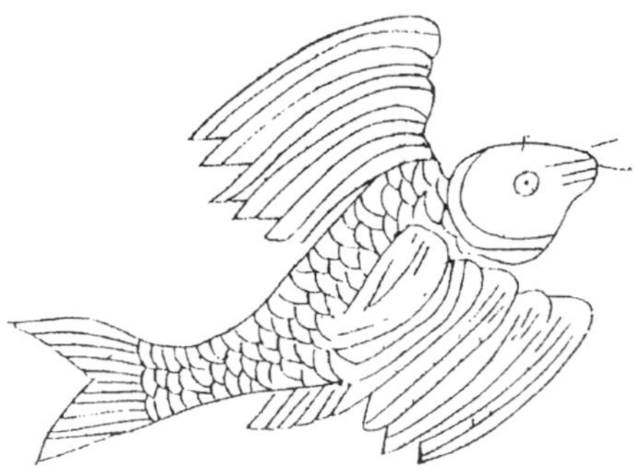

〔圖3〕鰼鰼魚　清・吳任臣近文堂圖本

〔圖4〕鰼鰼魚　清・四川成或因繪圖本

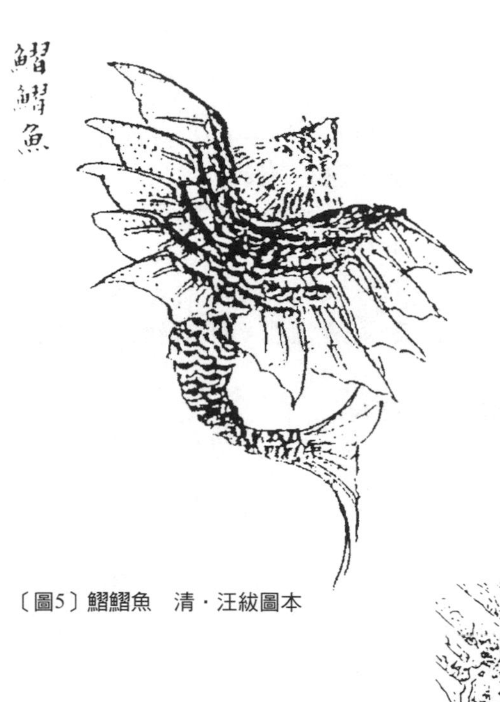

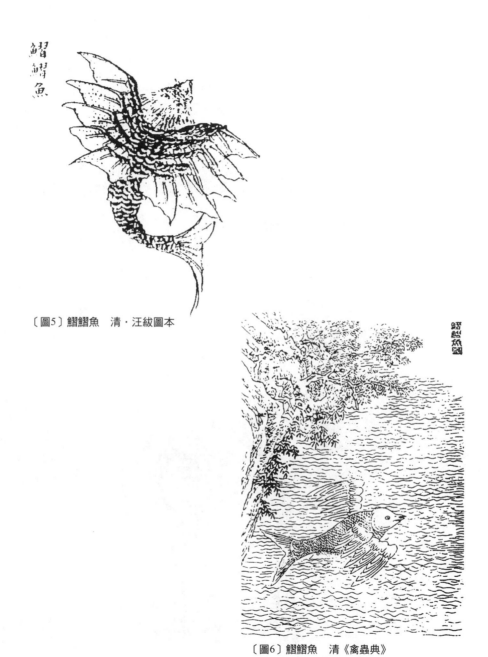

〔圖5〕鰼鰼魚　清・汪紱圖本

〔圖6〕鰼鰼魚　清《禽蟲典》

【卷3-9】

槖駝

【經文】

《北山經》：虢（音郭，guō）山，其獸多槖駝。

【解說】

槖（音駝，tuó）駝即今駱駝，有肉鞍，善行流沙中，日行三百里，其負千斤，知水泉之所在。李時珍《本草綱目》說，駝能負囊槖，故名；方音訛爲駱駝。又說：駝狀如馬，其頭似羊，長項垂耳，腳有三節，背有兩肉峰，如鞍形，有蒼褐黃紫數色。其聲曰圖，其食亦齡，其性耐寒惡熱。《漢書·西域傳》記載，大月氏出一封槖駝。一封，指脊上有一肉峰。傳說有槖駝的地方就有泉渠。

郭璞《圖讚》：「駝惟奇畜，肉鞍是被。迅騖流沙，顯功絕地。潛識泉源，微乎其智。」

〔圖1－蔣應鎬繪圖本〕、〔圖2－汪紱圖本〕。

〔圖2〕槖駝　清·汪紱圖本

〔圖1〕櫜駝　明・蔣應鎬繪圖本

【卷3-10】

寓（鳥）

【經文】

《北山經》，號山，其鳥多寓，狀如鼠而鳥翼，其音如羊，可以禦兵。

【解說】

寓（鳥）又名鸓鼠，屬蝙蝠類怪鳥，樣子像鼠，卻長著鳥的翅膀，與蝙蝠之肉翅不同，叫聲如羊。據說此鳥可以辟邪禦兵。《爾雅》有寓屬，又有寓鼠，曰嗛。

郭璞《圖讚》：「鼠而傅翼，厥聲如羊。」

〔圖1－蔣應鎬繪圖本〕、〔圖2－吳任臣康熙圖本〕、〔圖3－吳任臣近文堂圖本〕、〔圖4－成或因繪圖本〕、〔圖5－汪紱圖本〕、〔圖6－上海錦章圖本〕。

〔圖1〕寓鳥　明・蔣應鎬繪圖本

〔圖2〕寓鳥　清・吳任臣康熙圖本

〔圖3〕寓鳥　清・吳任臣近文堂圖本

〔圖4〕寓鳥　清・四川成或因繪圖本

寓鳥

〔圖5〕寓鳥　清・汪紱圖本

〔圖6〕寓鳥　上海錦章圖本

【卷3-11】

耳鼠

【經文】

《北山經》：丹熏之山，有獸焉，其狀如鼠，而菟（兔）首麋身，其音如獋（音豪，háo）犬，以其尾飛，名曰耳鼠，食之不脎（音采，cǎi），又可以禦百毒。

【解說】

耳鼠即鼯鼠，又名鸓、夷由、飛生鳥，是一種亦獸亦禽、可禦百毒之奇獸。集鼠、兔、麋三獸於一身：樣子像鼠，兔首麋身，聲音像獋犬，用肉翅連著尾足一起飛翔，故又稱飛生鳥。胡文煥圖說：「丹熏山有獸，狀如鼠而兔首麋耳，音如嗚犬，以其髯飛，名曰耳鼠。食之不眯，可以禦百毒。」耳鼠「以其髯飛」，與經文有異。傳說吃了它的肉，可以治大肚子病，或不做惡夢。吳任臣說，耳鼠即鼯鼠，飛生鳥也，狀如蝙蝠，暗夜行飛。其形翅連四足及尾，與蝠同，故說以尾飛。《爾雅．釋鳥》：鼯鼠夷由狀如小狐，似蝙蝠，肉翅，翅尾項脇毛紫赤色，背上蒼文色，腹下黃喙頷雜白腳短爪，長尾三尺許，飛且乳，亦謂之飛生。聲如人呼，食火煙，能從高趨下，不能從下上高。

今見耳鼠圖有四形：

其一，麋身小獸、長尾，如〔圖1－蔣應鎬繪圖本〕、〔圖2－成或因繪圖本〕；

其二，兔首麋耳，以其髯飛，如〔圖3－胡文煥圖本〕；

其三，兔形、長尾，如〔圖4－汪紱圖本〕；

其四，兔形、長尾有翼，如〔圖5－《禽蟲典》〕。

郭璞有〈耳鼠贊〉：「蹠實以足，排虛以羽。翹尾翻飛，奇哉耳鼠。厥皮惟良，百毒是禦。」又有〈鼯鼠贊〉：「鼯之爲鼠，食煙棲林。載飛載乳，乍獸乍禽。皮藉孕婦，人爲大任。」

〔圖1〕耳鼠　明．蔣應鎬繪圖本

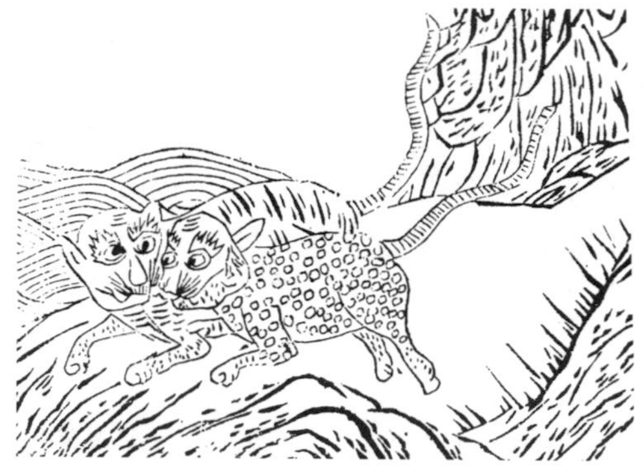

〔圖2〕耳鼠　清・四川成或因繪圖本

〔圖3〕耳鼠　明・胡文煥圖本

〔圖4〕耳鼠　清・汪紱圖本

〔圖5〕䑕鼠　清《禽蟲典》

【卷3-12】

孟極

【經文】

《北山經》：石者之山，有獸焉，其狀如豹，而文題白身，名曰孟極，是善伏，其鳴自呼。

【解說】

孟極的樣子像豹，額上有斑紋，身上的毛皮是白色的；它善於臥伏躲藏，其叫聲有如呼喊自己的名字。經中說孟極「白身」，而現見諸圖的孟極身上均呈豹紋或虎紋。

郭璞《圖讚》：「孟極似豹，或倚無良。」

孟極圖有二形：

其一，豹形，如〔圖1－蔣應鎬繪圖本〕、〔圖2－汪紱圖本〕；

其二，人面虎（？），如〔圖3－成或因繪圖本〕、〔圖4－《禽蟲典》〕。

〔圖1〕孟極　明·蔣應鎬繪圖本

〔圖2〕孟極　清・汪紱圖本

〔圖3〕孟極　清・四川成或因繪圖本

〔圖4〕孟極　清《禽蟲典》

【卷3-13】

幽頞

【經文】

《北山經》：邊春之山，有獸焉，其狀如禺而文身，善笑，見人則臥，名曰幽頞，其鳴自呼。

【解說】

幽頞（音餓，è）又稱幽鴳，是一種怪獸，樣子像獼猴，全身有斑紋，整天喊著自己的名字；愛笑，見人愛耍小聰明，倒下裝睡。胡文煥圖說：「古山上無草木，有沘水，西注於河中。有獸，文背善笑，見人則佯臥。名曰幽頞，其鳴自呼。」

郭璞《圖讚》：「幽頞似猴（一作猿），俾愚作智。觸物則笑，見人佯睡。好用小慧，終是嬰累（一作系）。」

幽頞圖有二形：

其一，猴形，如〔圖1－蔣應鎬繪圖本〕、〔圖2－成或因繪圖本〕、〔圖3－汪紱圖本〕；

其二，人面獸，如〔圖4－胡文煥圖本〕、〔圖5－《禽蟲典》〕。

〔圖1〕幽頞　明・蔣應鎬繪圖本

〔圖2〕幽頞　清・四川成或因繪圖本

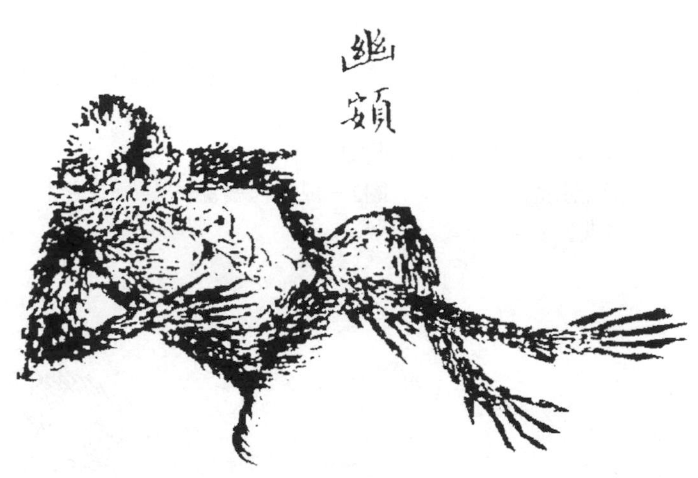

〔圖3〕幽頞　清・汪紱圖本

〔圖4〕幽頞　明・胡文煥圖本

〔圖5〕幽頞　清《禽蟲典》

【卷3-14】

足訾

【經文】

《北山經》：蔓聯之山，其上無草木。有獸焉，其狀如禺而有鬣，牛尾、文臂、馬蹄，見人則呼，名曰足訾，其鳴自呼。

【解說】

足訾（音紫，zǐ）是一種集猴、牛、馬三牲於一身的怪獸，樣子像猿猴卻身披鬣毛，長著牛的尾巴、馬的蹄子，前腿有斑紋；它的叫聲喊的是自己的名字，見人便呼叫。

郭璞《圖讚》：「見人則呼，號曰足訾。」

〔圖1－蔣應鎬繪圖本〕、〔圖2－成或因繪圖本〕、〔圖3－汪紱圖本〕、〔圖4－《禽蟲典》〕。

〔圖1〕足訾　明·蔣應鎬繪圖本

〔圖2〕足訾　清·四川成或因繪圖本

足訾

〔圖3〕足訾　清・汪紱圖本

〔圖4〕足訾　清《禽蟲典》

【卷3-15】

鵁

【經文】

《北山經》：蔓聯之山，有鳥焉，群居而朋飛，其毛如雌雉，名曰鵁，其鳴自呼，食之已風。

【解說】

鵁（音交，jiāo），一名鵁鶄，又名鳽，是一種厭火奇鳥，毛如雌雉，頂有紅毛如冠，翠鬛丹嘴；好群居，喜成群結隊飛翔，故有飛則籠日、集則蔽野之說。其鳴叫聲，喊的是自己的名字。據說吃了它的肉可治風病。《爾雅．釋鳥》記，鳽鵁鶄似鳧，腳高，毛冠，江東人家養之以厭火災。

郭璞《圖讚》：「毛如雌雉，朋翔群下。飛則籠日，集則蔽野。肉驗鍼石，不勞補寫。」

〔圖1－蔣應鎬繪圖本〕、〔圖2－成或因繪圖本〕、〔圖3－汪紱圖本〕、〔圖4－《禽蟲典》，作鳽〕。

〔圖1〕鵁鳥　明．蔣應鎬繪圖本

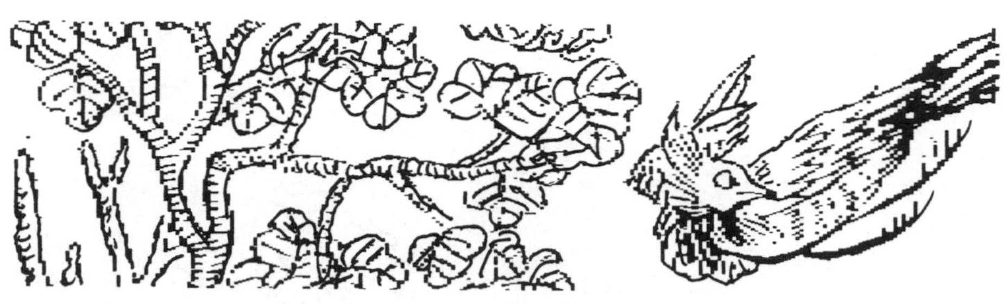

〔圖2〕鵕鳥　清・四川成或因繪圖本

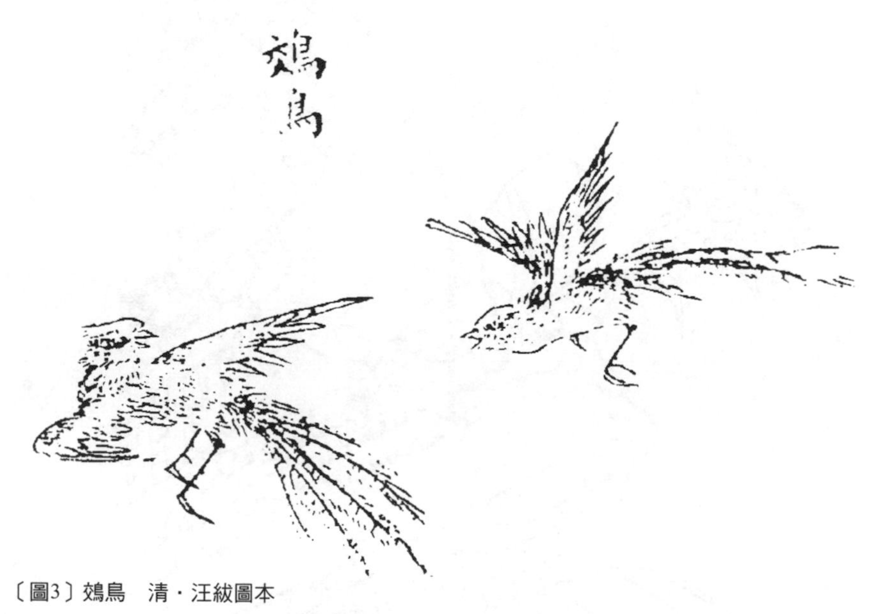

〔圖3〕鵕鳥　清・汪紱圖本

〔圖4〕鵁鳥（鳽）　清《禽蟲典》

【卷3-16】

諸犍

【經文】

《北山經》：單張之山，其上無草木。有獸焉，其狀如豹而長尾，人首而牛耳，一目，名曰諸犍，善吒，行則銜其尾，居則蟠其尾。

【解說】

諸犍是人面獨目怪獸，集人、豹、牛三形於一身，樣子像豹，尾巴特別長，行走時用嘴銜著尾巴，不走動時則把尾巴蟠在身旁。它長著人的腦袋，牛的耳朵，獨眼，愛叱怒。胡文煥圖說：「單張山有獸，狀如豹而尾長至首，牛鼻直目，名曰諸犍。善叱，行則銜其尾，居則蟠之。」「尾長至首」、「牛鼻直目」等特點，均與經文不合。《玉篇》說：犍獸似豹，人首一目。

據經文，諸犍的形象特徵是：人首、豹身、牛耳、一目、銜尾。而今見古本諸圖，只有蔣應鎬繪圖本的諸犍圖〔圖1〕，畫出了上述幾個特徵。其餘諸圖的諸犍，雖銜尾，卻似非人首，如〔圖2－胡文煥圖本〕、〔圖3－吳任臣近文堂圖本〕、〔圖4－成或因繪圖本〕、〔圖5－汪紱圖本〕、〔圖6－《禽蟲典》〕、〔圖7－上海錦章圖本〕。

郭璞《圖讚》：「諸犍善吒，行則銜尾。」

〔圖1〕諸犍　明·蔣應鎬繪圖本

諸犍

〔圖2〕諸犍　明・胡文煥圖本

諸犍

諸犍狀如豹而長尾人身牛耳一目行則銜其尾居則蟠其尾出單張山

〔圖3〕諸犍　清・吳任臣近文堂圖本

〔圖4〕諸犍　清・四川成或因繪圖本

〔圖5〕諸犍　清・汪紱圖本

諸犍圖

〔圖6〕諸犍　清《禽蟲典》

諸犍
張山
狀如豹而長尾人身牛耳一目
行則啣其尾居則蟠其尾出單

諸犍
善吒
行則
銜尾

〔圖7〕諸犍　上海錦章圖本

【卷3-17】白鵺

【經文】

《北山經》：單張之山，有鳥焉，其狀如雉，而文首，白翼、黃足，名曰白鵺，食之已嗌痛，可以已痸。

【解說】

白鵺（音夜，yè）的樣子像雉，頭上有斑紋，白翼黃足；據說吃了它的肉可以治咽喉痛，還可以治癡病。

郭璞《圖讚》：「白鵺竦斯，厥狀如雉。見人則跳，頭文如繡。」

〔圖1－蔣應鎬繪圖本〕、〔圖2－胡文煥圖本〕、〔圖3－成或因繪圖本〕、〔圖4－汪紱圖本〕、〔圖5－《禽蟲典》〕。

〔圖1〕白鵺　明・蔣應鎬繪圖本

鵺

〔圖2〕白鵺　明・胡文煥圖本

〔圖3〕白鵺　清・四川成或因繪圖本

白鵺

〔圖4〕白鵺　清・汪紱圖本

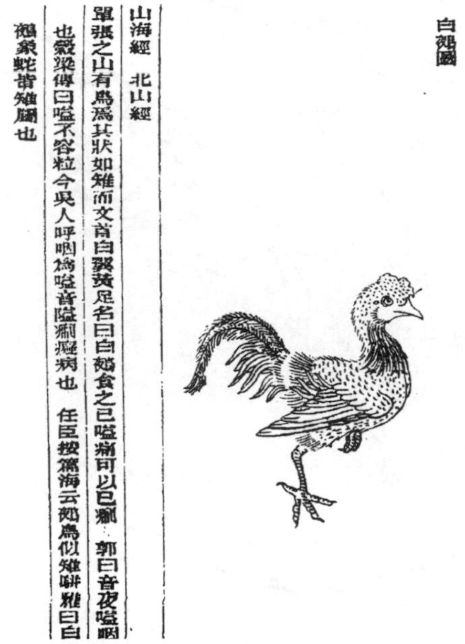

白鵺圖

山海經　北山經

單張之山有鳥焉其狀如雉而文首白翼黃足名曰白鵺食之已嗌痛可以已痸　郭曰音夜嗌咽也穀梁傳曰嗌不容粒今吳人呼咽為嗌音隘痸癡病也　任臣按篇海云鵺鳥似雉雌雅曰白鵺象蛇皆雉屬也

〔圖5〕白鵺　清《禽蟲典》

【卷3-18】

那父

【經文】

《北山經》：灌題之山，有獸焉，其狀如牛而白尾，其音如訆（音叫，jiào），名曰那父。

【解說】

那父是一種奇獸，樣子像牛，尾巴卻是白色的，其叫聲有如人在呼喚。《駢雅》說，獸似牛而白尾，曰那父。赤尾曰領月，馬尾曰精精。

〔圖1－蔣應鎬繪圖本〕、〔圖2－成或因繪圖本〕、〔圖3－汪紱圖本〕、〔圖4－《禽蟲典》〕。

〔圖1〕那父　明·蔣應鎬繪圖本

〔圖2〕那父　清・四川成或因繪圖本

〔圖3〕那父　清・汪紱圖本

〔圖4〕那父　清《禽蟲典》

【卷3-19】

竦斯

【經文】

《北山經》：灌題之山，有鳥焉，其狀如雌雉而人面，見人則躍，名曰竦斯，其鳴自呼也。

【解說】

竦（音聳，sǒng）斯是人面鳥，樣子像雌雉，其鳴叫聲像是叫自己的名字，見人作跳躍狀。

竦斯是人面鳥。今見竦斯圖有三形：

其一，人面鳥，如〔圖1－蔣應鎬繪圖本〕、〔圖2－成或因繪圖本〕；

其二，人面鳥喙、鳥身鳥翼鳥足，如〔圖3－汪紱圖本〕；

其三，非人面鳥，如〔圖4－胡文煥圖本，名踈斯。胡氏圖說：「灌題山有鳥，狀如雌雉反面，見人乃躍。名曰踈斯，其鳴自呼。」圖說中的「反面」顯然是經文「人面」之誤，畫工據此畫出了非人面的竦斯鳥。這種由於字誤出現新的神話形象的現象，神話發生學稱之爲「語言疾病說」。這種現象在各種山海經圖中多次出現，而以胡文煥圖本爲最突出〕、〔圖5－日本圖本，名踈斯〕、〔圖6－吳任臣康熙圖本，吳任臣圖本之圖釋說：「竦斯狀如雌雉而人面，見人則躍，出灌題山。」而其圖卻是非人面鳥〕、〔圖7－上海錦章圖本〕。

郭璞《圖讚》：「白鵺竦斯，厥狀如雉。見人則跳，頭文如繡。」

〔圖1〕竦斯　明・蔣應鎬繪圖本

〔圖2〕竦斯　清・四川成或因繪圖本

踈斯

〔圖3〕竦斯　清・汪紱圖本

〔圖4〕竦斯（踈斯）　明・胡文煥圖本

〔圖5〕竦斯（踈斯）　日本圖本

〔圖6〕竦斯　清・吳任臣康熙圖本

〔圖7〕竦斯　上海錦章圖本

【卷3-20】

長蛇

【經文】

《北山經》：大咸之山，無草木，其下多玉。是山也，四方，不可以上。有蛇名曰長蛇，其毛如彘豪，其音如鼓柝。

【解說】

長蛇生活在無草木、人獸不可上的大咸山，長百尋，其毛如野豬，叫聲有如夜間人敲木柝（音拓，tuò）或振鼓的聲音。胡文煥圖說：「大咸山，有蛇，名曰長蛇。錐手，身長百尋，其聲如振鼓。」郭璞注：說者云長百尋，今蝮蛇似艾綬文，文間有毛如豬鬐，此其類也。傳說豫章有大蛇，長千餘丈，亦此類。

郭璞《圖讚》：「長蛇百尋，厥鬣如彘。飛群走類，靡不吞噬。極物之惡，盡毒之厲。」

〔圖1－蔣應鎬繪圖本〕、〔圖2－胡文煥圖本〕、〔圖3－吳任臣近文堂圖本〕、〔圖4－成或因繪圖本〕、〔圖5－汪紱圖本〕、〔圖6－《禽蟲典》〕、〔圖7－上海錦章圖本〕。

〔圖1〕長蛇　明・蔣應鎬繪圖本

〔圖2〕長蛇　明・胡文煥圖本

〔圖3〕長蛇　清・吳任臣近文堂圖本

〔圖5〕長蛇　清・汪紱圖本

〔圖4〕長蛇　清・四川成或因繪圖本

長蛇圖

〔圖6〕長蛇　清《禽蟲典》

長蛇
長百尋毛如彘豪音
如鼓析出天髭山
長蛇百尋
厥鬣如彘
飛群走類
靡不吞噬
極物之惡
盡毒之厲

〔圖7〕長蛇　上海錦章圖本

【卷3-21】

赤鮭

【經文】

《北山經》：敦薨（音轟，hōng）之山，敦薨之水出焉，而西流注于泑澤。其中多赤鮭。

【解說】

赤鮭（音圭，guī）之鮭又名鮐、鯸鮐，即河豚，是一種有毒的魚，其肝有毒，食之可殺人。劉逵注〈吳都賦〉：鯸鮐魚狀如蝌斗，大者尺餘，腹下白，背上青黑，有黃文，性有毒。雖小，獺及大魚不敢啖之，蒸煮啖之肥美。李時珍說，今吳越最多，狀如蝌斗，大者尺餘，背色青白，有黃縷，又無鱗，無鰓，無膽，腹下白而不光。王充在《論衡．言毒》中說：「天下萬物，含太陽火氣而生者，皆有毒螫。毒螫渥者，在蟲則爲蝮蛇蜂蠆，在草則爲巴豆冶葛，在魚則爲鮭與鯵鯸。故人食鮭肝而死，爲鯵鯸螫有毒。

〔圖1－汪紱圖本〕、〔圖2－《禽蟲典》〕。

〔圖2〕河豚魚　清《禽蟲典》

〔圖1〕赤鮭　清．汪紱圖本

【卷3-22】

窫窳

【經文】

《北山經》：少咸之山，無草木，多青碧。有獸焉，其狀如牛而赤身、人面馬足，名曰窫窳，其音如嬰兒，是食人。

【解說】

窫窳（音亞愈，yàyǔ）又名猰（音亞，yà），是食人畏獸，集人、龍、虎、貙、蛇、牛、馬眾形於一身，多次出現於《山海經》與其他古籍，其形象也有若干變化。

其一，窫窳原是一個古天神，人面蛇身（見《海內西經》）；

其二，窫窳被貳負神殺死後，變成了人面牛身馬足、音如嬰兒的食人畏獸，如〔圖1－蔣應鎬繪圖本〕、〔圖2－成或因繪圖本〕、〔圖3－汪紱圖本〕、〔圖4－《禽蟲典》〕；

其三，另有傳說，窫窳並沒有多大過失，被貳負神殺死後，天帝命開明東的群巫操不死之藥，救活窫窳。復活了的窫窳以龍首的面目出現，以食人為生（見《海內南經》）。山海經圖以圖像的形式生動地再現了窫窳演變的全過程。

《淮南子》講述了羿上射十日下殺猰貐的故事。在湖北隨縣曾侯乙戰國墓衣箱的漆畫羿射陽鳥殺猰貐圖〔圖5〕上，扶桑樹下的射手是羿，中箭下墜的陽鳥與樹上站著的人面獸猰貐，向我們講述著遠古那動人的故事。

郭璞《圖讚》：「窫窳諸懷，是則害人。」

〔圖1〕窫窳　明・蔣應鎬繪圖本

〔圖2〕窫窳　清・四川成或因繪圖本

〔圖3〕窫窳　清・汪紱圖本

〔圖4〕人面牛身的窫窳　清《禽蟲典》

〔圖5〕羿射陽鳥、殺猰貐之特寫　湖北隨縣曾侯乙戰國墓出土衣箱上的漆畫

【卷3-23】

鱳魚

【經文】

《北山經》：獄法之山，瀤（音懷，huái）澤之水出焉，而東北流注于泰澤。其中多鱳魚，其狀如鯉而雞足，食之已疣。

【解說】

鱳（音藻，zǎo）魚是一種半鱗半鳥的怪魚，樣子像鯉魚，卻長著雞腳；據說吃了它的肉可治贅疣。

郭璞《圖讚》：「鱳之爲狀，半鳥半鱗。形如雞鯉，食之已疣。」另一說：「鱳之爲狀，羊鱗黑文。」

〔圖1－蔣應鎬繪圖本〕、〔圖2－吳任臣康熙圖本〕、〔圖3－吳任臣近文堂圖本〕、〔圖4－成或因繪圖本〕、〔圖5－汪紱圖本〕、〔圖6－上海錦章圖本〕。

〔圖1〕鱳魚　明·蔣應鎬繪圖本

鱳魚狀如鯉而雞足
出震澤之水

〔圖2〕鱳魚　清・吳任臣康熙圖本

〔圖3〕鱳魚　清・吳任臣近文堂圖本

〔圖4〕鱳魚　清・四川成或因繪圖本

〔圖5〕鱳魚　清・汪紱圖本

〔圖6〕鱳魚　上海錦章圖本

【卷3-24】山獋

【經文】

《北山經》：獄法之山，有獸焉，其狀如犬而人面，善投，見人則笑，其名山獋，其行如風，見則天下大風。

【解說】

風獸山獋（音暉，huī）又名揮揮、梟羊，俗稱山都、山丈，北方謂之土螻。山獋屬猿猴類，人面怪獸，犬身而人面，善投擲，見人歡謔，奔跑飛快，一如狂風，見則大風起。

郭璞《圖讚》：「山獋之獸，見人歡謔。厥性善投，行如矢激。是惟氣精，出則風作。」

〔圖1－蔣應鎬繪圖本〕、〔圖2－胡文煥圖本〕、〔圖3－成或因繪圖本〕、〔圖4－汪紱圖本〕、〔圖5－畢沅圖本〕、〔圖6－上海錦章圖本〕。

〔圖1〕山獋　明・蔣應鎬繪圖本

山渾

〔圖2〕山𤟤　明・胡文煥圖本

〔圖3〕山𤟤　清・四川成或因繪圖本

山𤟤

〔圖4〕山𤟤　清・汪紱圖本

〔圖5〕山𤟤　清・畢沅圖本

山𤟤狀如犬而人面善投見人則笑
其行如風見則大風出嶽法山
山𤟤之
獸見人
歡謔厥
性善投行如
矢激是惟氣
精出則風作

〔圖6〕山𤟤　上海錦章圖本

【卷3-25】

諸懷

【經文】

《北山經》：北嶽之山，有獸焉，其狀如牛而四角，人目、彘耳，其名曰諸懷，其音如鳴雁，是食人。

【解說】

諸懷是四角牛，食人畏獸；集人、牛、豬、雁四形的特徵於一身。它的樣子像牛，卻長著四支角、人的眼睛、豬的耳朵，叫聲有如鳴雁。

郭璞《圖讚》：「窫窳諸懷，是則害人。」

諸懷圖有二形：

其一，四角牛，如〔圖1－蔣應鎬繪圖本〕、〔圖2－汪紱圖本〕、〔圖3－吳任臣近文堂圖本〕、〔圖4－《禽蟲典》〕；

其二，二角牛，如〔圖5－成或因繪圖本〕。

〔圖1〕諸懷　明・蔣應鎬繪圖本

諸懷

〔圖2〕諸懷　清・汪紱圖本

〔圖3〕諸懷　清・吳任臣近文堂圖本

〔圖4〕諸懷　清《禽蟲典》

〔圖5〕諸懷　清・四川成或因繪圖本

【卷3-26】
鮨魚

【經文】

《北山經》：北嶽之山，諸懷之水出焉，而西流注于囂水，其中多鮨魚，魚身而犬首，其音如嬰兒，食之已狂。

【解說】

鮨（音義，yì）魚即海狗，是一種非狗非魚的怪魚，魚身魚尾卻長著狗頭，叫聲如嬰兒，據說食了它的肉可治驚風癲狂病。郭璞注，今海中有虎鹿魚及海豨，體皆如魚，而頭似虎鹿豬，此其類也。郝懿行說，登州海中有海狗，其狀非狗非魚，本草家謂之骨（膃）肭獸。本草云，膃肭獸療驚狂癇疾，與此經合。膃肭即海狗。

〔圖1－蔣應鎬繪圖本〕、〔圖2－吳任臣近文堂圖本〕、〔圖3－成或因繪圖本〕、〔圖4－汪紱圖本〕、〔圖5－《禽蟲典》〕、〔圖6－上海錦章圖本〕。

〔圖1〕鮨魚　明・蔣應鎬繪圖本

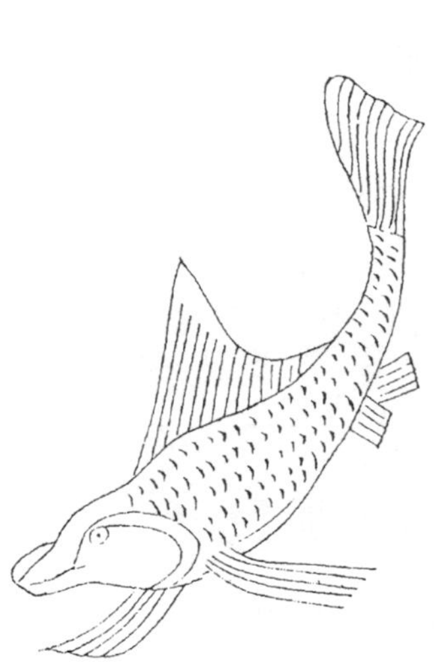

鮨魚 魚身犬首音如嬰兒 食之已狂出諸懷水

〔圖2〕鮨魚　清・吳任臣近文堂圖本

〔圖3〕鮨魚　清・四川成或因繪圖本

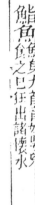

〔圖5〕鮨魚　清《禽蟲典》

〔圖6〕鮨魚　上海錦章圖本

鮨

〔圖4〕鮨魚　清·汪紱圖本

【卷3-27】

肥遺（蛇）

【經文】

《北山經》：渾夕之山，無草木，多銅、玉。嚻水出焉，而西北流注于海。有蛇一首兩身，名曰肥遺，見則其國大旱。

【解說】

《山海經》所見肥遺蛇有二：一是《西山經》太華山的肥鱧，六足四翼，見則天下大旱。二是《北山經》渾夕山的肥遺，一首兩身，見則其國大旱。

本經渾夕山的肥遺是一頭雙身蛇。《管子》說，涸水之精，名曰蝺，一頭而兩身，其狀如蛇，長八尺，以其名呼之，可使取魚龜，亦此類。《搜神記》所說，涸小水精生蚳，蚳者，一頭而兩身，其狀若蛇，即管子之所記也。商周青銅器上的一頭雙身蛇狀紋飾取名肥遺紋〔圖1〕，即來自《山海經》。長沙子彈庫出土戰國楚帛書十二月神圖上，作爲四月標識的神祇肥遺就是一首雙身蛇〔圖2〕。

一頭雙身的肥遺蛇圖有四形：

其一，一頭雙身蛇，如〔圖3－蔣應鎬繪圖本〕、〔圖4－吳任臣康熙圖本〕、〔圖5－吳任臣近文堂圖本〕、〔圖6－汪紱圖本〕、〔圖7－上海錦章圖本〕、〔圖8－《禽蟲典》〕。《禽蟲典》爲太華山的肥鱧與渾夕山的肥遺各做了一幅圖，形象不同，都是雙身蛇；

其二，鳥首雙尾蛇，如〔圖9－成或因繪圖本〕；

其三，蛇頭雙蛇尾、龍身龍足，如〔圖10－胡文煥圖本〕。該圖本把太華山的肥鱧與渾夕山的肥遺二形合於一身，名蜸鱧。胡氏圖說：「陽山，有神蛇，名曰蜸鱧，一首兩身，六足四翼，見則其國大旱，湯時見出」；

其四，鳥首蛇身、雙尾四足四翼，如〔圖11－日本圖本〕。該圖本把胡文煥圖本的兩種肥遺蛇與《西山經》英山的肥遺鳥三者合而爲一，名蜸鱧。這一新的形象，在《山海經》以及各種已見的山海經圖本中，都沒有見過。

郭璞《圖讚》：「肥鱧之蛇，一頭兩身。」

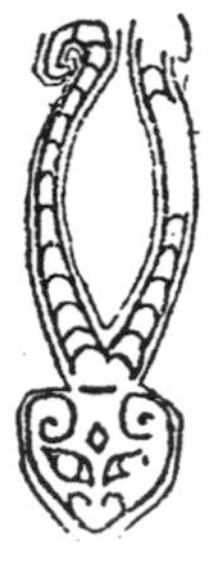

〔圖1〕商周青銅器上的一首雙身龍蛇紋

〔圖2〕肥遺　長沙子彈庫出土楚帛書十二月神圖

〔圖3〕肥遺　明・蔣應鎬繪圖本

肥遺
一首兩身見則
大旱出渾夕山

〔圖4〕肥遺　清・吳任臣康熙圖本

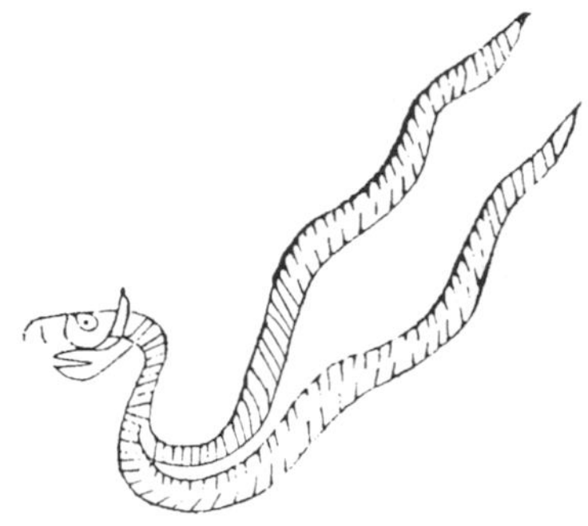

〔圖5〕肥遺　清・吳任臣近文堂圖本

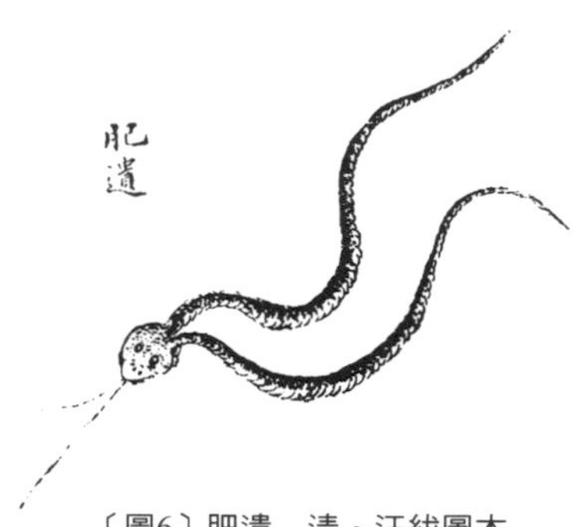

〔圖6〕肥遺　清・汪紱圖本

肥遺
一首兩身見則
大旱出渾夕山
肥遺為
物與災合
契鼓翼陽山
以表亢厲桑
林既禱倏忽
潛逝

〔圖7〕肥遺　上海錦章圖本

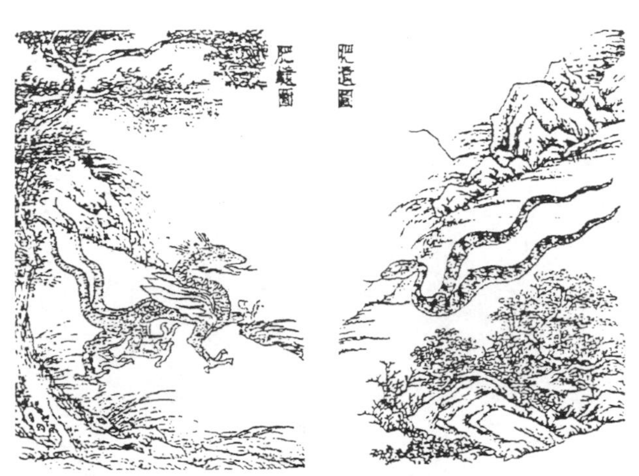

〔圖8〕肥𧔥與肥遺　清《禽蟲典》

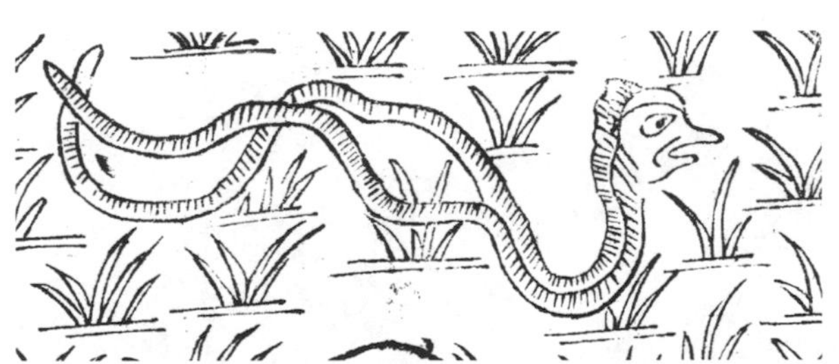
〔圖9〕肥遺　清・四川成或因繪圖本

〔圖10〕𧒂𧔥　明・胡文煥圖本

〔圖11〕蜸蟦　日本圖本

【卷3-28】

狕

【經文】

《北山經》：隄山，有獸焉，其狀如豹而文首，名曰狕。

【解說】

狕（音腰，yāo）的樣子像豹，頭上有斑紋。《玉篇》名之爲狕獸。《事物紺珠》記，狕如豹而文首。

郭璞《圖讚》：「有獸如豹，厥文惟縟。」

〔圖1－蔣應鎬繪圖本〕、〔圖2－成或因繪圖本〕、〔圖3－汪紱圖本〕、〔圖4－《禽蟲典》〕。

〔圖1〕狕　明·蔣應鎬繪圖本

〔圖2〕狕　清・四川成或因繪圖本

〔圖3〕狕　清・汪紱圖本

〔圖4〕狕　清《禽蟲典》

【卷3-29】

龍龜

【經文】

《北山經》：隄山，隄水出焉，而東流注于泰澤，其中多龍龜。

【解說】

龍龜即吉吊，海上人說，龍生三卵，一爲吉吊，故稱龍龜。吉吊生嶺南，蛇頭龜身，水宿木棲。

〔圖1－蔣應鎬繪圖本〕、〔圖2－成或因繪圖本〕、〔圖3－汪紱圖本〕。

〔圖1〕龍龜　明·蔣應鎬繪圖本

〔圖2〕龍龜　清・四川成或因繪圖本

〔圖3〕龍龜　清・汪紱圖本

【卷3-30】

人面蛇身神

【經文】

《北山經》：自單狐之山至于隄山，凡二十五山，五千四百九十里。其神皆人面蛇身。其山北人，皆生食不火之物。

【解說】

自單狐山至隄山共二十五座山，其山神都是人面蛇身神。據汪紱注，這一段山嶺大約在寧夏以北之山，自單狐至敦薨十七山，並西山而西，自少咸至隄山八山，則並北而東者之山。居住在山北這一帶的人，還不知道用火，不知道熟食，處於社會發展的較低級階段。

〔圖1－蔣應鎬繪圖本〕、〔圖2－《神異典》〕、〔圖3－成或因繪圖本〕、〔圖4－汪紱圖本，名北山神〕。

〔圖1〕人面蛇身神　明・蔣應鎬繪圖本

〔圖3〕人面蛇身神　清・四川成或因繪圖本

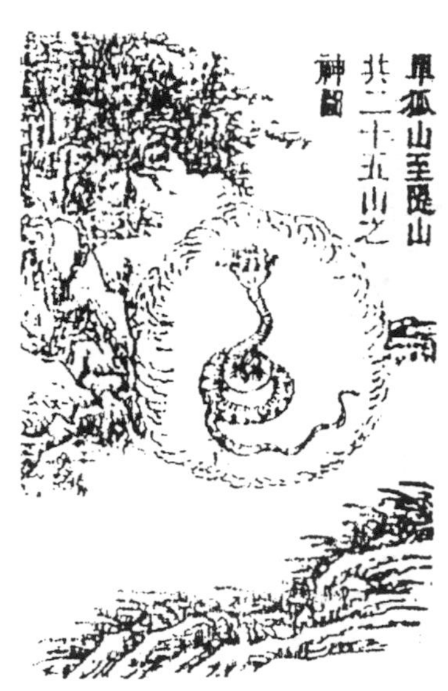

〔圖2〕人面蛇身神　清《神異典》

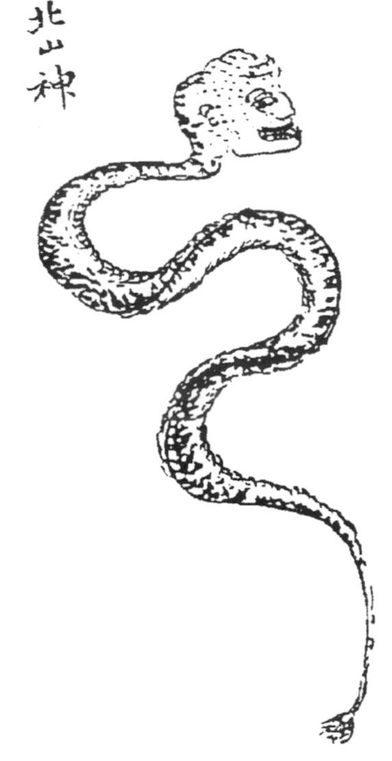

〔圖4〕人面蛇身神（北山神）　清・汪紱圖本

【卷3-31】

閭

【經文】

《北次二經》：縣雍之山，其獸多閭、麋。

【解說】

閭又名羭、山驢、驢羊，似驢而岐蹄、馬尾，角如羚羊。民間用其角以代羚羊。李時珍《本草綱目》說，山驢，驢之身而羚之角，但稍大。《南史》記：滑國出野驢，有角。

郭璞《圖讚》：「閭善躍嶮。」

〔圖1－汪紱圖本〕。

〔圖1〕閭　清・汪紱圖本

【卷3-32】

䑁馬

【經文】

《北次二經》：敦頭之山，其上多金、玉，無草木。旄水出焉，而東流注于印澤，其中多䑁馬，牛尾而白身，一角，其音如呼。

【解說】

䑁（音伯，bó）馬又名驨，是一種非牛非馬的獨角神獸，馬身而牛尾，色白。《駢雅》記，白而一角，謂之䑁馬。《爾雅・釋獸》說，䑁如馬一角，不角者騏。元康八年九眞郡獵得一獸，大如馬，一角，角如鹿茸，此即䑁也。今深山中人時或見之。亦有無角者。《初學記》八卷引《南越志》說，平定縣東巨海有䑁馬，似馬牛尾一角。又二十九卷引張駿〈山海經圖畫贊〉說，敦山有獸，其名爲䑁（中華書局1962年點校本704頁作穀），麟形一角，即此也。

郭璞《圖讚》：「䑁馬一角。」

〔圖1－蔣應鎬繪圖本〕、〔圖2－吳任臣康熙繪圖本〕、〔圖3－成或因繪圖本〕、〔圖4－汪紱圖本〕、〔圖5－《禽蟲典》〕。

〔圖1〕䑁馬　明・蔣應鎬繪圖

騂馬 牛尾而白身一角出旄水中

〔圖2〕騂馬　清・吳任臣康熙圖本

〔圖3〕騂馬　清・四川成或因繪圖本

〔圖4〕䮝馬　清・汪紱圖本

〔圖5〕䮝馬　清《禽蟲典》

【卷3-33】

狍鴞

【經文】

《北次二經》：鉤吾之山，有獸焉，其狀羊身人面，其目在腋下，虎齒人爪，其音如嬰兒，名曰狍鴞，是食人。

【解說】

狍鴞（音消，xiāo）即饕餮（音濤貼，tāotiè），是一種食人畏獸，集人、虎、羊三形特徵於一身。它的樣子人面羊身，虎齒人爪，眼睛長在腋下，聲音有如嬰兒啼哭。《駢雅》記，羊身人面腋目，曰狍鴞。《爾雅翼》記載了這一食人畏獸的形貌和故事，說饕餮羊身而人面，其目在腋下，虎齒人爪，音如嬰兒，食人如物。鉤吾之山有之，《山海經》謂之狍鴞。郭璞說此獸貪婪，食人未盡，遂害自身，像在夏后鼎。金石學家常把商周青銅器上神怪形的獸面稱爲饕餮紋，具有驅邪禳災的象徵和功能。

郭璞《圖讚》：「狍鴞貪惏，其目在腋。食人未盡，還自齦割。圖形妙鼎，是謂不若。」

〔圖1－蔣應鎬繪圖本〕、〔圖2－吳任臣近文堂圖本〕、〔圖3－成或因繪圖本〕、〔圖4－郝懿行圖本〕、〔圖5－汪紱圖本〕、〔圖6－《禽蟲典》〕。

〔圖1〕狍鴞　明・蔣應鎬繪圖本

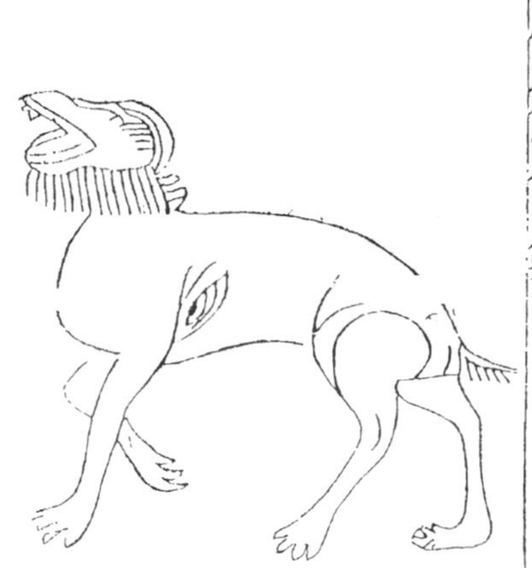
狍鴞
羊身人面目在腋下虎齒
人爪是食人出鉤吾山

〔圖2〕狍鴞　清・吳任臣近文堂圖本

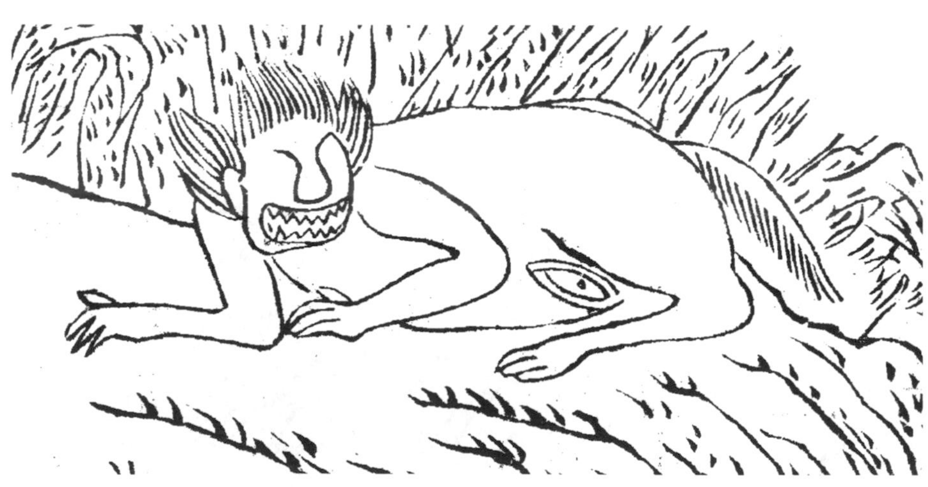

〔圖3〕狍鴞　清・四川成或因繪圖本

〔圖5〕狍鴞　清・汪紱圖本

〔圖4〕狍鴞　清・郝懿行圖本

〔圖6〕狍鴞　清《禽蟲典》

【卷3-34】獨狢

【經文】

《北次二經》：北囂之山，無石，其陽多碧，其陰多玉。有獸焉，其狀如虎，而白身犬首，馬尾彘鬣，名曰獨狢。

【解說】

獨狢（音谷，gǔ）是一種集虎、狗、馬、豬四獸於一身的怪獸，樣子像虎，色白，卻長著狗頭，馬尾，身披豬鬣。《說文》說：北囂山有獨狢獸，如虎白身豕鬣，尾如馬。《駢雅》記，獨狢如虎而馬尾，猾褢如人而彘鬣。

郭璞《圖讚》：「虎狀馬尾，號曰獨狢。」

〔圖1－蔣應鎬繪圖本〕、〔圖2－成或因繪圖本〕、〔圖3－汪紱圖本〕、〔圖4－《禽蟲典》〕。

〔圖1〕獨狢　明・蔣應鎬繪圖本

〔圖2〕獨狢　清・四川成或因繪圖本

〔圖3〕獨狢　清・汪紱圖本

〔圖4〕獨狢　清《禽蟲典》

【卷3-35】

䲹鶮

【經文】

《北次二經》：北囂之山。有鳥焉，其狀如烏，人面，名曰䲹鶮。宵飛而晝伏。食之已暍。

【解說】

䲹鶮（音般冒，bānmào）是人面鳥，白天休息而夜間飛翔，據說吃了它的肉可治熱病和頭風。䲹鶮屬鵂鶹類，個頭較大，今人謂之訓狐，又名隻胡。據說䲹鶮的眼睛能夜察蚊虻，而白天卻不見邱山，故宵飛晝伏。

䲹鶮圖有三種形狀：

其一，人面鳥，如〔圖1－蔣應鎬繪圖本〕、〔圖2－成或因繪圖本〕；

其二，人面鳥喙、鳥身鳥足，如〔圖3－吳任臣康熙圖本〕、〔圖4－吳任臣近文堂圖本〕、〔圖5－上海錦章圖本〕；

其三，非人面鳥，如〔圖6－汪紱圖本〕。

郭璞《圖讚》：「禦暍（音噎，yē）之鳥，厥名䲹鶮。昏明是互，晝隱夜覿。物貴應用，安事鸞鵠。」

〔圖1〕䲹鶮　明·蔣應鎬繪圖本

〔圖2〕鷲鶥　清・四川成或因繪圖本

〔圖3〕鷲鶥　清・吳任臣康熙圖本

〔圖4〕鷲鵑　清・吳任臣近文堂圖本

鷲鵑 狀如烏人面宵飛而晝伏出北揖山

禦暍之鳥 厥名鷲鵑 昏明是互 晝隱夜覿 物貴應用 安事鸞鵠

〔圖5〕鷲鵑　上海錦章圖本

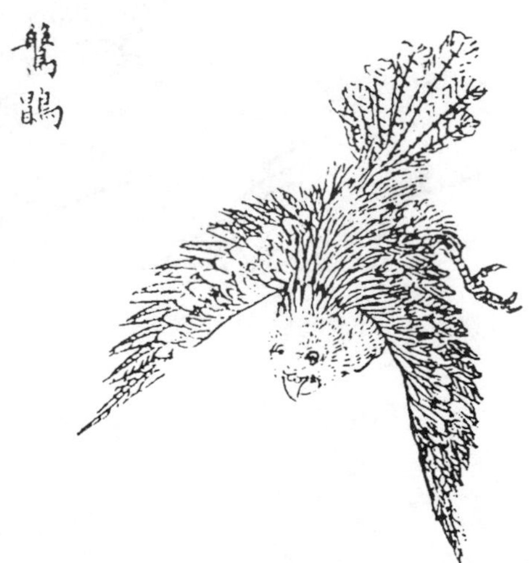

〔圖6〕鷲鵑　清・汪紱圖本

【卷3-36】

居暨

【經文】

《北次二經》：梁渠之山，其獸多居暨，其狀如彙而赤毛，其音如豚。

【解說】

居暨又名彙（音會，huì），是一種鼠形小獸，毛如刺猬，其色紅赤，其音如豚。汪紱注：彙，似鼠，短喙、短足，其毛如刺，卷伏則如栗毬。

郭璞《圖讚》：「局暨豚鳴，如彙赤毛。」

〔圖1－蔣應鎬繪圖本〕、〔圖2－成或因繪圖本〕、〔圖3－汪紱圖本〕、〔圖4－《禽蟲典》〕。

〔圖1〕居暨　明・蔣應鎬繪圖本

居暨

〔圖2〕居暨　清・汪紱圖本

〔圖3〕居暨　清・四川成或因繪圖本

〔圖4〕居暨　清《禽蟲典》

【卷3-37】

囂（鳥）

【經文】

《北次二經》：梁渠之山，有鳥焉，其狀如夸父，四翼、一目、犬尾，名曰囂，其音如鵲，食之已腹痛，可以止衕。

【解說】

《山海經》中之囂有二：一是囂獸，見《西山經》羭次山；二是本經之囂鳥。囂鳥是一種非獸非鳥的獨目奇鳥，集鳥、猴、狗三牲於一身。它樣子像猿猴，卻長著兩對翅膀，狗的尾巴，一目在中央，其鳴聲如鵲，據說吃了它的肉可治腹痛和腹泄病。

郭璞《圖讚》：「四翼一目，其名曰囂。」

囂鳥是鳥，卻似猴、狗尾，其圖畫有三形：

其一，鳥形一目、四翼犬尾，如〔圖1－蔣應鎬繪圖本〕、〔圖2－成或因繪圖本〕。

其二，猴形一目、鳥身四翼，如〔圖3－吳任臣康熙圖本〕、〔圖4－吳任臣近文堂圖本〕、〔圖5－上海錦章圖本〕。

其三，猴形四翼，如〔圖6－汪紱圖本〕。

〔圖1〕囂鳥　明．蔣應鎬繪圖本

囂鳥狀如夸父四翼一
目犬尾出梁渠山

〔圖3〕囂鳥　清・吳任臣康熙圖本

〔圖2〕囂鳥　清・四川成或因繪圖本

〔圖4〕囂鳥　清・吳任臣近文堂圖本

〔圖5〕囂鳥　上海錦章圖本

〔圖6〕囂鳥　清・汪紱圖本

【卷3-38】

蛇身人面身

【經文】

《北次二經》：自管涔之山至于敦題之山，凡十七山，五千六百九十里。其神皆蛇身人面。

【解說】

自管涔山至敦題山共十七山（郝懿行注：今才十六山），這些山的山神都是蛇身人面神。

〔圖1－汪紱圖本，作北山神〕。

〔圖1〕蛇身人面神（北山神）　清・汪紱圖本

【卷3-39】

驒

【經文】

《北次三經》：歸山，有獸焉，其狀如麢羊而四角，馬尾而有距，其名曰驒，善還（音旋，xuán），其名自訆（同叫，吳本作叫）。

【解說】

驒（音灰，huī）屬山驢類，是一種四角怪獸，樣子像羚羊，卻長著四隻角，馬的尾巴，其足有距，喜歡盤旋而舞，其叫聲就是自己的名字。李時珍《本草綱目》說：「《北山經》云，太行之山有獸名驒，狀如麢羊而四角，馬尾、有距、善旋，其名自叫，此亦山驢之類也。」

據今見之古圖，驒有三形：

其一，似麢而四角馬尾，〔圖1－蔣應鎬繪圖本〕、〔圖2－汪紱圖本〕；

其二，似麢而四角、獨目馬尾，如〔圖3－成或因繪圖本〕；

其三，四角馬，馬尾馬蹄、羊耳羊目，嘴作鷹鳥狀，如〔圖4－胡文煥圖本〕、〔圖5－郝懿行圖本〕。胡文煥圖說：「歸山有獸，狀如麢（音麥）而四角。」據臺北版《中文大辭典》引《字匯補》：「麢見胡文煥山海經圖。」又引《康熙字典》：「麢，經作麢，疑傳寫之僞。」由於字誤，畫工望「字」生義，把驒畫成帶鷹嘴的馬，出現了一個與經文以及其他山海經圖不同的新的神話形象，成爲神話多歧義的一例。這類鷹喙獸身、鳥獸合體的造型，帶有明顯的北方草原地區古文化的特徵。

郭璞《圖讚》：「驒獸四角，馬尾有距。涉歷歸山，騰嶮躍阻（一作岨）。厥貌惟奇，如是旋舞。」

〔圖1〕驒　明・蔣應鎬繪圖本

〔圖2〕䮝　清·汪紱圖本

〔圖3〕䮝　清·四川成或因繪圖本

〔圖4〕驒馬　明・胡文煥圖本

〔圖5〕驒　清・郝懿行圖本

【卷3-40】

鵸

【經文】

《北次三經》：歸山，有鳥焉，其狀如鵲，白身、赤尾、六足。其名曰鵸。是善驚，其鳴自詨。

【解說】

鵸（音奔，bēn）是六足怪鳥，樣子像鵲，身白尾紅，六足。此鳥善驚，其叫聲有如呼喚自己的名字。

郭璞《圖讚》：「有鳥善驚，名曰鵸鵸。」

鵸鳥圖有二形：

其一，六足鳥，如〔圖1－蔣應鎬繪圖本〕、〔圖2－吳任臣康熙圖本〕、〔圖3－吳任臣近文堂圖本〕、〔圖4－上海錦章圖本〕；

其二，六尾二足鳥，如〔圖5－成或因繪圖本〕。

〔圖1〕鵸　明·蔣應鎬繪圖本

鷶 狀如鵲白身赤尾六足 歸山 太行山

〔圖2〕鷶鳥　清・吳任臣康熙圖本

〔圖3〕鷶鳥　清・吳任臣近文堂圖本

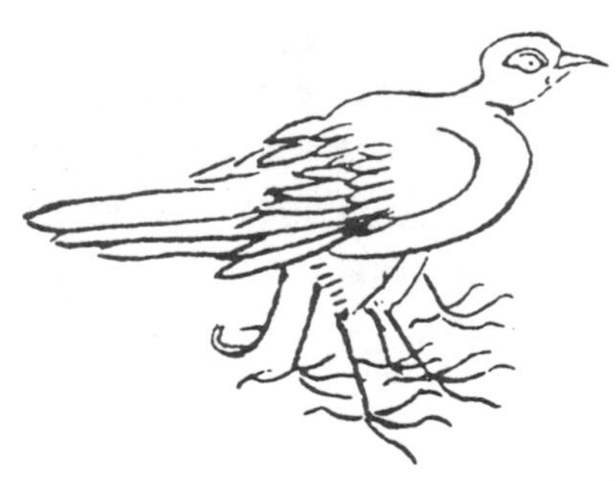
鷶狀如鵲白身赤尾
六足出太行山
有鳥
善驚
名曰
鷶鷶
〔圖4〕鷶　上海錦章圖本

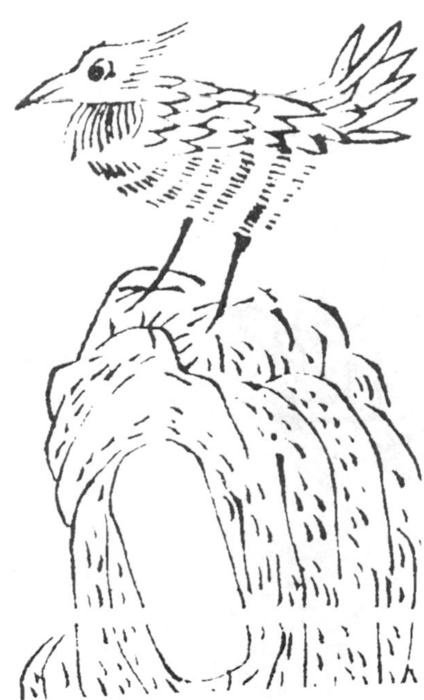
〔圖5〕鷶　清・四川成或因繪圖本

【卷3-41】

天馬

【經文】

《北次三經》：馬成之山，有獸焉，其狀如白犬而黑頭，見人則飛，其名曰天馬，其鳴自訆。

【解說】

天馬是會飛的神獸，吉祥之獸，豐穰的象徵。它的樣子像狗，身白而頭黑，背上長有肉翅，見人便飛，其叫聲有如呼喚自己的名字。胡文煥圖說：「見則豐穰。」《韻寶》稱天馬爲飛廉，說是天上的神獸，鹿頭龍身，在天爲勾陳，在地爲天馬。文人用天馬行空之語，指的就是這種神獸。天馬又是駿馬之名，《史記·大宛列傳》記：「（漢武帝）得烏孫馬好，名曰『天馬』。及得大宛汗血馬，益壯，更名烏孫馬曰『西極』，名大宛馬曰『天馬』。」

郭璞《圖讚》：「龍憑（一作馮）雲遊，騰蛇假（一作似）霧。犬（一作未）若天馬，自然凌翥。有理懸運，天機潛御。」

〔圖1－蔣應鎬繪圖本〕、〔圖2－胡文煥圖本〕、〔圖3－日本圖本〕、〔圖4－吳任臣近文堂圖本〕、〔圖5－成或因繪圖本〕、〔圖6－汪紱圖本〕。

〔圖1〕天馬　明·蔣應鎬繪圖本

天馬

〔圖2〕天馬　明・胡文煥圖本

〔圖3〕天馬　日本圖本

〔圖4〕天馬　清・吳任臣近文堂圖本

〔圖5〕天馬　清・四川成或因繪圖本

〔圖6〕天馬　清・汪紱圖本

【卷3-42】

鸀鸀

【經文】

《北次三經》：馬成之山，有鳥焉，其狀如烏，首白而身青，足黃，是名曰鸀鸀，其鳴自詨，食之不飢，可以已寓。

【解說】

鸀鸀（音屈居，qū jū）即鸀鳩，是一種辟穀奇鳥，頭白足黃，身披青黑色羽毛，其鳴叫聲有如呼喚自己的名字，據說吃了它的肉可以不餓，還可以治疣病。

郭璞《圖讚》：「鸀鸀如烏，青身黃足。食之不飢，可以辟穀。厥肉唯珍，配彼丹木。」

〔圖1－蔣應鎬繪圖本〕、〔圖2－汪紱圖本〕、〔圖3－《禽蟲典》〕。

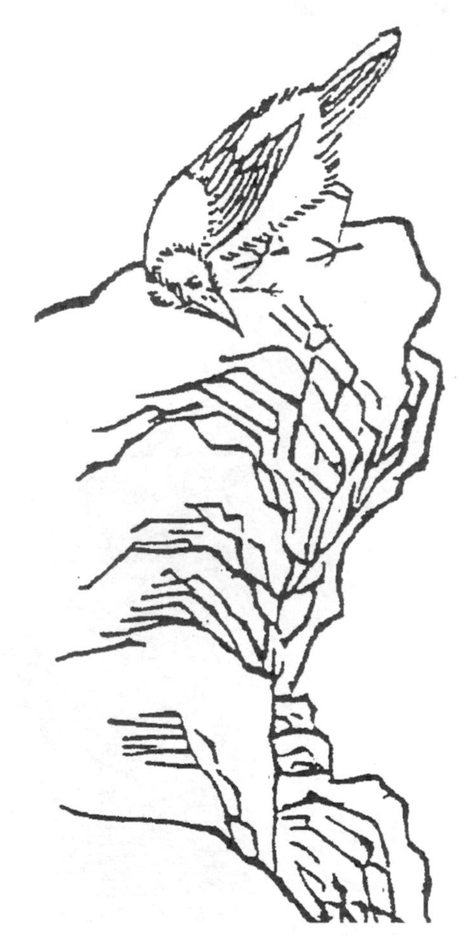

〔圖1〕鸀鸀　明·蔣應鎬繪圖本

〔圖2〕鶥鶥　清・汪紱圖本

〔圖3〕鶥鶥　清《禽蟲典》

【卷3-43】

飛鼠

【經文】

《北次三經》：天池之山，其上無草木，多文石。有獸焉，其狀如兔而鼠首，以其背飛，其名曰飛鼠。

【解說】

《山海經》中能飛之鼠有二：其一，以其尾或髯飛之耳鼠（《北山經》）；其二，以其背飛之飛鼠（本經）。飛鼠如兔而鼠首，以其背飛。郭璞解釋所謂以其背飛，說的是用其背上的毛來飛，飛則仰也。《談薈》說，飛者以翼，而天池之山飛鼠以背。據《方言》記載，天啓三年十月，鳳縣有大鼠，肉翅無足，毛黃黑，豐尾若貂，首若兔，飛食黍粟，疑即這類飛鼠。楊愼在《補注》中說，此即《文選》所謂飛蠝，雲南姚安蒙化有之，余所親見也。其肉可食，其皮治難產。

郭璞《圖讚》：「或以尾翔，或以髯淩。飛鼠鼓翰，翛然背（一作皆）騰。用無常所，惟神是馮。」

飛鼠圖有二形：

其一，兔狀獸，以其背飛，如〔圖1－蔣應鎬繪圖本〕、〔圖2－成或因繪圖本〕、〔圖3－汪紱圖本〕；

其二，鼠狀獸，如〔圖4－胡文煥圖本〕、〔圖5－日本圖本〕、〔圖6－吳任臣近文堂圖本〕、〔圖7－上海錦章圖本〕。胡氏圖說：「以其背毛飛，飛即伸。」

〔圖1〕飛鼠　明．蔣應鎬繪圖本

〔圖2〕飛鼠　清・四川成或因繪圖本

〔圖3〕飛鼠　清・汪紱圖本

〔圖4〕飛鼠　明・胡文煥圖本

〔圖5〕飛鼠　日本圖本

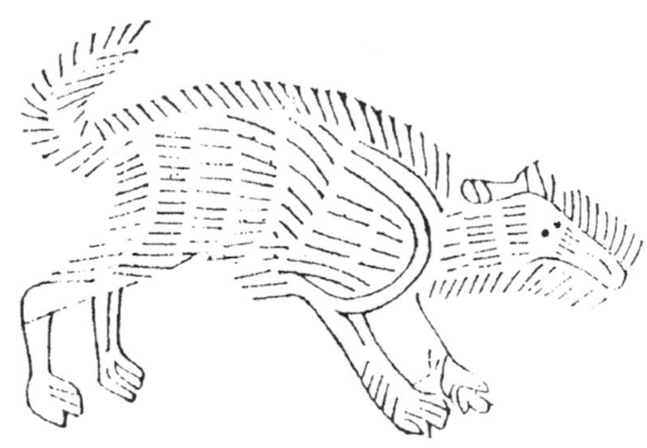

〔圖6〕飛鼠　清・吳任臣近文堂圖本

飛鼠
狀如兔而鼠首以
其背飛出天池山
或以尾翔
或以髯凌
飛鼠鼓翰
翛然背騰
用無常所
惟神是
馮

〔圖7〕飛鼠　上海錦章圖本

【卷3-44】

領胡

【經文】

《北次三經》：陽山，有獸焉，其狀如牛而赤尾，其頸腎（音shèn），其狀如句瞿，其名曰領胡，其鳴自詨，食之已狂。

【解說】

領胡又稱犦牛，是一種奇獸，樣子像牛，尾巴卻是紅色的，頸上有肉團高起如斗，其叫聲有如呼喚自己的名字，據說吃了它的肉可治癲狂病。《說文》記，領，項也；胡，牛顄（音函，hàn）垂也。此牛頸肉垂如斗，因名之領胡。據《元和郡縣誌》記載，海康縣多牛，項上有骨，大如覆斗，日行三百里，即《爾雅》所謂犦牛。

〔圖1－蔣應鎬繪圖本〕、〔圖2－汪紱圖本〕、〔圖3－《禽蟲典》〕。

〔圖1〕領胡　明·蔣應鎬繪圖本

〔圖2〕領胡　清・汪紱圖本

〔圖3〕領胡　清《禽蟲典》

【卷3-45】

象蛇

【經文】

《北次三經》：陽山，有鳥焉，其狀如雌雉，而五采以文，是自為牝牡，名曰象蛇，其鳴自詨。

【解說】

象蛇非蛇，是一種自爲雌雄的奇鳥，樣子像雌雉，身披五彩羽毛，並帶有斑紋，其鳴叫聲有如呼喚自己的名字。

郭璞《圖讚》：「象蛇似雉，自生子孫。」

〔圖1－蔣應鎬繪圖本〕、〔圖2－成或因繪圖本〕、〔圖3－汪紱圖本〕、〔圖4－《禽蟲典》〕。

〔圖1〕象蛇　明・蔣應鎬繪圖本

〔圖2〕象蛇　清・四川成或因繪圖本

〔圖3〕象蛇　清・汪紱圖本

〔圖4〕象蛇　清《禽蟲典》

【卷3-46】鮥父魚

【經文】

《北次三經》：陽山，留水出焉，而南流注于河。其中有鮥父之魚，其狀如鮒魚，魚首而彘身，食之已嘔。

【解說】

鮥（音陷，xiàn）父魚是一種非魚非豬的怪魚，樣子像鮒魚，魚的腦袋，卻長著豬的身子，據說吃了它的肉可治嘔吐。

觀其古圖畫，鮥父魚的形象有二：

其一，魚首彘身，如〔圖1－蔣應鎬繪圖本〕、〔圖2－成或因繪圖本〕；

其二，魚首魚身豬尾，如〔圖3－汪紱圖本〕、〔圖4－《禽蟲典》〕。

郭璞《圖讚》：「鮥父魚首，厥體如豚。」

〔圖1〕鮥父魚　明・蔣應鎬繪圖本

〔圖2〕鮨父魚　清・四川成或因繪圖本

鮹父

〔圖3〕鮹父魚　清・汪紱圖本

鮹父魚圖

〔圖4〕鮹父魚　清《禽蟲典》

【卷3-47】

酸與

【經文】

《北次三經》：景山，有鳥焉，其狀如蛇，而四翼、六目、三足，名曰酸與，其鳴自詨，見則其邑有恐。

【解說】

酸與是一種非鳥非蛇的三足怪鳥，是凶鳥。它的樣子像蛇，卻長著兩對翅膀，六隻眼睛。據說它出現的地方，人便會驚恐慌亂；又說吃了它的肉可令人不醉。《事物紺珠》說，酸與如蛇，四翼六目三足。

酸與圖的形象有三：

其一，四翼六目二足鳥，如〔圖1－蔣應鎬繪圖本〕；

其二，四翼六目三足鳥、鳥身蛇尾，如〔圖2－吳任臣康熙圖本〕、〔圖3－吳任臣近文堂圖本〕、〔圖4－汪紱圖本〕；

其三，四翼六目四足鳥，如〔圖5－成或因繪圖本〕。

郭璞《圖讚》：「景山有鳥，稟形殊類。厥狀如蛇，腳三翼四。見則邑恐，食之不醉。」

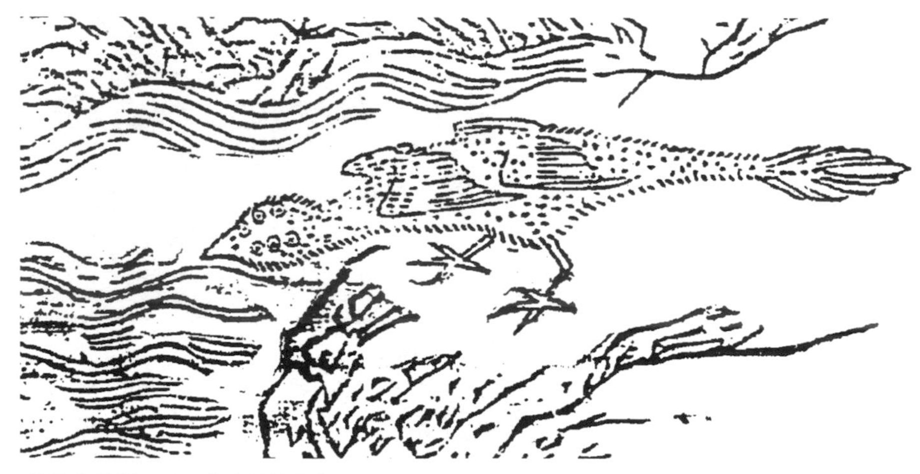

〔圖1〕酸與　明·蔣應鎬繪圖本

酸與狀如蛇而四翼六目三足
見則其邑有恐出景山

〔圖2〕酸與　清・吳任臣康熙圖本

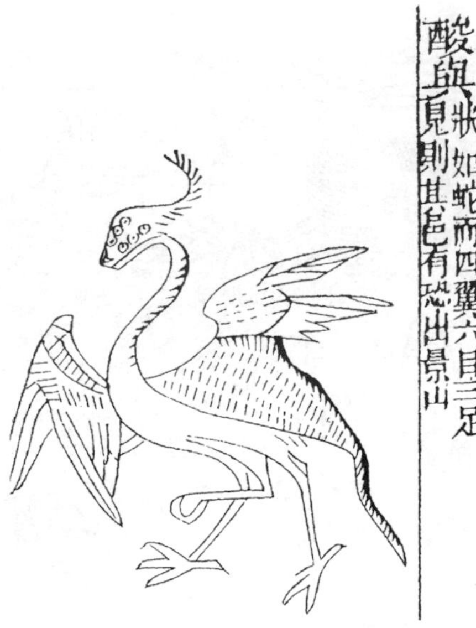
酸與狀如蛇而四翼六目三足
見則其邑有恐出景山

〔圖3〕酸與　清・吳任臣近文堂圖本

〔圖4〕酸與　清・汪紱圖本

〔圖5〕酸與　清・四川成或因繪圖本

【卷3-48】鵸鵑

【經文】《北次三經》：小侯之山，有鳥焉，其狀如烏而白文，名曰鵸鵑，食之不瀏。

【解說】

鵸鵑（音習，xí）屬烏類，樣子像烏鴉，有白色斑紋，據說吃了它的肉可不得眼病。

郭璞《圖讚》：「鵸鵑之鳥，食之不瞧（一作醮）。」

〔圖1－《禽蟲典》〕。

〔圖1〕鵸鵑　清《禽蟲典》

【卷3-49】

黃鳥

【經文】

《北次三經》：軒轅之山，有鳥焉，其狀如梟而白首，其名曰黃鳥，其鳴自詨，食之不妒。

【解說】

黃鳥多次出現於《山海經》，其形狀和品性各不相同，歸納起來可分三類：

其一，《北次三經》軒轅山之黃鳥是可以療妒之鳥，樣子像梟，鳥頭色白，其鳴聲有如呼喚自己的名字，據說吃了它的肉可療妒。汪紱在注中說，經中所稱黃鳥，鸝也，一名倉庚，今謂之黃鶯。醫者言，食之可以療妒。然此鳥不似梟，亦不白首，鳴亦非自詨。郝懿行在注中說：俗人皆言黃鶯治妒，而梁武帝以倉庚作膳爲郗氏療忌（妒），又本此經。

其二，《大荒南經》巫山之黃鳥是爲天帝鎮守神藥的神鳥：「黃鳥于巫山，司此玄蛇。」巫山爲天帝神仙藥之所在。巫山之黃鳥即皇鳥，爲鳳凰屬之鳥。

其三，《海外西經》及《大荒西經》之黃鳥是禍鳥，是亡國的徵兆。《海外西經》：「鴍鳥、鶬鳥，其色青黃，所經國亡。在女祭北。鴍鳥人面，居山上。一曰維鳥，青鳥、黃鳥所集。」 鴍鳥、鶬鳥，「此應禍之鳥，即今梟、鵂鶹之類。」（郭璞注）這裡的青鳥黃鳥，就是「其色青黃」的禍鳥、人面鳥鴍鳥和鶬鳥，是亡國的徵兆。《大荒西經》：「有玄丹之山。有五色之鳥，人面有髮。爰有青鴍、黃鶩，青鳥、黃鳥，其所集者其國亡。」

郭璞《圖讚》：「爰有黃鳥，其鳴自叫。婦人是服，矯情易操。」

〔圖1－汪紱圖本〕。

〔圖1〕黃鳥　清・汪紱圖本

【卷3-50】

白蛇

【經文】

《北次三經》：神囷之山，其上有文石，其下有白蛇。

【解說】

白蛇又見於《中次十二經》：「柴桑之山，其上多銀，其下多碧。其獸多麋、鹿，多白蛇、飛蛇。」

〔圖1－汪紱圖本〕。

〔圖1〕白蛇　清・汪紱圖本

【卷3-51】

精衛

【經文】

《北次三經》：發鳩之山，其上多柘木。有鳥焉，其狀如烏，文首、白喙、赤足，名曰精衛，其鳴自詨。是炎帝之少女，名曰女娃，女娃游于東海，溺而不返，故為精衛，常銜西山之木石，以堙于東海。

【解說】

精衛是炎帝女所化之鳥。傳說炎帝的女兒女娃在東海遊玩，不幸淹死了。她的靈魂變成了一隻鳥，名叫精衛，樣子像烏鴉，白嘴喙，赤足爪，花腦袋，整天叫喚著自己的名字。她悲憤自己年輕的生命被葬送海底，因此常常銜了西山的樹枝石子，投到東海裡去，想把大海填平。《述異記》所記的是精衛故事在民間的傳聞，說從前炎帝的女兒溺死東海中，化爲精衛，常銜著西山的木石，要填東海。遇上海燕懷孕生子，生下雌鳥狀如精衛，生下雄鳥狀如海燕。傳說在如今東海精衛溺水的地方，精衛誓不飲其水。故精衛一名誓鳥，一名冤禽，又名志鳥，俗呼帝女雀，是一種有志氣的禽鳥。故《五侯鯖》說：精衛無雄，偶海燕而生。王崇慶《山海經釋義》說，炎帝少女化精衛，猶蜀帝化杜鵑也。

精衛填海這悲壯的故事曾給歷代詩人以無窮的激勵。晉陶潛〈讀山海經〉詩說：「精衛銜微石，將以填滄海。刑天舞干戚，猛志固長在。同物既無慮，化去不復悔。徒設在昔心，良辰詎可待。」明盧昭有〈精衛詞〉說：「有鳥志堙海，銜石到海返。石轉心不移，但礪爾喙短，日復夕海復。遠石可竭海可滿，精衛之恨何時斷。」此外還有唐岑參的〈精衛〉、韓愈的〈精衛銜石填海〉、王建的〈精衛詞〉等，都是流傳極廣的詩篇。

郭璞《圖讚》：「炎帝之女，化爲精衛。沉形東海，靈爽西邁。乃銜木石，以填攸（一作波）害。」

〔圖1－蔣應鎬繪圖本〕、〔圖2－胡文煥圖本〕、〔圖3－日本圖本〕、〔圖4－成或因繪圖本〕、〔圖5－汪紱圖本〕。

〔圖1〕精衛　明·蔣應鎬繪圖本

〔圖2〕精衛　明・胡文煥圖本

〔圖3〕精衛　日本圖本

〔圖4〕精衛　清・四川成或因繪圖本

〔圖5〕精衛　清・汪紱圖本

【卷3-52】

鱯

【經文】

《北次三經》：繡山，洧水出焉，而東流注于河。其中有鱯、黽。

【解說】

鱯（音護，hù）似鮎而大，白色。《初學記》卷三十記：「鱯似鮎而大，色白。或鮧之大者曰鱯。」

〔圖1－汪紱圖本〕。

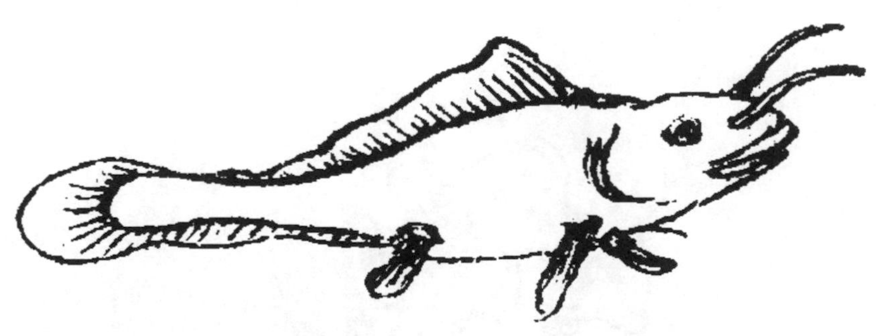

〔圖1〕鱯　清・汪紱圖本

【卷3-53】

黽

【經文】

《北次三經》：繡山，洧水出焉，而東流注于河。其中有鱯、黽。

【解說】

黽（音猛，měng）是蛙的一種。郭璞注，鼃黽似蝦蟆，小而青。又說，耿黽也，似青蛙大腹，一名土鴨。《爾雅．釋魚》：在水者黽。

〔圖1－汪紱圖本〕。

〔圖1〕黽　清．汪紱圖本

【卷3-54】

辣辣

【經文】

《北次三經》：泰戲之山，無草木，多金、玉。有獸焉，其狀如羊，一角一目，目在耳後，其名曰辣辣，其鳴自訆。

【解說】

辣辣（音棟，dōng）是獨角獨目奇獸，又是兆歲豐的吉祥之獸。它的樣子像羊，一角一目，目在耳後，其叫聲有如呼喚自己的名字。《山海經》有異形獸：辣辣一目，從從六足；一角之獸有狰、駮、臛疏、辣辣。楊愼《奇字韻》記：辣辣，今產於代州雁門谷口，俗呼爲耩子，見則歲豐。《晉志》曹學佺《名勝志》說：代州谷中常產獸，其名曰辣。狀如羊，一目一角，目生耳後，鳴則自呼。經文中說，辣辣是吉獸，但也有凶兆之說。胡文煥圖說：「此獸現時，主國內禍起，宮中大不祥也。」

郭璞《圖讚》：「辣辣似羊，眼在耳後。」

〔圖1－蔣應鎬繪圖本〕、〔圖2－胡文煥圖本〕、〔圖3－日本圖本〕、〔圖4－成或因繪圖本〕、〔圖5－汪紱圖本〕、〔圖6－畢沅圖本〕。

〔圖1〕辣辣　明·蔣應鎬繪圖本

〔圖2〕䍶䍶　明・胡文煥圖本

〔圖3〕䍶䍶　日本圖本

〔圖4〕䍶䍶　清・四川成或因繪圖本

䍶䍶

〔圖5〕䍶䍶　清・汪紱圖本

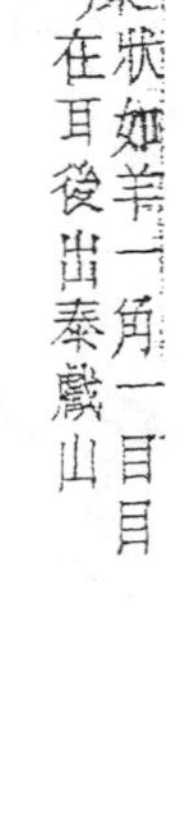

䍶䍶似羊
目在耳後

〔圖6〕䍶䍶　清・畢沅圖本

【卷3-55】

獂

【經文】

《北次三經》：乾山，有獸焉，其狀如牛而三足，其名曰獂，其鳴自詨。

【解說】

乾山的獂（音原，yuán）是三足怪獸，樣子像牛，其叫聲如同呼喚自己的名字。三足是此獸的主要特徵。《西次三經》翼望山也有一種名叫讙（又稱獂）的怪獸，其狀如狸，一目三尾，可以禦凶；三尾是此獸的主要特徵。兩種獂獸從外形、特徵到功能都完全不同。

〔圖1－蔣應鎬繪圖本〕、〔圖2－成或因繪圖本〕、〔圖3－汪紱圖本〕、〔圖4－《禽蟲典》〕。

〔圖1〕獂　明·蔣應鎬繪圖本

〔圖2〕獂　清・四川成或因繪圖本

〔圖3〕獂　清・汪紱圖本

〔圖4〕獂　清《禽蟲典》

【卷3-56】

羆（羆九）

【經文】

《北次三經》：倫山，有獸焉，其狀如麋，其川在尾上，其名曰羆。

【解說】

羆又作羆九，樣子像麋鹿，後竅（屁股眼）長在尾巴上，和我們通常所說熊羆之羆不同。《爾雅．釋獸》記：羆如熊，黃白文。似熊而長頭高腳，猛憨多力，能拔樹木。關西呼曰貑熊。故《談薈》說：羆有二種，如麋與如熊者，二者有別。

郭璞《圖讚》：「竅生尾上，號曰羆九。」

〔圖1－蔣應鎬繪圖本〕、〔圖2－郝懿行圖本〕、〔圖3－汪紱圖本〕、〔圖4－《禽蟲典》〕。

〔圖1〕羆九　明．蔣應鎬繪圖本

羆狀如麈其目在
尾上出俯面
竅生尾上
號曰羆九

〔圖2〕羆　清・郝懿行圖本

羆獸

〔圖3〕羆獸　清・汪紱圖本

〔圖4〕羆　清《禽蟲典》

【卷3-57】

大蛇

【經文】

《北次三經》：錞于毋逢之山，西望幽都之山，浴水出焉。是有大蛇，赤首白身，其音如牛，見則其邑大旱。

【解說】

幽都山上，一條紅頭白身的大蛇，發出牛鳴般呼呼的叫聲。大蛇是旱災的徵兆。大蛇又見於《南次三經》禺槀山，《東次二經》䃌山、碧山，《東次三經》跂踵山。

郭璞《圖讚》：「幽都之山，大蛇牛呴。」

〔圖1－蔣應鎬繪圖本〕、〔圖2－成或因繪圖本〕、〔圖3－汪紱圖本〕。

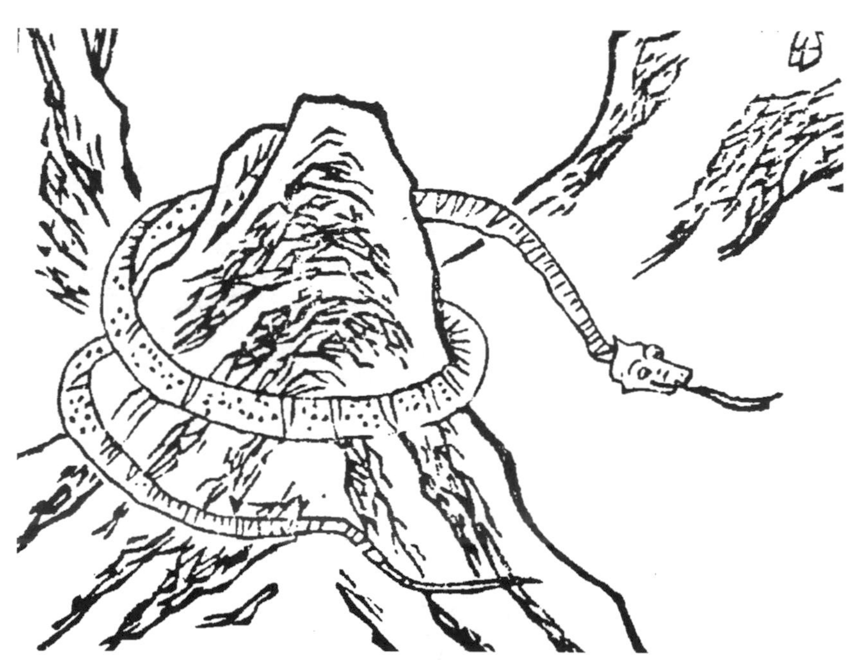

〔圖1〕大蛇　明·蔣應鎬繪圖本

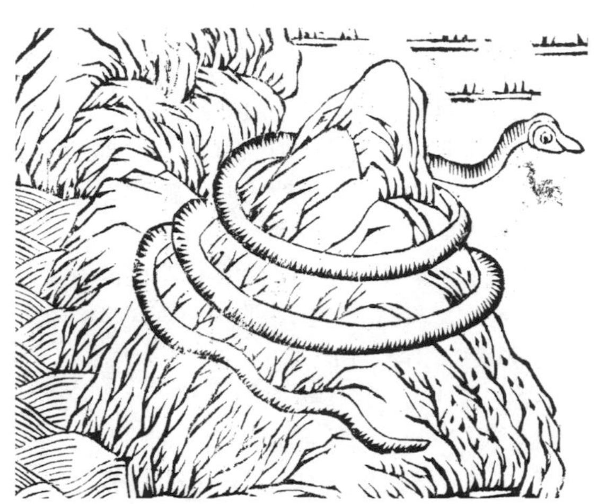

〔圖2〕大蛇　清·四川成或因繪圖本

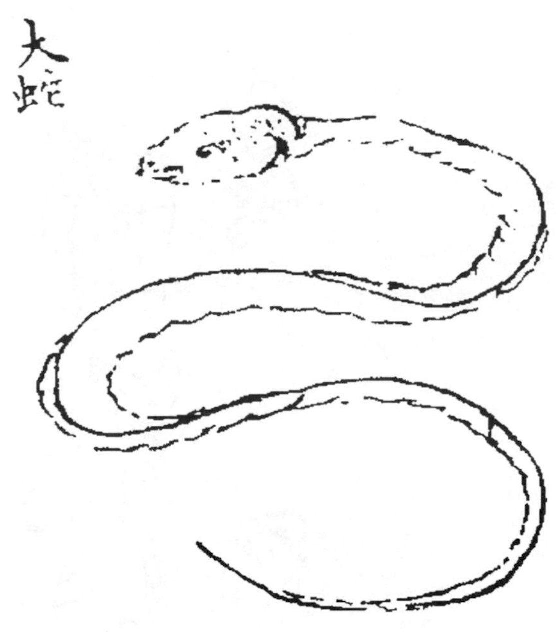

〔圖3〕大蛇　清·汪紱圖本

【卷3-58】

馬身人面廿神

【經文】

《北次三經》：自太行之山以至于無逢之山，凡四十六山，萬二千三百五十里。其神狀皆馬身而人面者廿神。

【解說】

自太行山至無（即毋）逢山共四十六座山，分別由三類不同形狀的山神管轄，山神的名字由他們所主事的山的數目來定。取名爲：廿神（馬身人面神）、十四神、十神（彘身八足神）。四十六座山只有四十四神。爲什麼呢？郝懿行解釋說：「四十六山，其神止（只）四十四，蓋有攝山者。」汪紱在《山海經存》中，用民族學的眼光解釋說，在太行山至無逢山這四十六座山的山神中，有四十四位山神不火食，也就是生食不火之物；只有太行山系的恒山、高是山兩位山神用火食，也就是熟食。這兩位喜愛熟食的山神不知形貌。

第一類山神是廿神，據汪紱注，廿神是「太行以下至少山二十二山主」（自太行至少山的確二十二山，與他的神名二十不符），其狀爲馬身人面神。

〔圖1－蔣應鎬繪圖本〕、〔圖2－成或因繪圖本〕、〔圖3－汪紱圖本，名北山廿神〕。

〔圖1〕馬身人面廿神　明・蔣應鎬繪圖本

〔圖2〕馬身人面廿神　清・四川成或因繪圖本

〔圖3〕馬身人面廿神（北山廿神）　清・汪紱圖本

【卷3-59】

十四神

【經文】

《北次三經》：自太行之山以至于無逢之山，凡四十六山，萬二千三百五十里。其十四神狀皆彘身而載（同戴）玉。

【解說】

十四神是自錫山至高是山十四座山的山主，其形狀是豬身佩玉。〔圖1－蔣應鎬繪圖本〕、〔圖2－汪紱圖本，名北山十四神〕。

〔圖1〕十四神　明・蔣應鎬繪圖本

〔圖2〕十四神（北山十四神）　清・汪紱圖本

【卷3-60】

彘身八足神

【經文】

《北次三經》：自太行之山以至于無逢之山，凡四十六山，萬二千三百五十里。其十神狀皆彘身而八足蛇尾。

【解說】

十神彘身八足神是自陸山至毋逢山十座山的山主，其神形爲彘身、八足、蛇尾。

〔圖1－蔣應鎬繪圖本〕、〔圖2－汪紱圖本，名北山十神〕。

〔圖1〕彘身八足神　明・蔣應鎬繪圖本

〔圖2〕彘身八足神（北山十神）　清・汪紱圖本

第四卷
東山經

【卷4-1】

鱅鱅魚

【經文】

《東山經》：樕螽（音速株，sùzhū）之山，食水出焉，而東北流注于海，其中多鱅鱅之魚，其狀如犁牛，其音如彘鳴。

【解說】

鱅（音庸，yóng）鱅是一種非魚非牛的怪魚，牛頭魚身，頭像犁牛，身有黃地黑紋，很像虎紋的毛，故又稱牛魚，其聲音有如豬叫。傳說牛魚的皮可測知潮水漲落，據《博物志》記，東海有牛魚，其形如牛，剝其皮懸之，潮水至則毛起，潮去則伏。《初學記》卷三十記：牛魚，目似牛，形如犢子。《太平御覽》卷九三九引《臨海異物志》，牛魚，形如犢子，毛色青黃，好眠臥，人臨上（之），及覺，聲如大牛，聞一里。

郭璞《圖讚》：「魚號鱅鱅，如牛虎駮。」

〔圖1－蔣應鎬繪圖本〕、〔圖2－成或因繪圖本〕、〔圖3－汪紱圖本〕、〔圖4－《禽蟲典》〕。

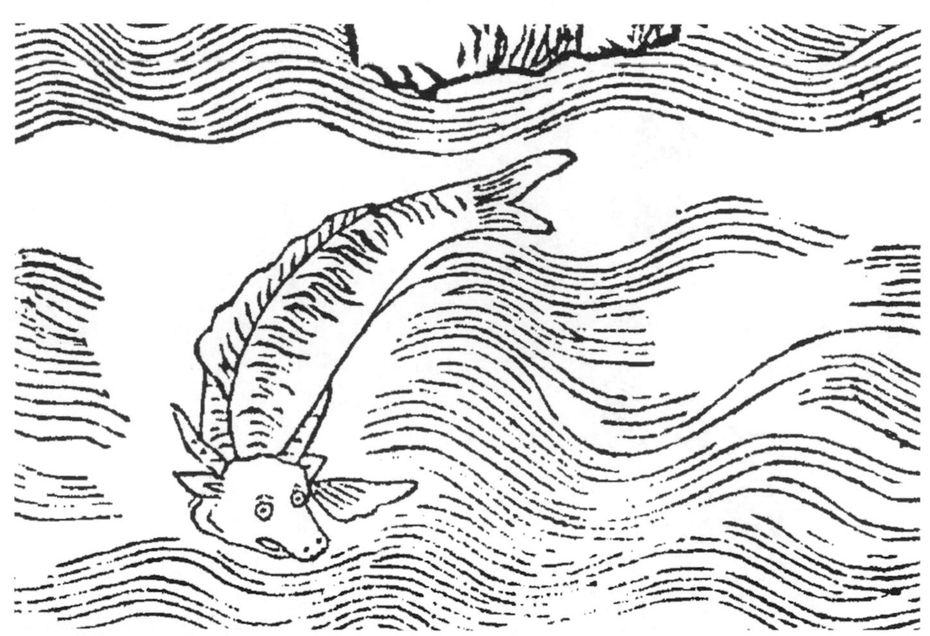

〔圖1〕鱅鱅魚　明・蔣應鎬繪圖本

〔圖2〕鱅鱅魚　清・四川成或因繪圖本

〔圖3〕鱅鱅　清・汪紱圖本

〔圖4〕鱅鱅魚　清《禽蟲典》

【卷4-2】

從從

【經文】

《東山經》：栒狀之山，有獸焉，其狀如犬，六足，其名曰從從，其鳴自詨。

【解說】

從從是六足吉獸，樣子像狗，其叫聲有如呼喚自己的名字。故《宋書》記，六足獸，王者謀及眾庶，則至。《事物紺珠》說，從從如犬，六足，尾長丈餘。「長尾」一說未見於經文。今見諸圖之從從，大都長尾；想是畫工參考了《事物紺珠》的記載。

郭璞《圖讚》：「猣猣（即從從）之狀，似狗六腳。」

〔圖1－蔣應鎬繪圖本〕、〔圖2－吳任臣康熙圖本〕、〔圖3－成或因繪圖本〕、〔圖4－汪紱圖本〕、〔圖5－《禽蟲典》〕、〔圖6－上海錦章圖本〕。

〔圖1〕從從　明・蔣應鎬繪圖本

從從
狀如犬而六足出栒狀山

〔圖2〕從從　吳任臣康熙圖本

〔圖3〕從從　清・四川成或因繪圖本

〔圖4〕從從　清・汪紱圖本

〔圖5〕從從　清《禽蟲典》

〔圖6〕從從　上海錦章圖本

【卷4-3】

蚩鼠

【經文】

《東山經》：栒狀之山，有鳥焉，其狀如雞而鼠毛，其名曰蚩鼠，見則其邑大旱。

【解說】

蚩（音咨，zī）鼠非鼠，是一種怪鳥，又是大旱的徵兆。它的樣子像雞，卻身披鼠毛，一說它長著鼠尾（《說文》）；袁珂注：今圖正作鼠尾。

郭璞《圖讚》：「蚩鼠如雞，見則旱涸。」

〔圖1－蔣應鎬繪圖本〕、〔圖2－胡文煥圖本〕、〔圖3－日本圖本〕、〔圖4－吳任臣近文堂圖本〕、〔圖5－畢沅圖本〕、〔圖6－汪紱圖本〕。

〔圖1〕蚩鼠　明・蔣應鎬繪圖本

蚩鼠

〔圖2〕蚩鼠　明・胡文煥圖本

〔圖3〕蚩鼠　日本圖本

蚩鼠狀如雞而鼠毛見則大旱出栒狀山

〔圖4〕蚩鼠　清・吳任臣近文堂圖本

蚩鼠狀如雞而鼠毛見則大旱出栒狀山

蚩鼠如雞
見則旱涸

〔圖5〕蚩鼠　清・畢沅圖本

〔圖6〕蚩鼠　清・汪紱圖本

【卷4-4】
箴魚

【經文】

《東山經》：栒狀之山，泜水出焉，而北流注于湖水。其中多箴魚，其狀如儵，其喙如箴，食之無疫疾。

【解說】

箴（音真，zhēn）魚的樣子像儵魚，喙尖有一細黑骨如針，據說吃了它的肉可不染疫疾。李時珍《本草綱目》說，此魚嘴巴有一鍼，故有鍼魚、姜公魚、銅哾魚諸名。汪紱注，今江東濱海有此魚，名針工魚。郝懿行注，今登萊海中有箴梁魚，碧色而長，其骨亦碧，其喙如箴，以此得名。《雅俗稽言》記，鍼口魚，魚口似鍼，頭有紅點，兩旁自頭至尾有白路如銀色，身細尾岐，長三四寸，二月間出海中。

〔圖1－《禽蟲典》〕。

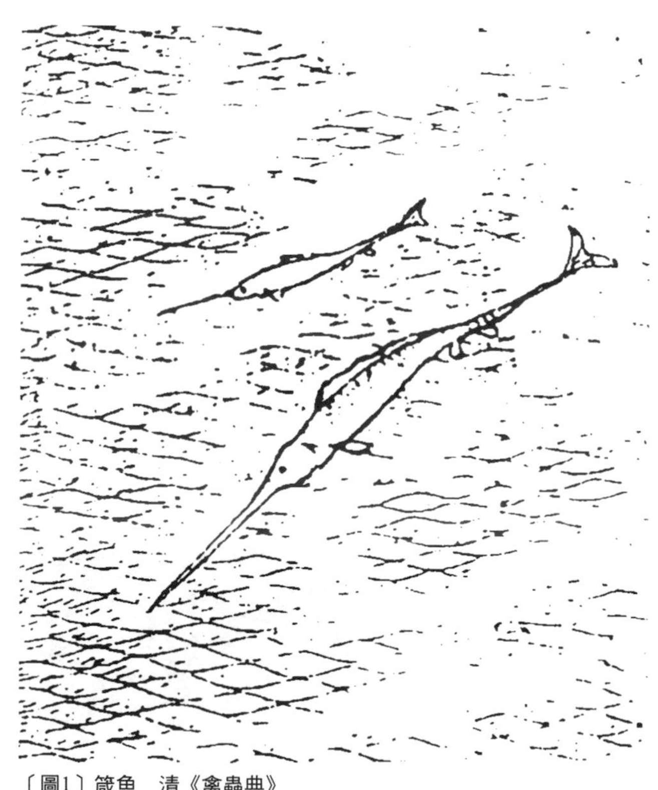

〔圖1〕箴魚　清《禽蟲典》

【卷4-5】

鱤魚

【經文】

《東山經》：番條之山，無草木，多沙。減水出焉，北流注于海，其中多鱤魚。

【解說】

鱤（音感，gǎn）魚一名黃頰。《說文》記，鱤，哆口魚。黃頰魚似燕頭魚身，形厚而長，大頰骨，正黃魚之大而有力解飛者，徐州人謂之楊黃頰，今江東呼黃鱨魚，亦名黃頰魚，尾微黃，大者長尺七八寸許。

〔圖1－汪紱圖本〕。

〔圖1〕鱤魚　清・汪紱圖本

【卷4-6】

鯈鱅

【經文】

《東山經》：獨山，末塗之水出焉，而東南流注于沔，其中多鯈鱅，其狀如黃蛇，魚翼，出入有光，見則其邑大旱。

【解說】

鯈鱅（音條庸，tiáoyōng）是一種非魚非蛇的凶蛇，樣子像黃蛇，卻長著魚翼。《駢雅》稱之爲毒蟲，傳說鯈鱅出入有光，是大旱和火災的徵兆。

郭璞《圖讚》：「鯈鱅蛇狀，振翼灑光。憑波騰逝（一作遊），出入江湘。見則歲旱，是維火祥。」

〔圖1－蔣應鎬繪圖本〕、〔圖2－成或因繪圖本〕、〔圖3－郝懿行圖本〕、〔圖4－汪紱圖本〕、〔圖5－《禽蟲典》〕。

〔圖1〕鯈鱅　明・蔣應鎬繪圖本

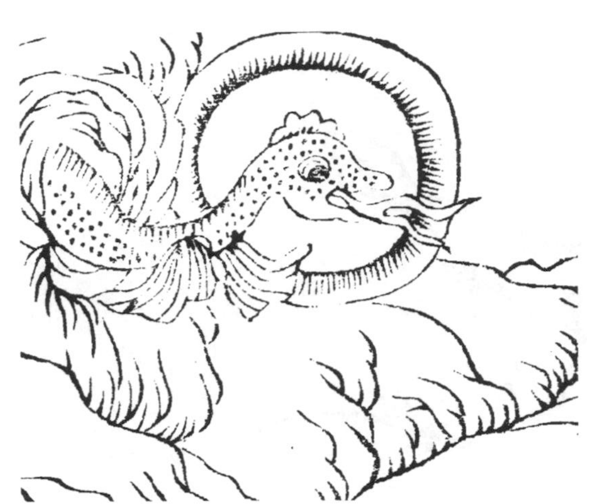

〔圖2〕鯈鱅　清・四川成或因繪圖本

〔圖3〕鯈鱅　清・郝懿行圖本

〔圖4〕儵鳙　清・汪紱圖本

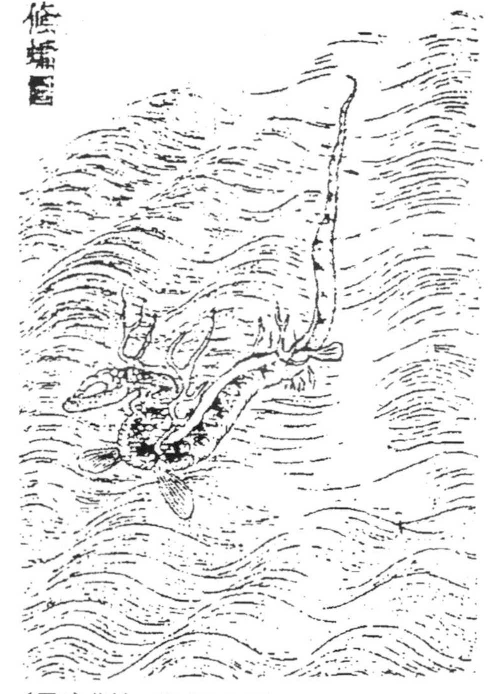

〔圖5〕儵鳙　清《禽蟲典》

【卷4-7】

狪狪

【經文】

《東山經》：泰山，其上多玉，其下多金。有獸焉，其狀如豚而有珠，名曰狪狪，其鳴自訆。

【解說】

狪狪又稱珠豚，是一種奇獸，樣子像豬，卻以獸而孕珠，其叫聲一如呼叫自己的名字。一般只知道蚌類可孕珠，狪狪是獸，獸可孕珠是狪狪的奇特之處。

郭璞《圖讚》：「蚌則含珠，獸何（一作胡）不可。狪狪如豚，被褐懷禍。患難無由，招之自我。」

〔圖1－蔣應鎬繪圖本〕、〔圖2－汪紱圖本〕、〔圖3－《禽蟲典》〕。

〔圖1〕狪狪　明．蔣應鎬繪圖本

〔圖2〕狪狪　清・汪紱圖本

〔圖3〕狪狪　清《禽蟲典》

【卷4-8】

人身龍首神

【經文】

《東山經》：自樕螽之山以至于竹山，凡十二山，三千六百里。其神狀皆人身龍首。

【解說】

自樕螽山至竹山共十二山的山神，都是人身龍首神。

〔圖1－蔣應鎬繪圖本〕、〔圖2－《神異典》〕、〔圖3－成或因繪圖本〕、〔圖4－汪紱圖本，名東山神〕。

〔圖1〕人身龍首神　明．蔣應鎬繪圖本

〔圖3〕人身龍首神　清・四川成或因繪圖本

〔圖2〕龍首人身神　清《神異典》

〔圖4〕人身龍首神（東山神）　清・汪紱圖本

【卷4-9】

軨軨

【經文】

《東次二經》：空桑之山，有獸焉，其狀如牛而虎文，其音如欽（郭注：或作吟），其名曰軨軨，其鳴自叫，見則天下大水。

【解說】

軨（音靈，líng）軨是非牛非虎的水獸，是水災的徵兆；它的樣子像牛，卻身披虎紋，其聲音有如人在呻吟，又像呼叫自己的名字。任臣按：「《駢雅》曰，牛而虎文曰軨軨。《談薈》云，水獸，兆水。 軨軨之獸，見則天下大水也。」

郭璞《圖讚》曰：「堪矜軨軨，殊氣同占。見則洪水，天下昏墊。豈伊妄降，亦應圖（一作牒）讖。」

〔圖1－蔣應鎬繪圖本〕、〔圖2－成或因繪圖本〕、〔圖3－汪紱圖本〕。

〔圖1〕軨軨　明·蔣應鎬繪圖本

〔圖2〕軨軨　清・四川成或因繪圖本

〔圖3〕軨軨　清・汪紱圖本

【卷4-10】

珠蟞魚

【經文】

《東次二經》：葛山之首，無草木。澧水出焉，東流注于余澤，其中多珠蟞魚，其狀如肺而有目，六足有珠，其味酸甘，食之無癘。

【解說】

珠蟞（音憋，biē）魚又作珠鱉、珠鼈，是一種奇魚，樣子像浮肺，有目六足，能吐珠，其味酸甘；據說吃了它的肉可不得時氣病。《呂氏春秋》說：澧水之魚，名曰朱蟞，六足有珠，魚之美也。

關於珠蟞魚的眼睛，典籍有不同記載，歷代注家也有不同說法。有趣的是，不同版本的珠蟞魚圖也有不同的形態，有二目、四目、六目三種。

二目說：經中所記，「其狀如肺而有目」，人和動物通常都是二目，這裡的「有目」當指二目。《初學記》卷三十說的是：「珠蟞，如肺而有目，六足。」今見〔圖1－蔣應鎬繪圖本〕、〔圖2－成或因繪圖本〕、〔圖3－汪紱圖本〕所繪正是二目；

四目說：郝懿行在注中說，此物圖作四目；《初學記》八卷引《南越志》記：海中多珠蟞，狀如肺，有四眼六足而吐珠，正與圖合，疑此經有目當作四目，字之僞也。袁珂在《中國神話大詞典》珠蟞魚條中，亦從王念孫、郝懿行校，把「有目」改作「四目」。今見〔圖4－吳任臣康熙圖本〕、〔圖5－郝懿行圖本〕、〔圖6－上海錦章圖本〕所繪正是四目，其釋名亦作四目；

六目說：《禽蟲典》所引經文說：「其狀如肺，而六目六足有珠。」胡文煥圖說：「六目六足，腹內有珠。其味甘酸，食之可辟時氣病。」其圖正是六目，〔圖7－胡文煥圖本〕、〔圖8－《禽蟲典》的兩幅圖〕。上述有趣的現象正好說明神話形象的變異性與豐富性。

郭璞《圖讚》：「澧水之鮮（一作鱗），形（一作狀）如浮肺。體兼三才，以貨賈害。厥用既多，何以自衛。」

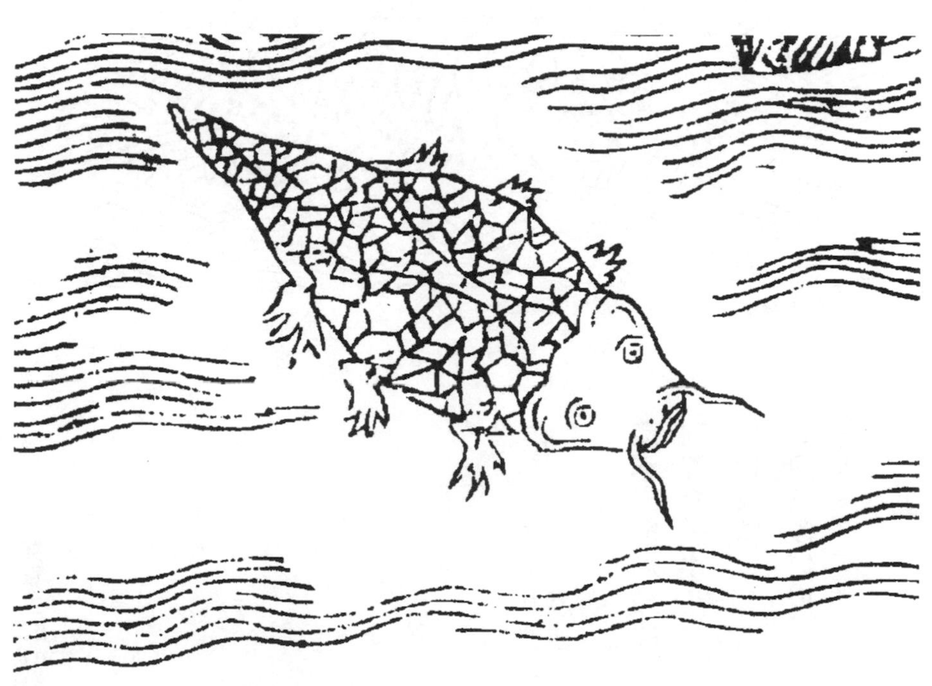

〔圖1〕珠鱉魚　明・蔣應鎬繪圖本

〔圖2〕珠鱉魚　清・四川成或因繪圖本

珠鱉魚其狀如肺六足四目有珠出澧水

澧水之鮮形如浮
肺體兼三才
以貨買害
厥用既多何以
自衛

〔圖5〕珠鱉魚　清・郝懿行圖本

珠鱉魚其狀如肺六足四目有珠出澧水

〔圖4〕珠鱉魚　清・吳任臣康熙圖本

〔圖3〕珠鱉魚　清・汪紱圖本

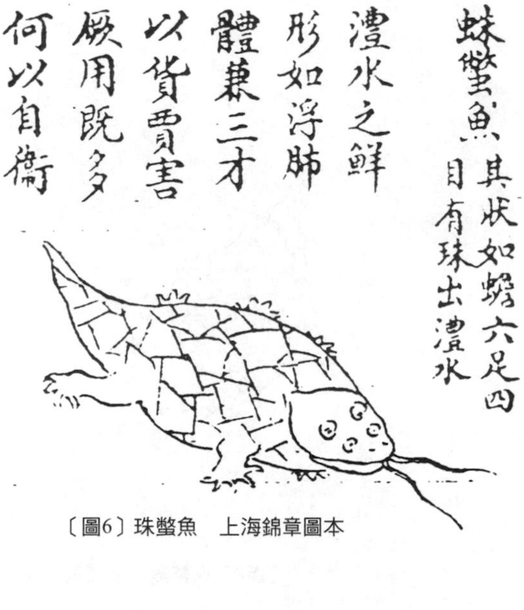

蛛鱉魚其狀如蟒六足四目有珠出澧水
澧水之鮮
形如浮肺
體兼三才
以貨賈害
厥用既多
何以自衛

〔圖6〕珠鱉魚　上海錦章圖本

珠鼈

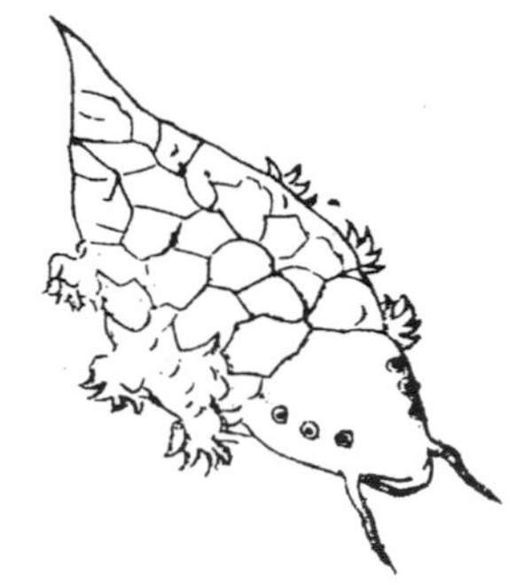

〔圖7〕珠鼈魚　明・胡文煥圖本

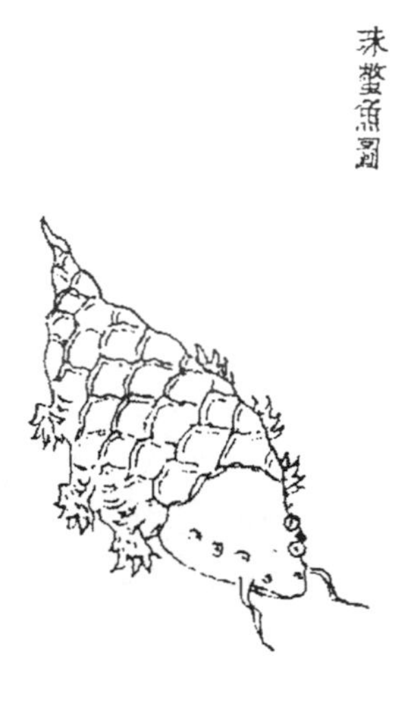

〔圖8〕珠鼈魚　清《禽蟲典》

【卷4-11】

犰狳

【經文】

《東次二經》：餘峩之山，有獸焉，其狀如莬而鳥喙，鴟目蛇尾，見人則眠，名曰犰狳，其鳴自訆，見則螽蝗為敗。

【解說】

犰狳（音求余，qíuyú），又作犰（音几，jī）狳，是一種兆凶之災獸，集兔、鴟、蛇三牲於一身；樣子像兔，卻長著鳥的嘴喙，鴟的雙目，蛇的尾巴，其叫聲有如呼喚自己的名字，見了人便裝死；它出現的地方蟲蝗遍野、田園荒蕪。

郭璞《圖讚》：「犰狳之獸，見人佯眠。與災協氣，出則無年。此豈能爲，歸之於天。」

〔圖1－蔣應鎬繪圖本〕、〔圖2－成或因繪圖本〕、〔圖3－汪紱圖本〕、〔圖4－《禽蟲典》〕。

〔圖1〕犰狳　明・蔣應鎬繪圖本

〔圖2〕犰狳　清・四川成或因繪圖本

犰狳

〔圖3〕犰狳　清・汪紱圖本

〔圖4〕犰狳　清《禽蟲典》

【卷4-12】朱獳

【經文】

《東次二經》：耿山，無草木，多水碧，多大蛇。有獸焉，其狀如狐而魚翼，其名曰朱獳，其鳴自訆，見則其國有恐。

【解說】

朱獳是一種非狐非魚的怪獸，又是兆凶之獸；樣子像狐狸，卻長著魚翼，其叫聲如同呼喚自己的名字。它出現的地方，人便會驚恐慌亂。胡文煥圖說：「耿山，有獸，如狐而魚鬣，名曰朱獳。其鳴自呼。見則國有大恐。」

郭璞《圖讚》：「朱獳無奇，見則邑駭。通感靡誠，維數所在。因事而作，未始無待。」

朱獳圖有二形：

其一，狐狀獸，如〔圖1－蔣應鎬繪圖本〕、〔圖2－胡文煥圖本〕、〔圖3－吳任臣近文堂圖本〕、〔圖4－成或因繪圖本〕、〔圖5－汪紱圖本〕；

其二，虎狀獸，如〔圖6－日本圖本〕。

〔圖1〕朱獳　明·蔣應鎬繪圖本

朱獳

〔圖2〕朱獳　明・胡文煥圖本

〔圖3〕朱獳　清・吳任臣近文堂圖本

〔圖4〕朱獳　清・四川成或因繪圖本

〔圖6〕朱獳　日本圖本

朱獳

〔圖5〕朱獳　清・汪紱圖本

【卷4-13】

鵹鶘

【經文】

《東次二經》：盧其之山，無草木，多沙石。沙水出焉，南流注于涔水，其中多鵹鶘，其狀如鴛鴦而人足，其鳴自訆，見則其國多土功。

【解說】

鵹（音黎，lí）鶘又稱鵜鶘，樣子像鴛鴦，卻長著一雙人腳，其鳴叫的聲音有如呼喚自己的名字；據說它出現的地方，那裡正在大興土木。汪紱注：鵜鶘之足頗似人足，然其狀似雁而不似鴛鴦。

郭璞《圖讚》：「狸力鵹鶘，或飛或伏。是惟土樣，出興功築。長城之役，同集秦域。」

〔圖1－蔣應鎬繪圖本〕、〔圖2－成或因繪圖本〕、〔圖3－汪紱圖本〕、〔圖4－《禽蟲典》〕。

〔圖1〕鵹鶘　明・蔣應鎬繪圖本

〔圖2〕鵹鶘　清・四川成或因繪圖本

〔圖3〕鵹鶘　清・汪紱圖本

〔圖4〕鵹鶘　清《禽蟲典》

【卷4-14】

獙獙

【經文】

《東次二經》：姑逢之山，無草木，多金、玉。有獸焉，其狀如狐而有翼，其音如鴻雁，其名曰獙獙，見則天下大旱。

【解說】

獙獙（音斃，bì）又名獘，是一種非獸非鳥的怪獸，又是兆旱之凶獸；樣子像狐，背生雙翼，卻不能飛翔，其叫聲有如鴻雁。

郭璞《圖讚》：「獙獙如狐，有翼不飛。」

〔圖1－蔣應鎬繪圖本〕、〔圖2－胡文煥圖本，名獘〕、〔圖3－吳任臣近文堂圖本〕、〔圖4－成或因繪圖本〕、〔圖5－汪紱圖本〕、〔圖6－《禽蟲典》〕。

〔圖1〕獙獙　明·蔣應鎬繪圖本

〔圖2〕獙獙（獘）　明・胡文煥圖本

〔圖3〕獙獙　清・吳任臣近文堂圖本

〔圖4〕獙獙　清・四川成或因繪圖本

〔圖5〕獙獙　清・汪紱圖本

〔圖6〕獙獙　清《禽蟲典》

【卷4-15】

蠪蛭

【經文】

《東次二經》：鳧麗之山，有獸焉，其狀如狐，而九尾、九首、虎爪，名曰蠪蛭，其音如嬰兒，是食人。

【解說】

蠪（音龍，lóng）蛭是一種非狐非虎的食人畏獸，樣子像狐，九尾九首，虎的足爪，其叫聲有如嬰兒啼叫。《唐韻》記，蠪蛭如狐，九尾虎爪，如呼小兒，食人，一名螭蛭。《廣博物志》又作蠪蛭獸，九首者別有開明九首。

郭璞《圖讚》：「九尾虎爪，號曰蠪蛭。」

〔圖1－蔣應鎬繪圖本〕、〔圖2－胡文煥圖本〕、〔圖3－日本圖本〕、〔圖4－吳任臣近文堂圖本〕、〔圖5－成或因繪圖本〕、〔圖6－汪紱圖本〕、〔圖7－《禽蟲典》〕。

〔圖1〕蠪蛭　明·蔣應鎬繪圖本

驩蛭

〔圖2〕驩蛭　明・胡文煥圖本

〔圖3〕驩蛭　日本圖本

〔圖4〕蠪蛭　清・吳任臣近文堂圖本

〔圖5〕蠪蛭　清・四川成或因繪圖本

〔圖6〕蠪蛭　清・汪紱圖本

〔圖7〕蠪蛭　清《禽蟲典》

【卷4-16】

䍮䍮

【經文】

《東次二經》：䃌山，有獸焉，其狀如馬而羊目、四角、牛尾，其音如獆狗，其名曰䍮䍮，見則其國多狡客。

【解說】

䍮䍮（音攸，yōu）是四角怪獸，集馬、羊、牛、狗四牲特徵於一身；樣子像馬，卻長著羊的眼睛（郝懿行注：《藏經》本目作首，今見諸本各圖似爲羊首），牛的尾巴，其叫聲有如獆狗，它出現在哪裡，哪裡便奸人雲集，不得安寧。

郭璞《圖讚》：「治在（一作則）得賢，亡由失人。䍮䍮之來，乃至狡賓。歸之冥應，誰見其津。」

〔圖1－蔣應鎬繪圖本〕、〔圖2－成或因繪圖本〕、〔圖3－畢沅圖本〕、〔圖4－汪紱圖本〕、〔圖5－《禽蟲典》〕、〔圖6－上海錦章圖本〕。

〔圖1〕䍮䍮　明・蔣應鎬繪圖本

〔圖2〕𤟤𤟤　清・四川成或因繪圖本

峳峳狀如馬而羊目四角見
則國多狡客出硜山

治在得賢亡由
夫人峳峳之來
乃致狡賓
歸之冥應
誰見其津

〔圖3〕峳峳　清・畢沅圖本

〔圖4〕峳峳　清・汪紱圖本

〔圖5〕峳峳　清《禽蟲典》

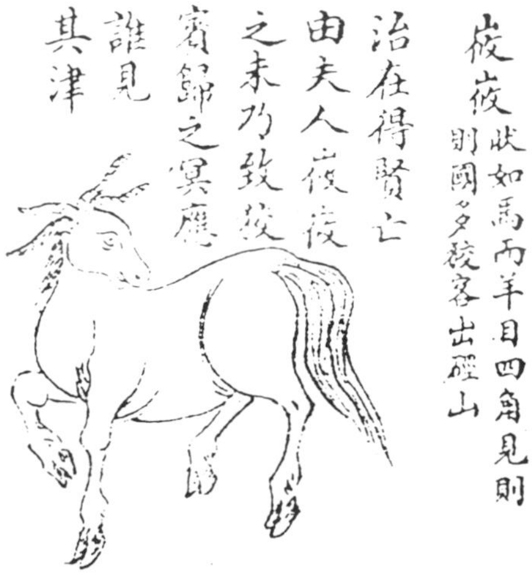

峳峳 狀如馬而羊目四角見則
别國多狡客出硜山

治在得賢亡
由夫人峳峳
之來乃致狡
賓歸之冥應
誰見
其津

〔圖6〕峳峳　上海錦章圖本

【卷4-17】

絜鉤

【經文】

《東次二經》：䃌山，有鳥焉，其狀如鳧而鼠尾，善登木，其名曰絜鉤，見則其國多疫。

【解說】

絜（音攜，xié）鉤是一種疫鳥，樣子像鳧鳥，卻長著老鼠的尾巴，善攀登樹木；它出現在哪裡，哪裡便災疫連綿，萬民悲戚。

郭璞《圖讚》：「絜鉤似鳧，見則民悲。」

〔圖1－蔣應鎬繪圖本〕、〔圖2－胡文煥圖本〕、〔圖3－日本圖本〕、〔圖4－成或因繪圖本〕、〔圖5－汪紱圖本〕、〔圖6－《禽蟲典》〕。

〔圖1〕絜鉤　明．蔣應鎬繪圖本

潔鉤

〔圖2〕絜鉤　明・胡文煥圖本

〔圖3〕絜鉤　日本圖本

〔圖4〕絜鉤　清・四川成或因繪圖本

〔圖5〕絜鉤　清・汪紱圖本

〔圖6〕絜鉤　清《禽蟲典》

【卷4-18】

獸身人面神

【經文】

《東次二經》：自空桑之山至于磹山，凡十七山，六千六百四十里。其神狀皆獸身人面載觡（音格，gé）。

【解說】

自空桑山至磹山共十七座山，其山神都是人面獸身神，頭戴麋鹿角。

〔圖1－蔣應鎬繪圖本〕、〔圖2－《神異典》〕、〔圖3－成或因繪圖本〕、〔圖4－汪紱圖本，名東山神〕。

〔圖1〕獸身人面神　明・蔣應鎬繪圖本

〔圖3〕獸身人面神　清・四川成或因繪圖本

〔圖2〕獸身人面神　清《神異典》

〔圖4〕獸身人面神（東山神）　清・汪紱圖本

【卷4-19】

妴胡

【經文】

《東次三經》：尸胡之山，有獸焉，其狀如麋而魚目，名曰妴胡，其鳴自訆。

【解說】

妴（音婉，wǎn）胡是一種非魚非獸的怪獸，樣子像麋鹿，卻長著魚眼，其叫聲有如呼喚自己的名字。郝懿行說過一個他親身經歷的故事，十分有趣：嘉慶五年，冊使封琉球，歸舟泊馬齒山，下人進二鹿，毛淺而小眼似魚眼，使者著記謂是海魚所化，余以經證之，知是妴胡也。沙魚化麋，海人常見之，非此。

郭璞《圖讚》：「妴胡之狀，似麋魚眼。」

〔圖1－蔣應鎬繪圖本〕、〔圖2－成或因繪圖本〕、〔圖3－汪紱圖本〕、〔圖4－《禽蟲典》〕。

〔圖1〕妴胡　明・蔣應鎬繪圖本

〔圖2〕猼訑　清・四川成或因繪圖本

〔圖3〕妴胡　清・汪紱圖本

〔圖4〕妴胡　清《禽蟲典》

【卷4-20】

鱣

【經文】

《東次三經》：孟子之山，其上有水出焉，名曰碧陽，其中多鱣、鮪。

【解說】

鯉之大者曰鱣（音占，zhān）。《爾雅·釋魚》：鱣，大魚似鱏而短鼻，口在頷下，體有邪行，甲無鱗，肉黃，大者長二三丈，江東呼爲黃魚。李時珍《本草綱目》記：鱣出江淮黃河遼海深水處，無鱗大魚也。其狀似鱘，其色灰白，其背有骨甲三行，其鼻長有鬚，其口近頷下，其尾岐。其出也以三月逆水而上，而居也在磯石湍流之間，其食也張口接物，聽其自入，食而不飲，蟹魚多誤入之。

〔圖1－汪紱圖本〕、〔圖2－《禽蟲典》〕。

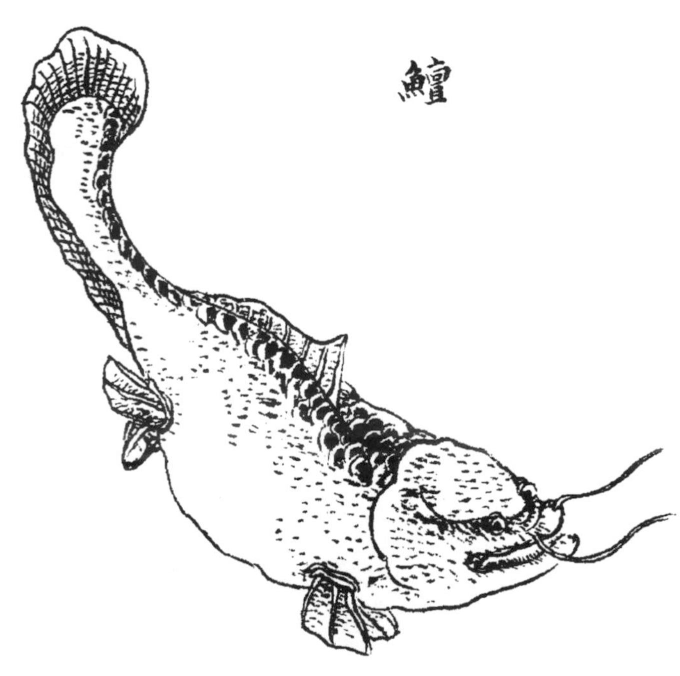

〔圖1〕鱣　清·汪紱圖本

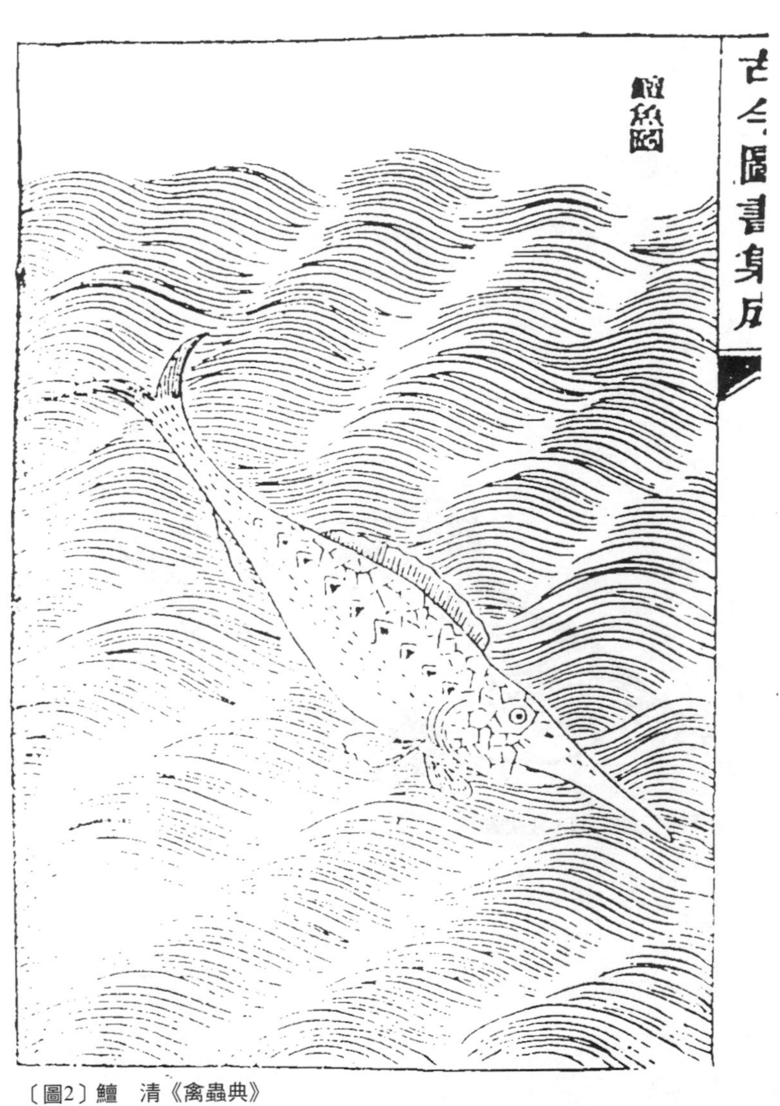

〔圖2〕鱣　清《禽蟲典》

【卷4-21】

鮪

【經文】

《東次三經》：孟子之山，其上有水出焉，名曰碧陽，其中多鮪。

【解說】

郭璞注：鮪（音委，wěi）即鱘（音尋，xún），似鱣而長鼻，體無鱗甲，一名鱑。《爾雅．釋魚》注：「鮪，鱣屬也，大者名王鮪鱣。」古人以鮪獻祭，《夏小正》稱：鮪者，魚之先至者也。傳說鮪魚三月溯河而上，能渡龍門之浪，則得爲龍。

〔圖1－汪紱圖本〕、〔圖2－《禽蟲典》〕。

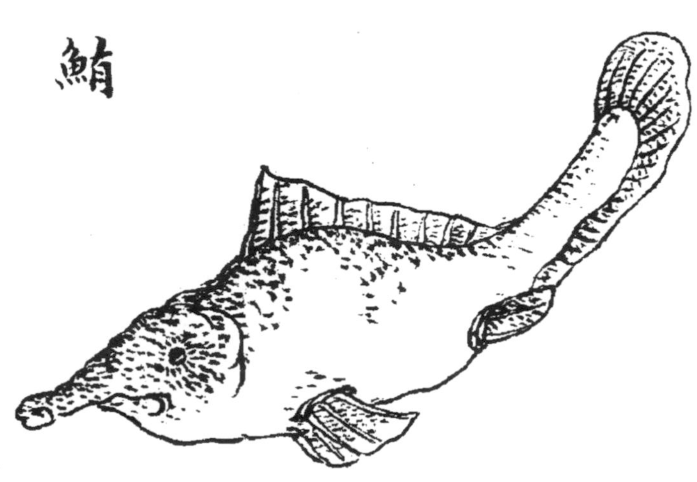

〔圖1〕鮪　清．汪紱圖本

〔圖2〕鮪　清《禽蟲典》

【卷4-22】蠵龜

【經文】

《東次三經》：跂踵之山，有水焉，廣員四十里皆涌，其名曰深澤，其中多蠵龜。

【解說】

蠵（音攜，xié）龜即觜蠵，大龜也，甲有文彩，似瑇瑁而薄。《爾雅．釋魚》記，龜有十種，因其功能有異，或因其於山澤水火生地之不同而名之，稱爲神龜、靈龜、攝龜、寶龜、文龜、筮龜、山龜、澤龜、水龜、火龜。《山海經》跂踵山之蠵龜即靈龜。《爾雅》說：涪陵郡出大龜，甲可以卜，緣中文似瑇瑁，俗呼爲靈龜，即今觜蠵龜，一名靈蠵，能鳴。胡文煥圖說：「甲可以卜，緣中似玳瑁，有文彩，一名靈蠵。」汪紱注：蠵，觜蠵也，似龜而大，六足，其甲薄而有文，可以飾器。今廣中亦有之。或曰：雄曰蠵瑁，雌曰觜蠵。

郭璞《圖讚》：「水圓四十（一作三方），潛源溢沸。靈龜爰處，掉尾養氣。莊生是感，揮竿傲貴。」

〔圖1－胡文煥圖本〕、〔圖2－汪紱圖本〕、〔圖3－《禽蟲典》〕。

蠵龜

〔圖1〕蠵龜　明．胡文煥圖本

〔圖2〕蠵龜　清・汪紱圖本

〔圖3〕蠵龜　清《禽蟲典》

【卷4-23】

鮯鮯魚

【經文】

《東次三經》：跂踵之山，有魚焉，其狀如鯉，而六足鳥尾，名曰鮯鮯之魚，其鳴自叫。

【解說】

鮯鮯（音格，gé）魚是非魚非鳥的六足怪魚，樣子像鯉魚，卻長著鳥的尾巴，其鳴叫聲有如呼喚自己的名字。《廣雅》記，東方有魚焉，如鯉六足鳥尾，其名曰鮯。《事物紺珠》記，鮯如鯉，六足鳥尾，出東方深澤中。楊愼《異魚贊》說，鮯魚是胎生的奇魚：東方有魚，其形如鯉，其名爲鮯，六足鳥尾，鱐（音肅，sù）爲之母，胎育厥子。

郭璞《圖讚》：「鮯鮯所潛，厥深（一作身）無限。」

〔圖1－蔣應鎬繪圖本〕、〔圖2－胡文煥圖本〕、〔圖3－成或因繪圖本〕、〔圖4－畢沅圖本〕、〔圖5－汪紱圖本〕、〔圖6－《禽蟲典》〕。

〔圖1〕鮯鮯魚　明·蔣應鎬繪圖本

鮯魚

〔圖2〕鮯鮯魚　明・胡文煥圖本

〔圖3〕鮯鮯魚　清・四川成或因繪圖本

鮯鮯魚狀如鯉六足
鳥尾出深澤

鮯鮯所潛
厥身無限

〔圖4〕鮯鮯魚　清・畢沅圖本

〔圖5〕鮯鮯魚　清・汪紱圖本

〔圖6〕鮯鮯魚　清《禽蟲典》

【卷4-24】

精精

【經文】

《東次三經》：

踇隅之山，有獸焉，其狀如牛而馬尾，名曰精精，其鳴自叫。

【解說】

精精是一種非牛非馬的辟邪奇獸，樣子像牛，卻長著馬尾，其叫聲有如呼喚自己的名字。《駢雅》記，獸似牛而馬尾，曰精精。萬曆二十五年，括蒼得異獸，其角雙，身作鹿紋，馬尾牛蹄。董斯張《吹景錄》引此爲證，或又云乃辟邪也。

郭璞《圖讚》：「精精如牛，以尾自辨。」

〔圖1－蔣應鎬繪圖本〕、〔圖2－成或因繪圖本〕、〔圖3－汪紱圖本〕、〔圖4－《禽蟲典》〕。

〔圖1〕精精　明・蔣應鎬繪圖本

〔圖2〕精精　清・四川成或因繪圖本

〔圖3〕精精　清・汪紱圖本

〔圖4〕精精　清《禽蟲典》

【卷4-25】

人身羊角神

【經文】

《東次三經》：自尸胡之山至于無皋之山，凡九山，六千九百里。其神狀皆人身而羊角。是神也，見則風雨水為敗。

【解說】

自尸胡山至無皋山共九座山，其山神都是半人半羊之狀：人身羊角神。這是一位凶兆的山神，據說凡是它出現的地方，那裡便風不調雨不順，田禾荒蕪。

〔圖1－蔣應鎬繪圖本〕、〔圖2－《神異典》〕、〔圖3－成或因繪圖本〕、〔圖4－汪紱圖本，名東山神〕。

〔圖1〕人身羊角神　明·蔣應鎬繪圖本

〔圖2〕人身羊角神　清《神異典》

〔圖3〕人身羊角神　清・四川成或因繪圖本

〔圖4〕人身羊角神（東山神）　清・汪紱圖本

【卷4-26】

猲狚

【經文】

《東次四經》：北號之山，有獸焉，其狀如狼，赤首鼠目，其音如豚，名曰猲狚，是食人。

【解說】

猲（音邪，xié）狚是食人畏獸，集狼、鼠、豬三獸特徵於一身，樣子像狼，紅腦袋，卻長著一雙鼠眼，其聲音有如豬叫。

郭璞《圖讚》：「猲狚狡獸，鬿雀惡鳥。或狼其體，或虎其爪。安用甲兵，擾之以道。」

〔圖1－蔣應鎬繪圖本〕、〔圖2－成或因繪圖本〕、〔圖3－汪紱圖本〕、〔圖4－《禽蟲典》〕。

〔圖1〕猲狚　明・蔣應鎬繪圖本

〔圖2〕猲狚　清・四川成或因繪圖本

〔圖3〕猲狙　清・汪紱圖本

〔圖4〕猲狙　清《禽蟲典》

【卷4-27】

鬿雀

【經文】

《東次四經》：北號之山，有鳥焉，其狀如雞而白首，鼠足而虎爪，其名曰鬿雀，亦食人。

【解說】

鬿（音祈，qí）雀是食人怪鳥，集雞、鼠、虎三牲特徵於一身；樣子像雞，白腦袋，卻長著鼠足虎爪。《楚辭·天問》有「鬿堆焉處」的詩句，鬿堆即鬿雀。據李給諫《筆記》記載，崇禎甲戌，鳳陽出惡鳥數萬，兔頭雞身鼠足，味甚美，犯其骨立死，稽其形狀，疑即此鳥。

郭璞《圖讚》：「猲狚狡獸，鬿雀惡鳥。或狼其體，或虎其爪。安用甲兵，擾之以道。」

〔圖1－蔣應鎬繪圖本〕、〔圖2－成或因繪圖本〕、〔圖3－汪紱圖本〕、〔圖4－《禽蟲典》〕。

〔圖1〕鬿雀　明·蔣應鎬繪圖本

〔圖2〕鮆雀　清・四川成或因繪圖本

〔圖3〕䲃雀　清·汪紱圖本

〔圖4〕䲃雀　清《禽蟲典》

【卷4-28】

鱃魚

【經文】

《東次四經》：旄山，無草木。蒼體之水出焉，而西流注于展水。其中多鱃魚，其狀如鯉而大首，食者不疣。

【解說】

鱃（音秋，qiú）即鰍，俗稱泥鰍，樣子像鯉魚，頭大，據說吃了它的肉可不長贅疣（俗稱瘊子）。

〔圖1－蔣應鎬繪圖本〕、〔圖2－成或因繪圖本〕、〔圖3－汪紱圖本〕。

〔圖1〕鱃魚　明·蔣應鎬繪圖本

〔圖2〕鱃魚　清・四川成或因繪圖本

〔圖3〕鱃魚　清・汪紱圖本

【卷4-29】

茈魚

【經文】

《東次四經》：東始之山，泚水出焉，而東北流注于海，其中多美貝，多茈魚，其狀如鮒，一首而十身，其臭如蘼蕪，食之不糟。

【解說】

茈（音子，zǐ）魚是一種奇魚，樣子像鮒魚，一首十身，能發出蘼蕪般的臭味；據說吃了它的肉可調和體魄，氣不下溜。《北山經》譙明山的何羅魚也一首十身，吃了可治癰腫病。

郭璞《圖讚》：「有魚十身，蘼蕪其臭。食之和體，氣不下溜。」

〔圖1－汪紱圖本〕。

〔圖〕茈魚　清・汪紱圖本

【卷4-30】薄魚

【經文】

《東次四經》：女烝之山，其上無草木。石膏水出焉，而西注于鬲水，其中多薄魚，其狀如鱣魚而一目，其音如歐，見則天下大旱。

【解說】

薄魚是兆災的獨目怪魚，樣子像鱣魚，其聲有如人之嘔吐聲；此魚是大旱之兆，又說是大水之兆，還有說是天下謀反之兆。《物異志》記，見則天下大水。《初學記》卷三十：薄魚，其狀如鱣而一目，其音如歐，見則天下反。

郭璞《圖讚》：「薄之躍淵，是爲（一作維）災候。」

〔圖1－蔣應鎬繪圖本〕、〔圖2－吳任臣近文堂圖本〕、〔圖3－成或因繪圖本〕、〔圖4－汪紱圖本〕、〔圖5－《禽蟲典》〕、〔圖6－上海錦章圖本〕。

〔圖1〕薄魚　明・蔣應鎬繪圖本

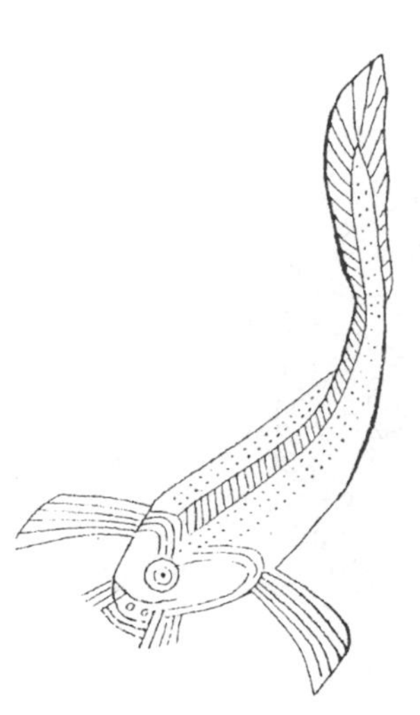

〔圖2〕薄魚　清・吳任臣近文堂圖本

〔圖3〕薄魚　清・四川成或因繪圖本

〔圖4〕薄魚　清・汪紱圖本

〔圖5〕薄魚　清《禽蟲典》

〔圖6〕薄魚　上海錦章圖本

【卷4-31】當康

【經文】

《東次四經》：欽山，有獸焉，其狀如豚而有牙，其名曰當康，其鳴自叫，見則天下大穰。

【解說】

當康又稱牙豚，是一種兆豐穰之瑞獸，樣子像豬而有牙，其叫聲有如呼喚自己的名字。胡文煥圖說：「欽山中有獸，狀如豚，名當庚。其鳴自呼。見則天下大穰。韓子曰：穰，歲之稔也。」傳說歲將豐稔，此獸先出以鳴瑞。《神異經》說，南方有獸，似鹿而豕首有牙，善依人求五穀，名無損之獸。所說形狀與此獸近。

郭璞《圖讚》：「當康如豚，見則歲穰。」

當康圖有二形：

其一，豬形，如〔圖1－蔣應鎬繪圖本〕、〔圖2－胡文煥圖本，名當庚，形象不似豬〕、〔圖3－成或因繪圖本〕、〔圖4－汪紱圖本〕、〔圖5－《禽蟲典》〕；

其二，人面獸，如〔圖6－日本圖本，名當庚〕。

〔圖1〕當康　明·蔣應鎬繪圖本

當庚

〔圖2〕當康（當庚）　明・胡文煥圖本

〔圖3〕當康　清・四川成或因繪圖本

當康

〔圖4〕當康　清・汪紱圖本

當康圖

〔圖5〕當康　清《禽蟲典》

〔圖6〕當康（當庚） 日本圖本

【卷4-32】

鮹魚

【經文】

《東次四經》：子桐之山，子桐之水出焉，而西流注于余如之澤。其中多鮹魚，其狀如魚而鳥翼，出入有光，其音如鴛鴦，見則天下大旱。

【解說】

鮹魚已見《西次三經》之桃水，其狀如蛇而四足，食魚。本經子桐水之鮹魚與之同名，但二者形狀與性能都不同。子桐水之鮹（音滑，huá）魚是一種亦魚亦鳥之怪魚。它的形狀像魚，卻長著鳥的翅膀，出入有光，其聲有如鴛鴦的啼叫。它的出現將帶來大旱，因而被看作是旱災的徵兆。

郭璞《圖讚》：「當康如豚，見則歲穰。鮹魚鳥翼，飛乃流光。同（一作以）出殊應，或災或祥。」

〔圖1－蔣應鎬繪圖本〕、〔圖2－胡文煥圖本〕、〔圖3－成或因繪圖本〕、〔圖4－畢沅圖本〕、〔圖5－汪紱圖本〕、〔圖6－《禽蟲典》〕。

〔圖1〕鮹魚　明·蔣應鎬繪圖本

鱃魚

〔圖2〕鱃魚　明・胡文煥圖本

〔圖3〕鱃魚　清・四川成或因繪圖本

鰼魚狀如鵲而鳥翼見則大旱出子桐水

鰼魚鳥翼
飛乃流光
同出殊應
或災或祥

〔圖4〕鰼魚　清・畢沅圖本

〔圖5〕鰼魚　清・汪紱圖本

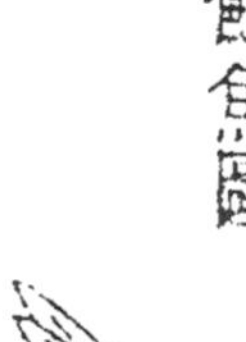

〔圖6〕鰼魚　清《禽蟲典》

【卷4-33】

合窳

【經文】

《東次四經》：剡山，有獸焉，其獸如彘而人面，黃身而赤尾，其名曰合窳，其音如嬰兒。是獸也，食人，亦食蟲蛇，見則天下大水。

【解說】

合窳（音愈，yǔ）是人面食人獸，又是災獸。樣子像豬，卻長著人的腦袋，全身黃色，尾巴紅赤，其聲音有如嬰兒啼哭。合窳既食人，也食蟲蛇，它出現的地方，那裡便洪水氾濫。《事物紺珠》說，合窳如豬，人面血食。

郭璞《圖讚》：「豬身人面，號曰合窳。厥性貪殘，物爲不咀。至陰之精，見則水雨。」

〔圖1－蔣應鎬繪圖本〕、〔圖2－成或因繪圖本〕、〔圖3－汪紱圖本〕、〔圖4－《禽蟲典》〕。

〔圖4〕合窳　明·蔣應鎬繪圖本

〔圖2〕合窳　清・四川成或因繪圖本

〔圖3〕合窳　清・汪紱圖本

合窳圖

〔圖4〕合窳　清《禽蟲典》

【卷4-34】

蜚

【經文】

《東次四經》：太山，有獸焉，其狀如牛而白首，一目而蛇尾，其名曰蜚，行水則竭，行草則死，見則天下大疫。

【解說】

蜚是獨目畏獸，又是災獸。形狀像牛，白腦袋，一目在正中，還有蛇的尾巴。蜚是災難之源，所到之處，遇水則竭，遇草則枯，瘟疫流行，哀鴻遍野。郭璞注：「言其體含災氣也。其銘曰：蜚之為名，體似無害。所經枯竭，甚於鴆厲。萬物斯懼，思爾遐逝。」吳任臣在按語中說，春秋莊二十五年秋，有蜚。劉侍讀《春秋解》引此，謂蜚狀若牛，一目蛇尾。江休復雜志亦云，唐彥猷有舊本《山海經》，說蜚處淵則涸，行木則枯，春秋所書似即此物。又《字匯》：犕，似牛白首一目，疑為此獸。

郭璞《圖讚》：「蜚則災獸，跂踵厲深。會所經涉，竭水槁林。稟氣自然，體此殃淫。」

〔圖1－蔣應鎬繪圖本〕、〔圖2－吳任臣近文堂圖本〕、〔圖3－成或因繪圖本〕、〔圖4－畢沅圖本〕、〔圖5－汪紱圖本〕、〔圖6－《禽蟲典》〕、〔圖7－上海錦章圖本〕。

〔圖1〕蜚　明・蔣應鎬繪圖本

〔圖3〕蜚　清・四川成或因繪圖本

〔圖2〕蜚　清・吳任臣近文堂圖本

蜚
狀如牛面白首一目蛇尾見則大疫出泰山

蜚則災獸
跂踵厲深
會所經涉
竭水槁林
稟氣自然
體此殃淫

〔圖4〕蜚　清・畢沅圖本

蜚

〔圖5〕蜚　清・汪紱圖本

〔圖6〕蜚　清《禽蟲典》

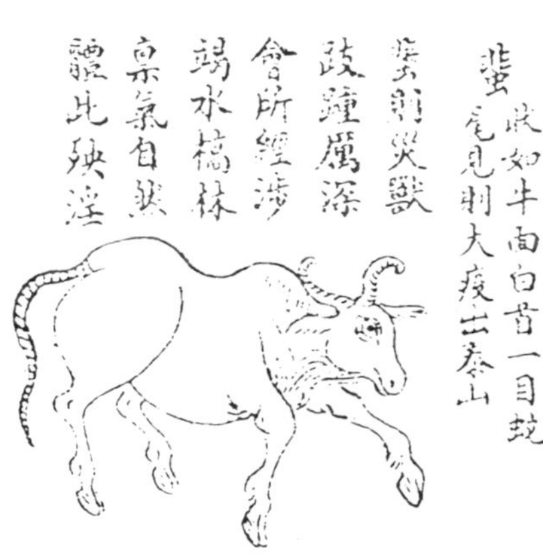
蜚 狀如牛而白首一目蛇尾見則大疫出泰山
蜚則災獸
跂踵厲深
會所經涉
竭水槁林
禀氣自然
體此殃淫

〔圖7〕蜚　上海錦章圖本

國家圖書館出版品預行編目資料

古本山海經圖說／ 馬昌儀著. ——初版.——台北市：
蓋亞文化，2009. 05
冊； 公分. --知識樹；YD005-YD006
參考書目：面
含索引
ISBN 978-986-6815-97-3 (全套；平裝).--
ISBN 978-986-6815-98-0 (上卷；平裝).--
ISBN 978-986-6815-99-7 (下卷；平裝).--

1.山海經 2. 研究考訂

857.21 97024508

知識樹 005

古本山海經圖說 上卷

作者／馬昌儀
封面設計／蔡南昇
出版／蓋亞文化有限公司
地址◎台北市103承德路二段75巷35號1樓
電話◎（02）25585438 傳眞◎（02）25585439
網址◎www.gaeabooks.com.tw
電子信箱◎gaea@gaeabooks.com.tw
部落格◎gaeabooks.pixnet.net/blog
投稿信箱◎editor@gaeabooks.com.tw
郵撥帳號◎19769541 戶名：蓋亞文化有限公司
法律顧問／宇達經貿法律事務所
總經銷／聯合發行股份有限公司
地址◎新北市新店區寶橋路二三五巷六弄六號二樓
電話◎（02）29178022 傳眞◎（02）29156275
港澳地區／一代匯集
電話◎（852）2783-8102 傳眞◎（852）2396-0050
地址◎九龍旺角塘尾道64號龍駒企業大廈10樓B&D室
初版八刷／2022年9月
定價／新台幣 550 元
Printed in Taiwan

ISBN／978-986-6815-98-0

Gaea